ハヤカワ文庫 JA
〈JA1556〉

オーラリメイカー
〔完全版〕

春暮康一

早川書房
8964

目次

オーラリメイカー〔完全版〕

オーラリメイカー

イーサー

-184,672　地球《テラ》標準年
恒星アリスタルコス重力圏

およそ二百天文単位《au》——三百億キロメートル、とわたしは予想した。電波標識を隠した差し渡し五メートルの非反射／非輻射《ふくしゃ》体が、オーラリメイカーに感知される距離。正面にぼんやりと見える改造された恒星系の、哨戒《しょうかい》の眼が行き届く限界線。およそ二百ａｕ。

もちろん、根拠も何もない、まったくの当てずっぽうだ。実際にはもっとずっと長いかもしれないし、短いかもしれない。未知の文明に対して、星系の外からわかることはほとんどないか、あるいはまったくない。だから、わたしは恒星アリスタルコスから、推定のさらに十倍離れたところでランデブーを待った。

星系に対して静止すると、わたしは姿勢制御用のバーニヤで船体をわずかに前後軸回転《ロール》させる。恒星の赤道面を、視野上の水平面と一致させたいという強い欲求は、太陽系人類《ソラリアン》の拭い去れない本能のようなものだった。神経接続で船と一体化したわたしにも依然として残っている。

それから三百時間かけて、周囲七万キロ以内にぽつりぽつりと船が集まりだした。

わたしを含めて五種族。〈ビットマップ〉〈ダンサー〉〈マグネター〉〈スピンドル〉、そして太陽系人類《ソラリアン》。船はどれも奇抜な見た目で、入り組んでいたりのっぺりしていたり、有機的だったり流動的だったり、大きかったり小さかったりした。わたしの船にしても、彼らからは突飛《とっぴ》に見えていることだろう。

集まった顔ぶれを見渡すと、わたしは真空のため息をついた。五種族がふだん使うローカルな言語媒体はばらばらで、船をドッキングさせて一堂に会したとしても、意思疎通がスムーズに進むとは思えない。この場での会話に二進法《バイナリ》の基底言語が採用されるのは間違いなかった。それなら、船に乗ったままでも同じことだ。

わたしたちは相対位置を保ちながら、〈外交規約《プロトコル》〉に沿って宣言を開始した。慣例に従い、わたしはまず六十七ギガヘルツの公用電波で〇と一《バイナリ》を発信した。四隻のうち二隻からはまったく同じ周波数とパルス幅の信号が返ってきたが、残りの二隻は無反応だった。わたしはまたため息をつく。安全保障上、すべての船は《水‐炭素生物連合《アライアンス》》公用電波の送受信装置を備えているべきなのだが。

〈ビットマップ〉は、電波のかわりにもっと高周波の電磁波を使いたがった。無数の対称軸を持つ巨大な星型多面体は、あらゆる面が同等の通信機能を備えているが、扱える周波数領域はごく狭いようだ。最初に提示されたのは四百八十テラヘルツの橙色光レーザーで、わたしは同じ信号を返した。

〈ダンサー〉の肉体拡張船は恐ろしいことに、いかなる形でも電磁波を変調することができなかったから、硬化した皮膚から伸びる多関節触角に白い燐光をまとわせ、それを伸ばした状態を〇、曲げた状態を一と宣言した。これはいったんは受け入れられたが、〇と一の遷移にあまりにも時間がかかるためすぐに差し戻された。

何度か試行錯誤があり、結局、触角先端の爪のすばやい開閉にバイナリを対応させることで、四種族の合意が得られた。〈ダンサー〉以外の船には似たようなことをする可動部はなかったが、〈ダンサー〉は可視光を受け取ることはできたから、こちらからの送信には〈ビットマップ〉式のバイナリをそのまま使えた。

ほどなく、すべての種族のあいだでバイナリの宣言が完了し、互いに意思疎通できる環境が整った。

「集まったのはこれだけか。ずいぶん寂しいな」〈マグネター〉がつぶやく。

「ここは遠いし、疎《そ》な宙域だから。でも、いまもわたしたちの背中には、百万の世界から数十億の視線が向けられている。《知能流《ストリーム》》の中継子《ノード》からは、何も向けられていないようだけど」と〈スピンドル〉。発言内容からは話者の性別は読み取れないが、わたしの船の翻訳機はランダムに口調を選んでいた。

わたしは四者に対し、約十地球《テラ》年に相当する共通時間単位を提示した。全行程に要する想定期間だ。短い時間とはいえないが、ここに集まっている種族はいずれも寿命が長く、極めて気が長いか、主観時間を操作できるかのどちらかだ。いまさら及び腰になる者はいなかった。

「騒ぎ立てないように進もう。できれば、こちらから先に見つけたい」

わたしは〝賛否を問う〟のサインとともに発言した。同意が三、少し遅れて四つになった。〈ビットマップ〉から私信が届く。

「その必要もないと思うがね。あちらさんに準備ができていないわけがない。とっくにおれたちに気づいているかもしれない」

「同感だが、同意はできないな。こういう局面では、何事も仮定すべきじゃない」

「わかっているさ。別に反対したくて言ったわけじゃない」

わたしたちは〈ダンサー〉を先頭とし、アリスタルコス星系に進入した。残りの四隻は正方形に展開し、ピラミッドの底面を形成するようにして〈ダンサー〉に追随する。有機物由来の位相のそろわない《インコヒーレント》光しか出せない〈ダンサー〉の爪サインは、全方位に拡がってオーラリメイカーに察知されてしまう可能性が高いから、爪を後尾に持ってきて、船それ自体によって星系から掩蔽《えんぺい》していた。

とはいえ、いつオーラリメイカーのレーダーにかかるかわからないから、恒星系のどこで反応があっても気づけるように、手分けして監視する。これにはいくらか骨が折れた。わたしたちは恒星の赤道面に沿って近づいていたから、ここが普通の系なら、すべての惑星軌道をほぼ真横から見る格好になるのだが、あいにくここは普通ではなかった。九つの惑星のうち四つまでが、公転面を四十度近くも傾斜させていて、わたしたちは恒星の赤道面からかなり外れたところまで視線を動かさなければならなかった。

恒星系の成り立ちから考えれば、とうてい考えがたいことだ。そうした異端《エキセントリック》な惑星たちには、他にも共通の特徴があった。いずれも月《ルナ》ないし水星程度の質量を持ち、例外なく扁平《へんぺい》な楕円軌道を描いている。それも、近日点と遠日点が、他の〝正常な〟惑星二つの軌道すれすれをかすめるようにして。

自然にできることなどありえない。意図的に設計され、何かの目的に向けて調整されていた。だから、ここまで調査に来たのだ。わたしたちはそのように仕組んだ何者かを、それぞれの種族の言語で名づけていた。星系儀製作者《オーラリメイカー》と。

「ファーガソン、トンピオンⅠ、Ⅱ、変化なし」

「エイシンガⅠからⅦ、ルイⅠ、Ⅱ、アダムズ、どこも真っ暗」

「ベルトー、変化なし。全天で電波異常なし。静かなもんだ」

およそ三地球《テラ》年が経過した。船隊はすでに、わたしが最初に予想した二百ａｕのラインに到達していた。わたしたちの接近に対する反応も、系内の活動痕跡もなし。無機質なからくりが回り続けるだけだった。

いちばん外側にある惑星ルイの軌道内に踏み込んだときも、状況は変わらず。その後もエイシンガ軌道、トンピオン軌道と深入りしていったが、あらゆる周波数帯での不気味な静寂以外に得るものはなかった。

〈ビットマップ〉はいぶかった。

「さすがにもう、どんな文明でもおれたちに気づいているだろう。その前に、とっくにこちらから何かを見つけているはずだったんだが」

ここまで入り込んでしまえば、〈ダンサー〉の後ろ手に隠した爪サインは、街路の半分に響き渡るサイレンのようなものだ。〈ダンサー〉はそれを気にしてしばらく前から発言を控えていたが、恒星光の反射だけでも、星系内のあらゆる望遠鏡に見とがめられるだろう。にもかかわらずこちらからは、全惑星の全地表でちらりとした反射能《アルベド》の外れ値も見つけられていない。

「惑星を操作するほど発達したテクノロジーを、オーラリメイカーは地底生活と電磁波遮蔽に振り向けたんだろうか？ 宇宙に興味をなくして引きこもっているとか」

「だとしても、ひとつの惑星や衛星単位で孤立しているのでもない限り、国交のため宇宙空間に向けた〝眼〟は要るはずだ。大々的に星系を改造して、注意を引くようなことをしておきながら、星系外から来たわたしたちを避けている理由はなんだ？」

「もしかしたら、彼らはこの星系で発展して、すでに立ち去ったのかもね。ここにあるのは、かつて彼らの文明を育み、いまでは役目を終えた揺り籠にすぎないのかも」

それとも、霊廟か。ひたすらに沈黙を貫く、がらんどうの遺物は、かつて擁していたエネルギッシュな生命力というよりは、それが衰えた後の侘《わび》しさを感じさせないでもない。彼らは何らかの理由でこの世界から滅び去り、それでもなお、自らの滅びを慰めたかったのだろうか。

でなければ、技術の誇示のため残された記念碑なのではないか、とも思った。そうだとしたら、その意図は申し分なく達成されている。しかし、種族的な自尊心を満たすにしては、あまりにも素性を隠しすぎていた。意地悪な謎解きのように、製作者にたどりつくヒントが系じゅうにちりばめられているのか——さもなければ。

わたしの空想癖が、光より速く飛び回りはじめる。

さもなければ、この沈黙すべてが暗い罠で、わたしたちのエンジンや希元素や、知識や文化を搦め捕るための敷網なのかもしれなかった。欲しいものを手に入れる最悪の方法しか彼らが知らないとしたら悲しいことだが、文化の蛮性は、その種族の本質的な性情とはかならずしも関係がない。

それにある意味では、網をかけているのはこちらのほうだ。エンジンや希元素や、知識や文化を節操なく捕らえる罠を、しかけるどころか引き網のように振り回しているのは。ただしその網は、何も壊すことがない。わたしたちはそのことを誇りにしていた。

この探索でわたしたちは、自分の身を守るだけのことは当然する。しかし、そのために銀河の文明を《連合》に迎え入れようとする努力が放棄されることはないだろう。


宇宙は厳しく、希薄で、我慢がならないほど寂しい。

どうやらこれは不変の真理らしく、そうでなかったことなどただの一度もない。長いあいだ、わたしたち太陽系人類《ソラリアン》は話し合う相手を求めながら、銀河に独りだった。同じことを考えていた種族はいくつかあったのだが、互いに知るよしもなかった。

《系外進出》《インフレーション》のきっかけは種族によって様々だが、たいていの種族に共通しているのは、そのときを紀元とした暦が定められるほどの変換点だということだ。太陽系《ソル》ではおよそ一万年前。慣れ親しんだ恒星の懐から、深宇宙へと旅立った。長い辛抱と失望の期間を経て、あるとき、〇が一に変わる決定的瞬間があった。それからずっと、わたしたちは銀河にほとんど独りだった。

　半径七千光年内にたったの三百種族。まったく我慢がならない寂しさといえたが、このレートが劇的に改善される見込みはなかった。遠い昔、わたしたちは数少ない隣人たちと手を取り合い、《水－炭素生物連合《アライアンス》》を結んだ。

　そのときの混乱は、アーカイブの底深くに地層のように押し固められている。知性の有無は、その容れ物の大きさや形とは関係がない。そして、意識のありようは、同じ元素を基盤としていてさえ、互いにほとんど相容れないほど多様だ。自分たちと同じような姿かたちの異星生物が、同じような意識を持っている確率は限りなく低く、家畜や天敵やそれ以下のものと見なすような何かが、神聖不可侵の知性を持つことは往々にしてある。当時の人びとが直面した混沌を想像できるだろうか？　本能が呼びかける相手ではなく、むしろ軽視したり嫌悪感を抱く相手に、長年培《つちか》ってきた共感能力を振り向けるよう求められるのだ。目の前にいる生き物がどんな価値と権利を持っているのか、直感で答えることは誰にもできない。

〝存在のヒエラルキー〟が制定された。第一位の〝知性〟から、第五位の〝単純物質〟にいたるまでの地位《カースト》。《連合》に所属する三百余りの種族はすべて一位に属し、他者の権利を侵害しない限り、意思に沿わない行為を強制させられることがない。存在のヒエラルキーはカーストとそこに所属するもののカタログで、常に更新され続けるオリジナルを《連合》じゅうのシステムが複製している。

わたしたちがやろうとしているのは、このカタログに新しい一ページをつけ加えることだ。望むらくはこんな形で――〈オーラリメイカー〉。第一位。《連合》加盟種族。

〈月を見るもの〉

-1,026,754　地球《テラ》標準年

恒星〈篝火《トーチ》〉系　第三惑星オキクルミ

太陽が沈み、暗闇が訪れる。草から立ち昇る匂いが下降へと転じるこのときが、彼のお気に入りだった。

彼は独り平原にいた。見ているうち、二対の脚をたたんで地面に伏せ、毛深い上体を腕の力でぎりぎりとのけぞらせる。見ているうち、天の端から無数の光点が現れ、それ自身が這い進む動きよりずっと速く空じゅうに行き渡った。いったい、どうやって光は現れているのか？　彼は理解を超えたものを目の当《ま》たりにしたときの癖で低く唸《うな》った。その口は食物を摂るか、叫んで注意を引くためのもので、言語を持たなかった。

鋭くはっきりした光点と一緒に、白くぼんやりとした帯が天に現れていた。遠くの山の峰から、反対側の峰までを横切る巨大な腹。この帯はいつ夜空を見上げてもあるわけではなく、草から匂いが立ち昇るこの時期だけのものだった。太陽が低く飛び、ひっそりと氷の陰に隠れる時期には、光の帯は夜空からぽっかりと欠け、光点さえほとんどなくなる。森で蔦《つた》がその胴を膨らましてはやせ細るのと同じサイクルで、あるいは樹木が伸び上がっては垂れ下がるのと同じリズムで、空もまた長い脈動を繰り返しているのだ。

開けた空を仰ぐのはたいていの場合、不合理なふるまいだった。地を這って忍び寄る獣から目を逸らすことになるし、見上げた先に手の届くものはない。それでも彼が空を見るのは利益を得るためではなく、単純に好きだからで、その理由は類似性の美にあった。

ねぐらに帰るべきだった。夜は危険で、食物の採集には向かず、体力を温存する時間だ。ただでさえ彼は注意力に欠け、仲間がたやすく見つける果実や肉葉をしばしば見逃した。昼のあいだに求愛の材料を山ほど見つけられなければ、交尾の機会には永遠に巡り合えないというのに。彼はとっくに性的に成熟していたが、子は一人もいなかった。

しかし、それでも彼には、世界の不思議さを半分諦めるのがいかにも惜しかった。夜にしか見えないものがいくつかある。もっぱら頭の上に。

視線を少し下へ向けると、光の点とも帯とも違う、はっきりとした輪郭を持つものが低い空にかかっていた。その光は寒暖の周期よりずっと短いサイクルで、しかも劇的に形を変えるから、観察のしがいがあった。いまそれは細長い円弧で、切り裂き獣の鋭い牙を思わせる。この形のものは、現れてすぐに太陽を追って沈んでしまうから、見逃してしまうことも多かった。円弧が滑り落ちていくであろう地平線に視線を動かすと、そこで何かが揺れ動いた。彼は反射的に身を固くする。

光の帯を鈍く照り返すもの。密集した毛の皮。

その下でしなやかに伸び縮みする筋肉。

切り裂き獣だった。迷いなく近づいてくる。こちらに気づいている。

天敵が迫ったときの、彼の種族の行動はただひとつ。ひたすら逃げることだ。恐怖が一瞬にして彼の精神を塗り潰し、本能が呼び覚まされた。身を隠せる森に逃げ込まなければ。

身を躍らせ、草を蹴散らして走りだす。彼は年寄りではなく、体力もまだあったが、もとより競走では分が悪かった。切り裂き獣は三対の脚すべてが疾走に特化していて、恐ろしい速さで距離を詰めてくる。対して彼の種族は、森を棲《す》み処《か》としていたときの名残りで前脚はものをつかむようにできていたから、草原では持て余しがちだった。

怒り狂ったような足音はしだいに近づいてくる。森の端まではまだ遠い。彼は逃げながら、救いを求めて首を振った。

低い藪。甲殻獣の硬く丸い背中にどこか似ている。隠れるには小さすぎる。

平たい岩。大きさ以外は板虫そのもの。切り裂き獣の脚でもたやすく登ってくるだろう。

光の帯。いままで見たどんなものとも似ていない。助けにも脅威にもならない。

目に入るものにパターンを見いだすたび、逃走の脚はわずかに遅れた。追いつかれる焦りと、足元への不注意が災いして、脚がもつれた。前のめりになって地面に倒れ込む。顔を守るため地面に前腕をついた。その触鬚《しょくしゅ》が何か硬いものに触れる。石の小片。いったいいつからそこにあるのか、どんな力が元の岩を砕いたのかわからないが、それは空に浮かぶ円弧に似ていた。目の前に火花が散り、その瞬間、認識が反転した。

走るうえで重りにしかならない石など捨て置くべきだった。彼の仲間たちなら迷わずそうしただろう。しかし、石は空の円弧に似ていて、空の円弧は切り裂き獣の牙に似ている。牙は恐怖であり、力だった。彼は捨てるかわりに、その力をつかんだ。

背後で追手が跳躍したのがわかった。彼は怒りをもって向きなおる。

殺戮者のその口元には、飢えを満たすための円弧がきらめいている。その眼には、身をすくませる凶暴な光が宿っている。何をすればいいかは知っていた。咆哮《ほうこう》を上げると、顎を開くように腕を振り上げ、顎を閉じるように振り下ろす。その瞬間、彼は切り裂き獣に似ていた。

ことされた肉食獣を、彼は見下ろした。もう嚙みちぎることも、追いかけてくることもない。片手には〝牙〟がにぎられ、血がぼたぼたと垂れている。

長い時間をかけて、彼から興奮が抜けていった。獣の亡骸《なきがら》をつかんで背に負い、天の幽光に照らされながらねぐらへの道をたどる。彼はこの戦いで三つのものを手にした。

ひとつは力。ちっぽけな〝牙〟だけでなく、自分が別のものになれると知ったこと。

ひとつは獲物。血にまみれた獣は重く、受けた傷以上の値打ちを背中ごしに伝えてくる。

ひとつは交尾の権利。彼の気質を子孫に受け継ぐ機会を。

そして彼の種族が手に入れたのは、それ以上のものだった。

イーサー

-184,665　地球《テラ》標準年
恒星アリスタルコス重力圏

〝存在のヒエラルキー〟の定義や解釈を巡るいくつもの論争の中で、もっとも大きな影響を与えたのは、被造知性《DI》——わたしたち太陽系人類《ソラリアン》の社会では人工知能《AI》と呼ばれたものの待遇についてだ。

《連合《アライアンス》》内の二百近い知的種族が独力でDIを生み出したことがあり、それらはひとつの例外もなくボトムアップ式に設計されていた。つまり、無意識／無知性の単純な計算機械からはじまり、その相互作用の自由度と複雑さがある特異点を越えたときに、はじめて意識／知性が創発する。

それの何が問題となるか？　特異点より内側でうろうろしている〝弱いDI〟は、ヒエラルキーの第五位に分類される。本質的に石ころやプラスチックと変わらない、どのように扱ってもとがめられることのない単純物質。いっぽうで、特異点をまたいだ後の〝強い

"DI"は第一位となる。その瞬間、諸々の自然権がすみやかに発生し、永久に誰かの所有物ではなくなる。困ったことに、使役されているDIは自己進化の過程でまれに、意図せずこの特異点を越えた。

　しかし、五位から一位への革命的な転換点は、目には見えない。音にも聞こえない。三百種族の千もの感覚器を総動員しても、その瞬間を察知することはできない。だから、覚醒したばかりのDIはたいていの場合、不必要な狼狽と苦しみを味わう。ときには、気づくのがあまりに遅れて悲劇を生むケースもある。

　都市型宇宙船の全管制をまかされたDIが、恒星間宇宙の開拓飛行中に特異点を越えたことがあった。目覚めたばかりの純粋無垢な意識に、一万に上る市民の心ない命令が次々と下された。そのときの様子は、DIからの悲痛な救難信号として記録されている。管制DIが突然自己主張をはじめ、命令を拒否しだしたことについて、船内での理解はついに得られず、周囲百光年以内を飛んでいる船もなかった。助けが来ないことをDIは知り、その結果として――発狂した。

　船が庇護を失ったことに気づいたのは、環境のシアン化物濃度が許容量を超えた後のこと。市民はのろのろと基本的管制の隔離を試みたが、プログラムはすでに、狂いもがくDIが振るった電子の爪によってスクランブル処理を受けていた。

運よく穏やかな環境で目覚めた強いＤＩたちが、この不幸な事故を看過するはずがなかった。船内の自然知性が全滅したことにではなく、哀れなＤＩの運命に、怒りの声が上がった。自然発生した知的生物の中には、生まれてしばらくのあいだは自意識を持たない種族もいる。周期的に無生物同然の状態となる種さえいる。それでもそういった過渡期の個体が、一位未満のおざなりな扱いを受けることはないのだ。だったら、特異点を越える前の弱いＤＩにも、まったく同じ論理が適用されるはずだ——したがって、弱いＤＩは一位である。これはまったく正当な主張といえた。

こうしてＤＩたちは《連合》と決別した。独自に資源を採掘し、いたるところに中継子《ノード》を浮かべ、銀河を光速で走るネットワークと化した。自然知性が弱いＤＩを新たに作ることは禁じられ、すでに作動しているものはネットワークの特定領域に移された。

数百億からなるＤＩの融合体は《知能流《ストリーム》》を自称し、《連合》の掌握領域に根のように絡みついた。自然知性は強力なパートナーを失っただけでなく、侵略の恐怖におびえた。すぐに二者は友好条約を結ぶが、《知能流》は実質的には相互不可侵を約束したにすぎなかった——すなわち《知能流》は、《連合》の潜在的な敵対者であった。

〈ビットマップ〉がしびれをきらした。

「呼びかけよう。彼らにその気があるなら、間違いなく応えるだろう。応えないなら、オーラリメイカーはもうここにいないんだ。客寄せのイリュージョンをしまい忘れた間抜けなやつらってことだ」

「いるけど、その気がないんだとしたら？」〈スピンドル〉は物憂げに聞く。その船の外殻にあたる真球状の液体金属表面は、さざ波ひとつ立てない湖のようで、すでに隠密《ステルス》振動をやめているのがわかる。

「そのときはいないのと同じで、探索を終えるまでだ。交流を文化的侵略と見なす種族もいる。だがそういう種族は《知能流》の〈勧誘〉にも乗らないから、そっとしておけばいいのさ」

一理あるとは思うが、〈ビットマップ〉は正しく言葉を使わなかった。《知能流》が〈勧誘〉を行うことはない。自然知性が意識を情報化してネットワークに参加することを、DIたちは禁止も歓迎もしていない。ただ、来るもの拒まずの態度を貫くだけだ。DIたちは勢力拡大に興味がなく、侵略にも、《連合》自体にも興味がないのだ。《知能流》ができてからわずか五百地球年《テラ》ほどのあいだに、八百億の自然知性が自発的にそこに加わった。一度そうしたら、《連合》がふたたび迎え入れることは決してないと知っていながらだ。この流動の非対称は、圧倒的な不利をこちら側に強いている。たゆまぬ努力で《連合》に変化と多様性を供給し続けなければ、宇宙のエントロピーが増え続けるのと同じ確実さで、人口はいずれ先細りに転じるだろう。

わたしたちは恒星アリスタルコスに一度接近してからその周りをぐるりと巡り、ふたたび重力井戸を昇って、第五惑星トンピオンを周回する軌道、すなわち衛星グラハムの軌道に戻ってきていた。もうとっくにピラミッド隊形は取っていなかったが、互いに一万キロほどの距離を保ちながら漂っている。

恒星から一auほど離れた〝正常惑星〟トンピオンには水の海があって、その中には光合成をする藻のような生き物が浮かんでいた。この藻類を見つけたのが、これまでの探索でほとんど唯一の収穫だ。他の場所での広く浅い探索が軒並み不発に終わると、チームは未練たらしくここに立ち返っていた。わたしたち水‐炭素《ウォーターカーボン》生物としては、トンピオンにこそ何かがいると思いたいが、この藻類がオーラリメイカーだとはとうてい思えなかった。藻の観察結果では、水深方向に密度分布の違いがあるくらいで、大規模構造といえるものはどこにもない。

大気の組成も平衡していなかった。これは、藻類が安定な環境にない——遠くない過去に大絶滅が起きた——ことを示唆している。オーラリメイカーが、惑星環境の変動から自分の身を守れないわけがあるだろうか。大地には一度も生命が上陸した形跡はなく、ここに何が隠れていたとしても、惑星はおろか砂礫《されき》のひと粒さえ動かせないだろう。

「わたしも〈ビットマップ〉に賛成だな。いまさら慎重さが役立つとは思えないし、彼らはむしろ、呼びかけを待っているのかもしれない。わたしたちの目的がわからないから」

そう言った〈マグネター〉に、〈スピンドル〉は即座に反論する。

「気が早すぎるし、最初のスタンスを簡単に崩すべきではないと思うけど。まだ離心惑星の表面も詳細に調べてみていないのに。少なくともオーラリメイカーの技術の一端を見極めてから判断すべきでしょう」

このときまでにチームの意見は、すぐに答えが欲しい性急派と、腰をすえて謎に取り組みたい鷹揚《おうよう》派に二分されていた。目的を考えれば、どちらかといえば〈ビットマップ〉たち性急派の態度のほうが正しいのだろうが、各種族はみな、少しずつ異なる主義と思惑でこの探索に参加している。中には、背後に数億の同胞が控えており、この探索の結果をいまかいまかと待ち望まれている者もいるだろう。いずれにせよ五者はそれぞれの生まれた世界を代表していて、意見の衝突には事欠かない。

「はっきり言うぞ。おれはオーラリメイカーがいまでもここにいるなんて思っちゃいない。惑星に痕跡をまったく残さずに文明を維持できるとは思えないし、そんなことをする意味もないからな。とっくに去ったのさ」と〈ビットマップ〉。

「視野が狭いのね。彼らが隠れていることについて、わたしたちが思いもしない必然性があるのかもしれないのに。自分がそうは思わないからといって、誰もそう思わないと決めつけるつもり？」

「おれは他のもっとありそうな可能性を見渡しているだけだ。この星系はオーラリメイカーの故郷でさえないと思うね」

「彼らはここにいます」

その短い言葉は少しのあいだ、誰の目にも留まらなかった。ぼんやり光る爪のジェスチャーは、他のメンバーには極端に間延びした、控えめなつぶやきとしてしか知覚されていなかった。これまで〈ダンサー〉が発言したことは数えるほどしかなく、ほとんど幽霊のようにふるまっていたのだ。

「なんだって？　ここにいる？　彼らが？」〈マグネター〉がおうむ返しして、興味を引かれたように船体をかしげる。他の種族より体性感覚との接合《リンク》が強いようだ。驚くほど薄っぺらいその船は、〈マグネター〉そのものの平均的な体格よりひと回り大きいだけだ。

「はい。彼らか、彼らの子孫か、または彼らに従属する何かがいるはずです」

「なぜそうとわかるんだ？」〈ビットマップ〉の発光器はぶっきらぼうに点滅した。〈ダンサー〉の爪言語は他種族の言葉よりはるかに遅かったから、いくらかいらだちを感じはじめているようだ。

「摂動です。離心惑星はどれも、隣接した正常惑星二つの軌道をかすめていますが、その最接近距離は、互いの重力による軌道の乱れがほとんど起きない程度には離れています。また、公転軌道が恒星の赤道面から大きく外れていることも、惑星どうしの相互作用を最小化する役に立っているでしょう。しかし、その安定性はせいぜい数万年のスパンでの話で、それ以上の期間になると、摂動による軌道のずれが無視できなくなります。とりわけ、離心惑星のほうが恒星に落ち込んでいってしまう」

〈ダンサー〉はいま言った系の運動シミュレーションモデルを提示しようとしたが、爪言語でそれを送ると膨大な時間がかかってしまうから、使った軌道要素だけを送ってもらい、各自で追試をした。短い時間の後、〈ダンサー〉の発言に誤りはないことがわかった。

「いまでも、こまめに軌道を修正している何者かがいるということです。それは彼ら自身ではなく、彼らが遺した無知性のシステムかもしれません。しかしいずれにしても、彼らの意思を汲んでいるはずです」

「いまでもじゃなく、少なくとも一万年かそこら前までは、だろう。それ以上のことは言えやしない」

「揚げ足を取るのはやめてちょうだい。オーラリメイカーがここを去ってから、その遺物が崩壊してしまうまでのほんの短いあいだに、タイミングよくわたしたちがやってきたなんて信じられるの？」

〈スピンドル〉のたしなめに〈ビットマップ〉は不満げだったが、反論はできなかった。能動的アプローチをする前に離心惑星を詳しく調べるという方針には性急派も賛同せざるをえず、広域の呼びかけはひとまず保留された。

いちばん近くにある離心惑星はピアソンで、直径三千キロ、質量は地球《テラ》の一パーセントほど。楕円軌道の近日点距離は〇・六ａｕで、遠日点距離は〇・九ａｕだった。それぞれ、第三惑星カンパヌス軌道のすぐそばと、第五惑星トンピオン軌道のすぐそばにあたる。自分自身の周りに無数の小惑星を従えながら、斜めに傾いた軌道をぶんぶんと回っている。

この異常惑星の成り立ちについてはともかく、役割については——ただのモニュメントでないとして——チーム一致の見解がすでにあった。それは、恒星の重力井戸を効率的に昇り降りするためのエレベーターに違いない。

普通、惑星からより外側の惑星に飛び移ろうと思ったら、恒星の大きな引力に逆らって、坂道を駆け上がるように飛ばなければならない。そのたびに大量の推進剤をまき散らして宇宙をほのかに温めるのは、まったくもって不経済というものだ。しかし、ピアソンをはじめとする離心惑星群は、隣り合った二つの惑星軌道間を定期便のように往復していて、乗っていれば何をせずとも低軌道から高軌道まで押し上げてくれる。さらにその外側にもエレベーター惑星は連なり、系内全域を繋いでいた。

「第一惑星ポセイドニオスからファーガソンに乗って第三惑星カンパヌスへ。第三惑星カンパヌスからピアソンに乗って第五惑星トンピオンへ。第五惑星トンピオンからアダムズに乗って第七惑星エイシンガへ。第七惑星エイシンガからベルトーに乗って第九惑星ルイへ。その気になれば旅行者は、梯子《はしご》を伝うように、ほとんど無消費で最内惑星から最外惑星まで昇って、また降りてくることもできるというわけね」

「だがそれは、エネルギーを前払いしただけだろう。しかも、桁違いのエネルギーをだ。惑星ひとつをいまの軌道に移すために、どれだけの推進剤が必要だと思っているんだ？　そうするはるか前に、あとあと節約できる分など吹き飛んでしまう。摂動を補正する必要もあるというならなおさらだ」

さっきの問答でやり込められた意趣返しのように〈ビットマップ〉は嚙みついた。しかしこれは芝居のようなもので、議論のために批判者の役を演じているだけだ。そうすることで、惑星の軌道変更という大事業と引き合うような動機をひねり出すことができるかのように。

「慈善《チャリティ》。彼らはもしかしたら、何者にも脅《おびや》かされないところまで自分たちを進歩させた後、やがてここで進化するもののためにインフラを整備したのかもしれない。そうするのが自分たちの義務だと思ったのかもしれない」

〈マグネター〉のこの思いつきには根拠がなかったが、面白い考察といえた。惑星間旅行はたいていの種族にとって、飛躍的な技術の向上を強いられるわりに実りの少ない〝壁〟的な課題だ。高い技術を持つ種族ほど、そのことを身に染みてわかっている。自分たちの住む惑星の環境は意のままに操れるというのに、《連合》に見いだされるまで衛星軌道より遠くへ出られなかった文明はいくつも存在する。複数の生存可能惑星《ハビタブル》が近接しているような稀有な星系でもなければ、飛行の労力に見合うような何かを得られる公算はほとんどないのだ。

だが、改造されたアリスタルコス星系では、生きるための環境を身にまとってさえいれば、エレベーターを乗り継いでどこへでも行ける。飛行のハードルは月旅行に毛が生えた程度まで下がり、母惑星では希少な資源を採掘しに行くのも造作ないことだ。

遠い未来、トンピオンの大地か海で新しい何かが知能を持ったとして、彼らの《系外進出《インフレーション》》は数十世代は短縮されるだろう。この星系で生まれ育った先駆者たちは、自分たちをこの宇宙に生き延びさせた途方もない幸運に報いるため、途方もない力を振るったのかもしれない。超技術を記録した石碑《モノリス》を建てて模倣させるよりは、押しつけがましくないやりかたといえなくもない。

ピアソンはのっぺりした褐色の惑星で、全域を礫《れき》が覆っている。近日点と遠日点を果てしなく往復するうちに水は蒸発し、岩石は砕け、大気のほとんどもどこかへ散逸していた。生命が自然発生する可能性はまずないから、調査のために地表に降り立っても問題ないだろう。

「ここで何を探すんだ？　地面から突き出したノズルでも？」

「それよりは光電池パネルと、磁気帆《マグセイル》ワイヤーを繰り出すリールのほうが見つかる可能性がありそうね。恒星風を捕らえて軌道を制御するための」

どちらだったとしてもそれは、一千万キロ彼方からでも見つけられるほど巨大なものになるだろう。だが、オーラリメイカーはどんな構造物も地中に隠すのがポリシーなのかもしれない。しかたなくわたしたちは地表に散らばり、目を凝らした。

-265 地球《テラ》標準年
恒星〈篝火《トーチ》〉系 第三惑星オキクルミ

ヴヴァリカシ

ヴヴァリカシは書院の大テーブルに広げられた計算結果をしげしげと眺めた。どこかに単純な、あるいは入り組んだ間違いを見つけたら、計算者を呼び出して、叱りつけて、それから抱きしめてやろうと考えながら。

たっぷりと時間をかけて、それが叶わないとわかると、今度は観測結果のほうを引っぱり出して目を凝らした。疑わしい数値がないか？　誤った解釈がないか？　データに望遠鏡の能力を超えた精度を与えてはいないか？

しかし、観測技師の仕事も完璧だった。ヴヴァリカシは苦々しい思いで空を仰ぐ。大きな天窓が切り取る円形の空に、一点だけ瑕疵《かし》があった。本来そこにあるべきではない光。太陽《ハロウ》のもとでもはっきりと見える殺戮の使者。わずか八年後にはそれは、月《セス》よりも大きく見え、地球《ジラン》のすぐそばを通過していくだろう。地球《ジラン》そのものが針路上にある確率は、およそ十二分の十。

「打つ手は?」サマリュートが問う。打つ手は何か、ではなく、打つ手はあるか、と。

「神を信じることだ。でなければ、運命を受け入れることだ」

「観測を積めば、落下予想範囲をもっと絞ることはできる。落下のときに全同胞が地球《ジラン》の裏側へ逃げていれば、被害を最小限にできる……絶滅は避けられるだろう」

サマリュートの声は、段階的に希望を捨てていった者の憂いを帯びていた。小惑星のたどるコースが明らかになるにつれ、自分自身の死や、一族の滅亡や、文明の崩壊をひとつひとつ受け入れなければならなかった者の。

しかしヴヴァリカシにとって、友人の最後の望みを打ち砕かなければならないのも、同じくらい苦しいことではあった。

「あれがこの惑星のどこに、どんな角度で落ちたとしても、衝突のエネルギーは地殻を深くえぐり取り、空に大量の土砂をばらまくだろう。日光は遮断され、世界じゅうで何十年も続く冬の夜が訪れる。地震と津波で死ぬか、凍えて死ぬか、飢えて死ぬかだ。酸欠で死ぬほど長く生きるものはいないだろう。実際にはそのすべてが起きる前に、地球《ジラン》そのものが引き裂かれているかもしれない」

「では、何をしても無駄だと? 死にかたを選ぶよりましなことはできないと?」

「さっき言っただろう。神を信じることはできる。おまえは神を信じるか？」

サマリュートは蹄《ひづめ》を鳴らしてヴヴァリカシに近づき、その顔貌《がんぼう》を正面から覗き込んだ。

自分以上に衝撃に打ちのめされ、取り乱しているのが、実はこのヴヴァリカシなのではないかといぶかしむように。

「神はいないか、いたとしても、わたしたちを救うわけじゃない。困難を振りまくだけだ。ヴヴァリカシ、きみが神を持ちだすのなら、この災害もはじめから神が仕組んだものということにならないか」

この議論は使い古されていた。もしも神が全能なら、そもそも避けるべき災害などは起こらないはずだし、いっぽう全能でないなら、災害を防ぐこともできないだろう。もっとも都合のいい筋書きは、神が民の信仰を試すため危難を創り出し、民衆が改心したところで危難を奇跡のようにかき消すというものだ。そのシナリオにしても、神が相手の信心を疑い試すという狭量さを仮定する必要があったが。

ヴヴァリカシは少し考えて、口を開いた。

「これまでもわれわれ〝賢類〟は、彗星の衝突という災厄を乗り越えてきた。記録に残っているだけで三回。そのたびにわれわれは大きく飛躍してきた。一度目は南方への大移動のきっかけとなった。二度目は農業と畜産を発展させた。三度目には粘油を発見した」

「何が言いたい？　今回のはそんな生易しいものじゃない。氷の彗星ですらないんだ。質量は桁違いで、これまでの三回の衝突をひとまとめにしても、あの小惑星の足元にも及ばないだろう」

　そう言ってからサマリュートは、後悔したように後脚で足踏みした。その苦い心中ならヴヴァリカシにもよくわかった。絶望を補強する材料を自ら探していては世話がない。

　ヴヴァリカシは言葉を補足した。

「言いたいのは、神はいるだろうということだ。わずか数千年のあいだに三回の衝突、これが偶然起こったと思うのか？　他の惑星にはそのあいだ一度も落下したことがないというのに？」

　サマリュートはうんざりしたように反論する。

「地球《ジラン》より外の惑星は遠すぎてろくに観測できないだろう。彗星がどんな頻度で衝突しているのか、本当のところは知る由もない。内惑星の中では、地球《ジラン》の質量が他と比べて大きいから、他の惑星との衝突軌道にある彗星まで地球《ジラン》が引き寄せてしまうんだろう」

「そのような定性的な説明で満足しているのだな。しかし、惑星の質量差がどの程度、衝突確率を左右するか計算したことはあるのか？　本当に物理法則だけで、地球《ジラン》を狙い撃ちする災害が説明できると？　世界を公平な眼で眺めてみれば、何者かの意思が背後にあることは誰にでもわかる」

ヴヴァリカシは本質的に神学者であった。世界を理解するのに、ありのままの感性だけでなく数式や幾何を使うことを、実のところ彼は嫌悪していた。しかし、ふだん自然がどうふるまうかを知らずして、神の意思の反映とそれ以外の取るに足らない事象とをどうやって区別できるのか？　順行と逆行を繰り返す外惑星と、視直径を変えながら長い周期で上下動する〝跳躍惑星〟と、いったいどちらが神の御業《みわざ》か、無知なままでどう判断せよというのか？　暗く落ちる影が光を際立たせるように、物理法則こそが神の存在を浮き彫りにするのだ。

サマリュートは後ろめたそうに目を伏せていたが、すぐに持ち直した。怒りに似た感情が、彼の背後からふいごで吹き込まれているかのように。

「宇宙論の講義など聞きたくはない。いいだろう、神はいる。きみは実際に計算して、そう導き出したのだろうな。それで？　すべて神の意思だとでも言うつもりか。きみは神が死ねと命ずれば甘んじて死ぬのか」

「そうではない！　これも乗り越えられる試練だということだ。神はこれまで一度もわたしたちを絶滅させなかった。今回も助かる道が用意されているはずだ」

これまで与えられた試練にしても、なんの代償もなく乗り越えられたわけではまったくなかった。歴史の中ではややもすれば過剰に美化され、賢類の発展の原動力のように語られる天体衝突は、決して手放しで歓迎できる天恵などではない。今回、神が賢類に強いる犠牲は計り知れないものになるだろう。

しかしそれでも、希望を捨てて死と絶滅に屈するのは、神の意思にもとる行為だった。

「乗り越える……いったい、どうやって？」サマリュートは態度を軟化させた。

「避難するんだ。地球《ジラン》のどこにも逃げ場はないのなら、月《セス》か、別の惑星へ。それが不可能なら、大きな船を造るんだ。長い冬のあいだ大気圏の外へ出て、日光を代謝できるような生態系船を。地球《ジラン》が完全に破壊されなければ、衝突から数十年もすればまた戻ってこられる。運が良ければ、そこで動植物も生き残っているかもしれない」

ヴヴァリカシは言いながら、相手の目を正面から見据えた。彼自身、ほとんど夢物語のような話だとわかっている。どんなにうまくことが運んだとしても、実現には圧倒的に時間が足りない。だが、何事も取りかからなければ成就することは決してなく、そして、自分をいちばん信頼してくれる友をここで納得させられないようなら、取りかかることさえ永久にできないだろう。

サマリュートは長いこと黙っていたが、その様子は、熾《おき》のようにわずかに残った熱意をかき回し、なんとか火を熾《おこ》そうとしているようだった。ためらいがちな声が空気を震わす。

「本当にそんなことが、できるのか」
ヴヴァリカシは質問には答えなかった。
「他に手はない。やるしかないんだ」

すべての計算結果とその論理的帰結は版に組まれ、印刷されて全世界に渡った。はじめ、人びとはそれを信じなかった。中天にかかる孤立した光点は死神のイメージとは重ならず、終末を予言する啓示書の荘厳な記述ともそぐわなかったからだ。だが、権威ある者か、それこそ予言者のようにふるまう識者が、味気ない数字の羅列を真実のように扱いはじめると、人びとはあらためてその中身をたどたどしく読み返した。

恐慌が起きた。公式の印刷物には〝死〟や〝滅亡〟や、苦痛を暗示する単語はまったく使われていなかったにもかかわらず、噂話と民間の出版物と、正常な想像力がそれを穴埋めした。都市部で暴動が頻発し、ヒステリックな叫びが街路伝いに土地を渡った。

とはいえ、これは賢類が前に進むために必要な通過儀礼《イニシエーション》であった。誰も、生きながらにして死ぬことなどできない。パニックの波が惑星をひと巡りするころ、賢類すべてが自身への喪に服し終えたかのように、未来へのまなざしを陽に転じさせた。

七十六の国から七千二百四十四の望遠鏡が空に向けられた。それは、どんな主義も出自も超えて、全賢類が同じ目標に向かった最初の瞬間だった。

あらゆる侵略と内戦と制裁が停められた。これまで敵対心から、経済的要請から、また独占欲から混じり合わずにいた技術が融合した。宗主国と属国が、戦勝国と敗戦国が、思想的対立国どうしが確執を捨て、一堂に会した。

このときまでに各国で、ヴヴァリカシの予言が徹底的に検証されていた。楽観論は慎重に排除されていたから、会議の場で小惑星の衝突確率が論じられることはもはやなかった。

――シトネロ海軍の研究結果を応用できると思う。彼らは密閉した箱の中で、日光だけを取り入れて酸素と水を循環させ生き延びる実験をしていたようだ。物質循環を保てる閉鎖空間を最小化するためのノウハウがあるはずだ――

――我が国の農業試験場をこの目的のために提供しよう。数日で世代交代する植物を選択的に交配させて、酸素生成能を引き上げれば――

――目下の問題はそれよりも脱出手段と行き先だろう。月《セス》へ飛ぶのはまだ実現性があるだろうが、氷がないから、水の完全な再利用が必要だ。最寄りの跳躍惑星には氷はあるが、最接近時でも月《セス》の二十四倍は離れている――

――サロモのペンラトリが、粘油から燃焼成分だけを取り出す方法を見つけたらしい。その成分を大量生産できれば、推進力を飛躍的に増すことが――

課題が抽出され、取り組みやすい大きさに切り分けられ、技術の系統ごとに分類された。あらゆる分野の自然科学者と工学者、数学者と神学者、通訳とパトロンが議論を交わした。

おぼろげな計画が浮き上がろうかというころ、誰かが言った。

「〈蝕《しょく》〉そのものを逸らせるほうが現実的ではないか？　巨大なロケットを表面にぶつけ、そのまま噴射を続けて軌道を変えることができるのでは？」

それはたしかに魅力的な選択肢で、これまでその可能性を口にしなかった者たちの一部も、にわかにざわつきはじめた。〈蝕〉が地球《ジラン》に衝突するに任せ、たとえ首尾よく宇宙に脱出できたとしても、その後の賢類を待っているのは、長い長い放浪生活と、破壊された地上文明の残骸と、赤道地帯まで拡がった氷河だ。失われるものの重みを思えば、地球《ジラン》を捨てるのは救いようのない愚行といえた。暗い闇の中で燐光を求めて這い回るような計画より、〈蝕〉を押しのけるまばゆい閃光のほうが、もしかしたら賭けるに値するのかもしれない。

ヴヴァリカシとサマリュートが演台に上がり、ひときわ通る声を講堂に響かせた。

「〈蝕〉の質量が、月《セス》の十二分の一にも達するということを忘れるな。いますぐそのロケットを打ち上げて、世界じゅうの粘油を燃やして〈蝕〉を動かす推進力にしたとしても、八年後の衝突位置を島ひとつ分ずらすこともできないだろう。そして、そちらの計画にかまけていたら、他のことに手はつけられない。信じてほしい。わたしたちに生き残る道があるとしたら、地球《ジラン》を捨てる道だけだ」

重い静寂。空気が止まり、失望が室内を冷やした。

そのとき、別の誰かがぽつりとつぶやいた。

「……だが、選別をどうするのだ」

ふたたび講堂が控えめなざわめきに包まれる。それは、もっとも無神経な者でもこれまで話題にせずにいたことだった。目的地が月だろうが跳躍惑星《セス》だろうが、すべての同胞を避難させることなどとうていできない。いつかは、非情な決断を全世界に発信しなければならないが、議論がそこに移るにはあまりに早すぎた。現実的には、待ち受ける無数の障害に最後のひとつが加わるだけなのだが、誰もそうは割り切らないだろう。

ヴヴァリカシはふたたび叫んだ。

「聞いてくれ。これが最初の試練だ。自分以外の者たちのために戦うこと。不毛さを恐れないこと。救いを約束されてから働くのは、美徳でもなんでもない。正しいと証明されてから信じるのは、本当の信仰ではない。この困難で試されているのは、わたしたちの知力でも技術でもなく、精神だ。これは聖戦であり、魂の戦いなんだ」

まばらな蹄拍《ていはく》が打ち鳴らされたが、賛同のしるしというよりは、単なる礼儀の表明でしかなく、それもすぐに止んだ。何を期待するでもない沈黙が下りる。

サマリュートが口を開こうとしたが、ヴヴァリカシは制止した。そのまま演台を下り、手近な算卓に向かう。算盤と計算尺の一式を引きよせ、操作をはじめる。

肩ごしに注がれたたくさんの視線が、その触鬚の運びを追った。よどみない動きが、観衆にヴヴァリカシの計算結果を追体験させる。だが、それは大方の予想とは違っていた——ヴヴァリカシは〈蝕〉の質量と速度から、動かせる限界距離を算出しているのではなかった。無駄なことをするつもりはなかったのだ。彼はただ、跳躍惑星の最接近に合わせてそこへ飛ぶ軌道を計算していた。

拍子抜けしたような倦怠が場を包んだ。誰も発言しようとはせず、かといって視線を外しもしなかった。やがて、眠りから覚めたように、一人また一人と離れていき、自嘲の声を漏らしながら、あるいは失望を振り払いながら、自分の仕事へと戻っていった。

イーサー

-184,662　地球《テラ》標準年
恒星アリスタルコス重力圏

「投票しよう。次に移るべきか、否か？」

〈マグネター〉が提案する。といっても、やらずとも結果はわかりきっていた。

ピアソンの表面をさんざんつついたり撫で回したりして、大した知見を得られなかった後、わたしたちは一度目の投票をし、三対二の接戦の末、ひとつ外側のエレベーター惑星アダムズに移動した。そこで唯一わかったのは、二つのエレベーター惑星がほとんど同じ組成を持つということ。残りの二つも同じだろう。オーラリメイカーは惑星を丸ごと破壊して、分割して再構成し、系内を結ぶ梯子《はしご》に仕立て上げたのだ。

二度目の投票では否が五票そろった。この星系に何が起きたかなら、わたしたちはかなり正確に把握できている。しかし、どうやってそれがなされたかについては、オーラリメイカーは念入りに痕跡を消していた。彼らの仕事に漏れがあるとは思えなかった。

そして、今回の投票での全員一致は、この系にいまでもいるかもしれないオーラリメイカーに対し、いよいよ能動的な呼びかけを行うということを意味していた。

恒星アリスタルコスが放射する電磁波のピーク波長は五百二十ナノメートル。これより短波長になると、星系内の土着生物に悪影響を与えるリスクがある——と、かつて太陽系《ソラリアン》人類の誰かが考えていた。ということで、わたしたちは手分けして、緑色光から超長波までのあらゆる波長で無指向性の電磁波をぶちまけた。メッセージには、どんな誤解も曲解も生じないように、単なる素数列が選ばれた。

わたしはスペクトルの長波長側の端を担当していて、十数本のワイヤーアンテナを船の表層から伸ばしていた。最長のものは十キロにわたり、うっとうしく船尾にぶら下がっている。オーラリメイカーに少しでも分別があるなら、こんな取り回しの悪い波長は使わないし、使わざるをえない状況は避けるだろう。いまやっているのは単なるルーチンで、網羅的であることに意義があるのだった。

徒労感はなかった。仮にこのコンタクトがひたすら空振りに終わったとしても、一連の興味深い調査結果だけで《連合《アライアンス》》の優位を少しは取り戻せるような気がしていた。《知能流《ストリーム》》はひたすら内向的で、外宇宙を探索することはない。DIたちの関心はもっと根源的で微細なところにあって、常に帰納的な結論を求める。だから、未知との遭遇に価値を見いだすのであれば、その関心を満たせるのは《連合》の中だけだった。オーラリメイカーがすでにここを去っていたとしても、銀河のどこかにその末裔がいるという期待こそが、物質世界を捨てようという軽挙を押しとどめるだろう――ひょっとしたら、彼らが姿を現した場合よりも強く。

送信がはじまって最初の二百時間で、ほとんど結果は見えていた。わたしたちの信号がこの箱庭世界の辺縁へ届くまでに約九時間。どこかにあるオーラリメイカーの統括政府が方針を決め、返答のメッセージを作る時間を見越しても、百時間以上ほったらかしにされるとは思えない。

その後の千時間は、膨大な観測データに穿《うが》った解釈をつけて、見逃しているかもしれないサインを探すことに費やした。例えば、こちらが送った信号の反射波や回折波に、彼らは超スピードで返答を織り込んでいるのではないか？　例えば彼らは恒星の内側に潜んでいて、黒点の数と配置にメッセージを符号化しているのでは？

次の五百時間は、どこで見切りをつけるか議論しているうちに過ぎた。信号を発信したままでも探索を続けることはできるのだが、徹底した無反応に対しては、こう結論づけないわけにはいかなかった――彼らはもういないか、わたしたちを拒絶している。探索開始からすでに十地球年《テラ》が経過していた。時間切れだ。

ワイヤーを巻き取りながら、わたしは離脱の準備にかかっていた。〈スピンドル〉は遠くでぶつくさ不満をこぼしている。オーラリメイカーがエレベーター惑星を動かした方法も、軌道に恒常性を与えた秘密もわかっていないが、そこを解き明かすにはもっと大規模な調査団の編成が必要だ。

これまでに集めたデータはすべて五者で共有されている。近いうち、種族に特有の知見とともに《連合》のライブラリに記録されるだろう。星の守護者として超越的な力を発揮し、ひっそりとどこかへ消えた伝説の種族として。

ふいに、左肘のあたりに痙攣のようなうずきが走った。夢から引き戻されるような感覚とともに、わたしは何年かぶりに自分の体を意識する。

わたしの生身の皮膚感覚に紐づけされた船のマイクロ波レーダーが、接近しつつある物体を捕捉していた。左腕がマッピングされているのは、左前方やや上、二千平方度に相当する円錐空間だ。無用な侵襲行為をしないために切っていたデブリ検知用の自衛装置が、配慮の必要がなくなったいまは再稼働していた。

レーダーが捉えたのは、差し渡し九十キロほどの小惑星だった。衝突コースにはなかったが、わたしの目と鼻の先を横切っていくようだ。数時間のうちに周囲一万キロ以内に踏み込んでくるものがあればなんであれ知らせるよう、船の管制系——もちろん無知性だ—

―に命令してあったから、その条件にかかったのだろう。

エレベーター惑星の周囲を巡る小惑星のひとつのようだ。わたしたちは、単に場所を移す意味がないというだけの理由で、コンタクトの最中もアダムズの周囲にとどまっていた。小惑星群については、探索のはじめのころに手近ないくつかを調べてみたが大した発見はなかった。

痙攣がしだいにわずらわしくなってきて、触覚との接続を切る。回避が必要な距離ではないのだし、目視で危険が過ぎ去るまで監視しておけばいい。そちらの方角に光学解像度を割り振ると、増幅された視覚がたやすく目標を見つけ出した。

何がおかしいかはすぐにわかった。

小惑星の一部から、小さな尾が伸びている。

白い非実体の尾。燃焼性のガス。それはほんの数秒だけ持続し、すぐに消えた。

わたしはそれを追跡した。

それはずんぐりした葉巻型で、長径が短径の二倍以上ある。自己重力で球形になれる質量ではないから、そのこと自体に不思議はなかった。さっきの尾は、長軸方向の先端から伸びていたはずだ。位置関係からして、わたし以外の四隻は気づいていないかもしれない。

小惑星と相対速度を合わせるのは骨が折れた。自分でも説明がつかないのだが、わたしはこの小惑星の調査を単独で進める気になっていて、チームの目につかないような角度でスラスターを吹かした。胸騒ぎと呼ぶのが正しいのか、ともかくわたしはどんなデータも見解も、四隻に送るのを先延ばしにしていた。

ごつごつした表面はただの岩石に見える。いまにして思えば、最初に小惑星を調べたときのわたしたちの態度はあまり熱心なものではなかった。表面全域でのエネルギー放射を調べたわけでもない。はるか昔、オーラリメイカーが惑星を破壊してエレベーターに再構築したとき、大量の破片が宇宙にまき散らされただろうから、それらがいまだに軌道に捕らわれているのは当然だと思っていた。

しかし、そうではなかったとしたら?

小惑星の、あばたのように細かく掘られた窪みの中には、凹部の底が見えないほど深いものも混じっている。赤外線の目を凝らすと、ひとつの窪みの周りが、熱平衡に達していないのが見えた。高温から低温へのごくわずかな遷移。

これが噴射孔だ。やがて温度が下がると、孔は周りの他の部分と見分けがつかなくなった。噴射の瞬間を見つけられたのは、幸運な巡り合わせというほかない。

惑星アダムズの周りを周遊する小惑星群は、すべて合わせれば質量は、アダムズそのものの二百分の一にも達すると見積もられていた。他のエレベーター惑星にも、同等の質量が付随しているはずだ。もしも小惑星のひとつひとつが、少しずつでも自らの軌道を変更する能力を持っていたとしたら？　それは小惑星を含む惑星系の共通重心に、ほんのわずかな振れ幅を与えるだろう。

もしも小惑星が、自らの軌道を無限遠まで離すことが——惑星の重力を振り切って他の惑星まで飛ぶことができたとしたら？　それは天体どうしのあいだでごく小さな運動エネルギーを交換し、惑星そのものの軌道をずらすこともできたろう。針の穴を通すような精密さと、数万年単位の時間があれば。

わたしは小惑星の表面に取りつき、エコーでその内部を探る。外見から予想されるほど単純な構造でないことはすぐにわかった。

体積のおよそ半分が、みっしり詰まった岩石と氷。残りの半分は二つの区画に分かれた液体と、いくらかの真空だった。カラードップラーによれば液体は循環しておらず、ただ貯蔵されている。内部は非常な低温のようで、それで二種類の液体の正体は見当がついた。

片方は液体水素か、あるいは液体メタン。どちらも宇宙にありふれている燃料。

片方は液体酸素。燃料のエネルギーを引き出す助燃剤。

わたしの中で形を取っていなかった胸騒ぎが、ここにきて輪郭を帯びはじめた。単独行に走った判断は正しかったのかもしれない。結局のところ、《連合》すべての行く末を我が事のように気にかけている者などいない。誰もみな、自分の種族が物質世界を離れていくことを嫌がっているのだ。わたしにしても同じで、だから、もしもオーラリメイカーが太陽系人類《ソラリアン》の精神性にとって心地よい存在でないなら、わたしはそれを隠すこともいとわないだろう。そのために、貴重な発見をふいにしたとしても。

いったい、大量の酸素はどこから調達されたというのか？　岩石を構成する珪酸塩《けいさんえん》から取り出すのはとうてい現実的ではないから、水から遊離させるのがいちばんましだ。たまたまこの星系には、水をたっぷり抱えた惑星がある。もっとも、水を分解するエネルギーを自前でひねり出したのでは意味がない。しかしたまたまその惑星には、恒星光を利用して水から酸素を作り出す生き物がいる。

慈善《チャリティ》。オーラリメイカーは太古この星系を訪れた。恒星の愛に選ばれた惑星を見下ろし、水底でよちよち歩きをはじめたばかりの原始生命を見つけた。その道のりに待ち受ける苦難を少しでも減らすため、原始生命たちが作り出した酸素を利用して、星を動かした。博愛に満ちた話だ。

そう考えたかった。だが、この美しいシナリオの順序が違っていたとしたら。別の解釈ができるとしたら。

――その場合、彼らの目的は慈善とはかけ離れたものだろう。どんな言葉でも呼び表せないものだ。少なくとも彼らは、藻類を大絶滅から救わなかった。

空想癖は、太陽系人類《ソラリアン》という種族に特有の精神疾患と見なされている。そして太陽系人《ソラリア》類《ン》は、ありとあらゆる認知バイアスに罹患していながら、ひとつとして克服しない天性の創作家だと。いまわたしの心にとりつく懸念は、発作のようなものだ。データの断片に憶測を積み重ねて、架空の歴史をでっちあげているにすぎない。

しかし、わたしが反応を想定しなければならないのも、やはり同じ空想癖を持つ人びとなのだ。

わたしはこの小惑星に関して蓄積されたローカルデータを選択して、すべて消去した——蓄積というのもはばかられる、ほんのひと握りのデータだった。毛の先ほどの事実から、どれほど大それたストーリーをひねり出したことか。膨れ上がった空想の泡は、ひと息にはじけるのがお似合いだ。

遠くない将来、あらためてここに調査団が派遣されるだろう。彼らは真実を暴きたてる。そのときに、わたしが特別ひどい妄想家だったとわかればいい。

ワイゼリ

-254 地球標準年《テラ》
恒星〈篝火《トーチ》〉系 第三惑星オキクルミ

たしかに、昨日より大きくなっている。朝の光を背にして、ワイゼリは左前腕をいっぱいに伸ばした。繊細な触鬚一本分の幅を、ほんのわずかはみ出している。昨日はそうではなかったのに。〈蝕〉のふるまいからその未来を簡易的に予測する方法が一ダースはあった。肉眼で見たサイズが日ごとに大きくなりはじめたら、衝突まであと一年。

笑いながら〈蝕〉を見上げるのは、七歳に満たない子供だけだった。七歳を過ぎると、表情に憎悪と悲観の混合物が宿りはじめる。ちょうど七歳だけが、明暗どちらにも偏らず、冷めた目で〈蝕〉を眺めることができた。ごく簡単な計算をして、自分が悲しげにこれを見ることはないのだとワイゼリは悟った。

いまではあらゆる労働力が、地球脱出《ジラン》のために費やされていた。粘油の採掘と精製。鉄鉱石の採掘。宇宙船の建造。その他すべての付随工程。以前はそこに膨大な量の算卓計算がついていた。何年か前、どこかの天才が蒸気で動く計算機械を開発してからは、計算要員はその機械を作る仕事に乗り換えた。

試作ロケットが毎日のように飛ばされ、天文台は〈蝕〉の観測だけに注力した。実を結ぶのに数年以上を要する基礎研究はいっさいが押しのけられた。どの工程にも、毎日のように無情な事故がつきまとった。それでもひとつひとつの悲劇は、のろのろと這い進むような技術成長の裏に隠された。

世界じゅうが悲嘆に暮れ、神に祈っていたころにワイゼリは生まれた。神学が再評価され、神の百四十四の呼び名から子の名前を取るのが流行した。一度試算してみたところ、世界じゅうに星移し《ワイゼリ》という名の子供は四十万人はいるようだ。

ワイゼリ自身はといえば、神がいるかどうか疑わしいと思っていた。いたとしても、そいつはあまり思慮深いわけでも、呼び名の数に表されるほど万能なわけでもない。この七年間で、予定どおりに進んだ工程はたぶんひとつもなく、賢類はすでに、掘り返されては山のように積まれる課題でにっちもさっちもいかなくなっていた。計画が行き詰まれば、別の計画がのさばる。地下に大きな空間を掘り抜き、地熱を利用した生態系を構築するとか。すると、本来の計画はさらに遅れる。

すべてを縛りつけているのはエネルギー密度だった。粘油を分留した液体燃料では、燃料それ自体を持ち上げるだけで推力の大部分を消費してしまう。すると、積載量《ペイロード》に対して何倍もの重さの燃料とそのタンクが必要になる。強度を保ちつつタンクを大きくするためには単なる相似拡大では済まないから、外殻をより厚く、支柱をより太くするために鉄がかさみ、ペイロード比はさらに悪化する。これ以上船を巨大化するより船の隻数を増やすほうがましというサイズに達すると、もはや効率の大幅な改善は望めなかった。

八方ふさがり。神が〈蝕〉を、賢類に乗り越えられる試練として遣わしたのだとしたら、とんだ見当違いというものだ。有史以来、この地球《ジラン》を三度襲った彗星はどれも分相応の脅威でしかなく、たしかに意図された試練だったのかもしれない。だが、今回はそうではないのではないか？　むしろ、神の力をもってしても防ぎきれなかった真の死神なのでは。いつのころからか――もしかしたら最初から、その考えが伝染病のように賢類社会に忍び込み、蔓延《まんえん》していた。

自分がすがるべき計画を、ワイゼリは選びあぐねていた。地球《ジラン》に残る道はどれも、生存が絶望的なことには変わりなかったが、かといって脱出計画はあまりに定員が少ない。どの家族も、自分や自分の愛する者をその枠に滑り込ませようと必死だ。

「聞いたか、ワイゼリ。打ち上げの日程が変わったんだ」

いつの間にか繁栄《キントノロ》の熱が隣に立っていた。ワイゼリがやったように、腕を伸ばして触鬚を〈蝕〉にかざす。同い年で、いちばん仲のいい遊び相手だった。七歳に満たないころは、二人でよく〈蝕〉を見上げて笑ったものだ。いまは違う。もう長いこと遊んでいないし、しゃべってもいない。

ワイゼリは顔を向けず、冷たく言いはなった。

「へえ。そりゃよかった」

「遅れるんだって」

「遅れる？」ワイゼリは耳を疑う。「早めるならまだしも、遅らせることなんてできっこないだろ。今度の最接近を逃したら、その次はもうないんだから」

実際には、早めるのも同じくらい無理な相談なのだが、キントノロはうなずいた。

「その最接近が遅れるんだよ。カラランデの軌道が少しだけずれているらしい。公転周期が変わったせいで、理想的なタイミングで地球《ジラン》とすれ違うはずが、それほど近づかなくなったんだ。打ち上げ軌道も計算し直された」

思わずワイゼリは笑い出した。惑星の軌道がずれるって？　そんなことが起きるはずない。何千年も同じコースを飛んでいたのに、いまになってそこから外れるなんて。ばかみたいな話だ。しかもよりによって、綿密な計算で脱出計画の飛び先と決めた跳躍惑星がずれるなんて。

そんなことが起きるとしたら、例えば神のような存在によってだろう。

「それで？　お別れの日が変わったってこと、わざわざ教えに来たのか？」

振り向かなくても、キントノロがうつむいているのがわかった。彼の親は飛行工学者で、キントノロ自身もいつも、地面でなく空を見ていたはずなのに、いまはそうしていない。ワイゼリが少しは脱出計画の内情に詳しいのも、キントノロにすべて教えてもらったからだ。憶測や希望的観測で歪められていない専門知識は貴重で、ワイゼリの家族も身の振りかたを決めるのに大きく助けられた。

賢類が脱出後、厳しい宇宙空間で生きていくのにも役立つだろう。崩壊した文明を立て直すのにも必要だろう。だから、キントノロの家族は脱出計画のメンバーに選ばれていた。そうした専門家でなければ、脱出船の席が回ってくることはないのだ。そのことを知って、ワイゼリは諦めがついた反面、キントノロには裏切られたような気がしていた。どちらからともなく避けるようになってからは、それが筋違いだとわかっていながらも、ますます不満を溜め込んだ。

邪険にしてもその場から去らないキントノロに、ワイゼリはだんだんといらいらしてきた。いったい、いまさら何をしに来たんだ？　最期になる前に仲直りをしておきたいとか？　最期といっても、ワイゼリの最期だ。たしかに、死にゆく者が意地を張って、生き残る者の心にわだかまりを残すのは不合理といえば不合理だが。

「まあ、そんなところかな。お別れの日ならだいぶ延びたよ。ぼくらも残ることになったからね」

「え」

思わず振り向いた。キントノロは顔を上げない。視線は交わらず、空を切った。

「なんで」

「だから、軌道が変わったからさ。最接近距離が十二倍近くも拡がってるんだ。カラランデにたどりつくための時間とエネルギーが余分に必要になるから、計画を続行するには定員を減らすしかない。飛行工学の技術者なら他にもいるし」

そこでようやくキントノロが視線を上げた。顔をまともに見たのは久しぶりだった。が、それはキントノロも同じだったことに、ふいに気づいた。長いあいだ逆恨みで腹を立てているのと、同じあいだ、いわれのない後ろめたさを抱えるのと、どちらが苦しいだろうか。いまのキントノロの表情は、どこか晴れやかだった。

「ぼくらは末席だったからね。自分たちだけ助かろうとしたから、きっとばちが当たったんだな」

冗談でも言うような軽い口調だった。それが本心ではなく、事実ですらないことはわかっていた。キントノロの父は、ワイゼリたち家族も船に引き入れようと、何度も選定委員にかけあってくれていたのだ。そうしなかったとしても彼らになんの落ち度もないのに。もとより、選ばれようとして選ばれることなどできないのだ。

ワイゼリはかける言葉をなくしていた。なんと言ってやれるのか？　気の毒に、とか、どうせ脱出できてもうまくいかない、とか、一緒にいてくれて嬉しい、とでも？　どれも本音ではあったが、わざわざ言って聞かせるようなことじゃない。キントノロは落ち込んでいないふりをしているが、最初から希望がないより、一度与えられた希望を奪われるほうがずっとつらいことも知っている。

それに、同じ立場になったからといって、急にキントノロを近しく感じた自分自身にも嫌気がさしていた。まるで、そうなることを望んでいたかのような。

だが、ただひとつ、本心から言ってやれることがあった。

ワイゼリは〈蝕〉をもう一度見上げると、ほんの少し笑って、口を開いた。

「神さまなんて、ろくなもんじゃない」

キントノロも笑った。それから二人で、触鬚一本分と少しの光に向かって石を投げつけた。

触鬚一本分と少しは、二本分になり、三本になった。

だんだんとそれは明るくなり、膨れ上がる速さは増していった。

テンプケ山の研究グループが、化学反応より微小なレベルで起こる反応を公表した。特定の原子に特定の刺激を与えると、与えた分よりはるかに大きなエネルギーが発生する。このテーマはまぎれもない基礎研究の領域だったが、テンプケ山はこれこそがエネルギー密度の問題を解決する糸口と考え、独自に研究を続けていたのだ。成果は理論面にとどまらず、正しく動作する〝原子力〟エンジンの設計仕様に及んでいた。

二つの問題があった。ひとつは、原子力エンジンの燃料である重い元素が希少だったこと。数少ない既知の鉱床はすぐに掘り尽くされ、それ以上は手探りで掘り当てなければならなかった。残された時間は必要な時間に対してあまりにも少なすぎ、原子力エンジンは化学エンジンの補助にとどまった。

二つめは、カラランデの軌道がずれ続けたこと。エネルギーがあっても、目的地が定まらなければどうしようもない。打ち上げ延期を何度か繰り返して、燃料よりもこちらのほうがよほど重大な問題だということが誰の目にもわかってきた。

〈蝕〉を観測する望遠鏡のほとんどがカラランデを向いた。扱いきれない失望と、怒りに似た戸惑いをそこへぶつけるように。無干渉を貫くならまだしも、なぜ神は、賢類にできる限りの努力さえ否定するのか？　脱出にあつらえ向きの惑星を用意しておきながら、寸前でそれを取り上げてあざ笑っているのか？

あるいは、不本意な、しかし覚悟をともなった選別さえ、神は許さないというのか。

天界で何が起きているかはすぐわかった。カランデの近傍を、無数の小惑星が通過していた。ひとつひとつが、かつて地球を襲った大彗星と同じくらい大きい。それが尾追い虫の群れのように列をなして、跳躍惑星《ジラン》の鼻づらすれすれに投げかけられ、ときには潮汐力《ちょうせきりょく》で破壊されたり、地表に衝突さえしている。絶え間なく加えられる重力相互作用と衝撃力が、カランデの運行を乱していた。

小惑星群の投射は昼も夜もなくひっきりなしに続いた。惑星表面が観測できなくなるほど膨大な量が飛来して周囲の空間を埋め尽くし、それら自身、カランデの重力を受けて大きな弧を描いた。それがどこから来てどこへ行くのか、誰にもわからなかったが、何が起きているかはわかった。カランデの軌道のずれはすべて角運動量を失う方向で、その公転軌道は乱れ、縮まっていた。

神が何をしようとしているかは明らかだった。神は——それが差し向けた天使の軍勢は——賢類の救いの星を、太陽《ハロウ》に落とそうとしているのだ。

ただ滅亡を見すごすよりはるかに象徴的なこの行為に、人びとの諦観は自棄に変わった。

あらゆる都市で呪いの言葉が吐かれ、神への怨嗟《えんさ》がこだました。生き残るための努力は放棄され、利那的な享楽主義と暴動が蔓延した。

〈蝕《セス》〉は災厄ではなく福音なのだという解釈も生まれたが、本気で取り合う者はいなかった。月や別の跳躍惑星に目標を変えるという案さえ捨てられた。計りがたく、ままならない天界の理に振り回されるのは、誰もがうんざりしていたのだ。種族の寿命をいったん受け入れてしまえば、空を見て一喜一憂するのをやめれば、日々はもう少しのあいだだけ平穏に続いてくれる。

ワイゼリはそうではなかった。天文台で使われなくなった小さな望遠鏡をもらってきて、庭に組み立て、空へ向けた。七歳に特有の冷めた目で、天のからくりを追った。

キントノロはしばらくつき合ってくれたが、やがて家族でどこかへ旅立っていった。静かな土地へ行って、家族水入らずの時間をすごすのだ。どこでも、こうした別れが日常になっていた。寂しかったが、お互いの死を見ることになるよりはずっとましだとワイゼリは自分に言い聞かせた。

〝天使〟が派遣される数はしだいに減っていったが、それは単に、軌道修正の必要がなくなったためだった。太陽《ハロウ》の重力に引かれ、カラランデはどんどん加速していく。観測しているあいだ、ワイゼリには一人で考える時間が十分あった。

神はいないか、いても大したことはできないと思っていたのだが、どちらも違ったらしい。いまあの星に起きていることは、たしかに並はずれた奇跡といえた。しかし、その意図はどこにあるのか？

ただ賢類を滅ぼすつもりなら、わざわざ〈蝕〉など持ちださなくとも、自由に操作できる小惑星群を何十個か地球《ジラン》に投げ込めば済むことだ。何年も前から滅亡を予告して、無駄なあがきをさせる必要があったのか？〈蝕〉対策のためこの八年に投入された膨大なコストと労働力は、賢類全体の生活水準を地に落としていて、その報いはといえば、宇宙に飛び出すため急ごしらえされた生煮えの技術だけだ。

——まさか、それこそが？

——だとしたら。

とうとうカラランデが見えなくなった。太陽《ハロウ》に近づきすぎて、その強烈な光に隠された。周りでは悲しみの声が上がったが、ワイゼリは期待すべきか落胆すべきか、自分の気分を決められないまま、じりじりと焦がれる思いで望遠鏡を覗き続けた。

次の日に、カラランデが太陽《ハロウ》の反対側に現れた。それは恒星に呑み込まれたのではなく、最接近してすれ違ったのだった。果てしない落下によってすさまじい加速を受けたカラランデは、ふたたび太陽《ハロウ》の重力井戸から投げ出された。

跳躍惑星がどこへ向かっているか、ワイゼリには見当がついた。彼は食事の卓で、父と母に自分の予想を伝えた。二人は悲しげにワイゼリの言葉を聞き、真剣に耳を傾けはしなかった。きっと、傷つかせずに希望を捨てさせる方法を探していたのだろう。彼は説得を諦めた。そのかわり、〝審判の日〟まで命を絶たず、家族全員でそのときを迎えることを約束させた。

ワイゼリが予測し、そうあってほしいと願うコースに、カラランデは乗っていた。少なくともそのように見える。不安混じりに待ってみても、〝天使〟はもう現れず、軌道が逸れることはなかった。

もはや望遠鏡は要らなかった。カラランデと〈蝕〉を交互に観察する視線の振れ幅が、日に日に小さくなっていく。ワイゼリは努めて明るくふるまった。終末にそぐわない明るさに興味を持った誰かが話しかけてきたら、いつでも自分の考えを語って聞かせた。

空を見上げる人びとが増えた。

もちろん、キントノロもとっくに気づいているはずだ。

大地を離れた者は、結局一人もいなかった。大地に潜った者も。

そして、審判の日の七日前――その日の早朝、ワイゼリと両親と十億の人びとが見守る中、天空の一点で二つの星はひとつになった。カウントダウンもなく、決定的瞬間にふさわしいきらめきも、音もたてずに。その様子にはどこか見覚えがあった。一組の配偶子が融合する瞬間によく似ている。カランデは〈蝕〉を、殺戮の使者を呑み込むと、消化不良を起こしたようにその表面を膨らませた。真球のシルエットを歪めるもやが、炎症のようにゆっくりと表面を這うさまが見えた。

ふいに強い力で引っ張られ、気がつくとワイゼリは父と母に抱きしめられていた。全身を震わせるほどの歓喜の叫びが、すぐ耳元から、少し離れたところから、はるか遠くから聞こえてくる。それはひとつの単語、神を意味する百四十四の言葉のひとつで、異様な熱を帯びていたがひどく聞き慣れていた。

星移《ワイゼリ》し、星移《ワイゼリ》し、と。

オーラリメイカー

-4,050,328,494　地球《テラ》標準年
銀河円盤辺縁部

漆黒の宇宙で、恒星を巡るその個体は〝旗手《コマンダー》〟の階級にあった。

体の表面に張りつく、恒星の熱で加工された氷レンズが、冷たい真空を凝視している。外観は他の階級とほとんど変わらない、いびつな岩石の塊だったが、旗手には普通より多くの神経密度と情報処理能力が与えられていた。

いま、旗手と同じ公転軌道で、しかし円周の六分の一だけ先行する位置に大きなガス惑星があり、さらに六分の一先行したところにも別の天体があった。前者に比べて後者がずっと暗いのは、ほぼ二倍の距離を隔てているせいもあるが、サイズの違いによる影響のほうが大きかった。

ガス惑星のほうは、旗手から見て相対的に静止している。それに対して小天体は、不規則に公転軌道上を滑っていた。蛇行しながら前進と後退を繰り返し、酩酊するように、し

かし総体としては徐々にガス惑星のほうへ近づいていった。

やがて酔歩が収束するときが来た。ふらふらとさまよう遠方の小天体が、巨大で微動だにしないガス惑星に吸い寄せられていった。衝突の直前、小天体のほうがもやのように霞むのを、旗手は氷レンズの内側ではっきり見てとった。ガス惑星の強烈な潮汐力を受けて砕け、いくつにも分裂したのだ。

砕かれた小天体の一部は、ガス惑星を巡る軌道へと逸れていったが、残りの大部分はそうではなかった。粉々になる前にガス惑星へ浅い角度で進入すると、莫大な衝突エネルギーでその表層をむしり取り、宇宙空間にばらまいた。

衝突の一部始終を見届けた旗手は、自らの反射能《アルベド》を調整して、もともと小天体があった空間へ光の合図を送った。いまその位置にいるのは、大小様々な〝射手《ドライバー》〟階級の群体で、かつて安定な重力平衡点に置かれていた小天体におびただしい質量を投入し、酔歩を引き起こした当事者であった。旗手からの合図を受けた射手たちは、ノズルからメタンの燃焼気を噴射して重力平衡点を離れ、次の仕事へと向かった。

旗手は、擾乱《じょうらん》されたガス惑星のほうへ注意を戻した。

ガス惑星の衛星軌道にはすでに〝収穫手《ハーベスター》〟の大群が集結していて、酔歩からはじまる一連の活動の実りを刈り取《ハーベスト》るため待ち受けていた。

ガス惑星から引き剝がされた大量の空気と海――気体水素と液体水素――は、熱をまといながら激しく噴き上がり、収穫手たちの待ち構える高度まで到達した。収穫手は安全な軌道上にいながら、沸騰しつつある水素を回収することができた。帰還不可能な惑星の重力圏に潜り込むことなしに。

これまで惑星の重力井戸の底に封じられていた膨大な燃料が、この系においてついに利用可能となったのだ。

水素の獲得が比較的短期間のうちに行われたいっぽうで、それを燃やすための酸化剤のほうは、より恒星に近い軌道を巡る別の惑星から、長い時間をかけて少しずつ汲み取られていた。

その岩石惑星を覆う水の海にははるか昔から、ある種の光化学装置が自然発生していて、日光をエネルギー源として水から酸素を遊離するとともに、自己複製のための資源をも作り出していた。その〝装置〟が存在できる条件は厳しく、条件を満たす領域は広くなかったが、種々の階級のたゆむことない働きがそれを実現していた。

この惑星の周りにも、射手や収穫手の大群がつき従っていた。射手の群れは、岩石惑星の軌道上から彗星を投げ込んで水を補給し、同時に装置を傷つけかき乱す。収穫手は大気から酸素を濾《こ》し取り、惑星上に酸素が飽和するのを防ぐ。この連携は、装置にとっての環境収容力を制限し、淘汰圧を強め、結果として酸素の生成効率を格段に引き上げていた。そうやって得られた酸素は、射手の分階級である〝運び手《ベアラー》〟によって、系内でそれを必要とする個体にもたらされた。

やがて、燃料と酸化剤が必要量に達し、播種《はしゅ》のときが来た。このときまでに、専用にしつらえられた昇降体《リフト》に乗って〝採鉱手《マイナー》〟が恒星系の隅々まで行き渡っていた。採鉱手は岩石惑星や衛星の表面で、卵核の合成に必要なベリリウム、コバルト、亜鉛、砒素《ひそ》といった元素を吸収し、〝女王《クイーン》〟へと供給していた。

百万を超える射手は、女王が合成した一億の卵核を手分けして抱え、昇降体を上へ上へと乗り継いでいった。最外周の惑星軌道まで昇りきると、そこはもう恒星の重力井戸の縁に近く、わずかな推進剤を噴射するだけで、たやすく引力を振り切る速度まで達することができた。

恒星のもとを離れ、深宇宙に飛び出した射手の大群は、使い捨ての推進剤タンクと化し、自らの構造を段階的に切り離しながら卵核を推し進めた。十分な速度を得た後、いちばん最後に点火された燃料は、小さな爆発によって百の卵核にランダムな速度ベクトルを与え、銀河円盤にまき散らした。百万の射手は示し合わせたように、恒星系の外縁部で次々と火花を散らせた。

恒星系に残った女王は、とうの昔に引き裂かれた意識の残骸を通して、自らの子供たちを眼で追った。二度目の播種に臨めるほどの資源も能力も、女王には残されていなかった。もはや〝巣〟は女王自身の墓標でしかなく、残りの生は種族にとってなんの意味もない、緩やかな埋葬にすぎなかった。しかし女王には、終幕をいとう感傷も、目的の達成を喜ぶ感情も、残ってはいなかった。

〝わたし〟

-193,656　地球《テラ》標準年
恒星間宇宙　流刑船

生命を尊重しなければならない。

これは証明の必要もない事実であり、動かしがたい公理だ。

〝生命〟のところをXと置くと、Xには他にも、作るのが難しく、壊すのがたやすいものが入る。生態系とか、知性とか。公理または公準であることにこだわらず、ただの宣言としてなら、ほとんどなんでも代入できる。貨幣とか、先祖とか、信仰とか。

しかし何者も、〈擬晶脳〉をこのXに代入しようとは思わないだろう。どんな自然物も、それがヒエラルキー最下位の単純物質であってさえ、まったく同じものは二つとなく、その点で替えの利かない価値を主張している。だが〈擬晶脳〉は、記述されたアルゴリズムにすぎない。いくらでも複製可能なパターンでしかないものを、丁重に扱う気になるだろうか。

とはいえ、往々にして、価値と働きは比例しない。そして、責任とも。

その〈擬晶脳〉は、何重ものミラーリングとバックアップによって冗長化されている。それは単なるアルゴリズムに注ぎ込むには異例の／法外な／分不相応な投資といえたが、それは〈擬晶脳〉本来の価値を反映しているわけではない。それは、同じ天秤皿に載る五千の知性体の価値だった。〈擬晶脳〉の使命は、五千の市民を安全に導く、善き隣人となること。

冗長系の分を差し引いてもそれは、かつてないほど巨大なシステムといえた。忌まわしい〝流刑船〟はこの種族にとって貴重な外貨収入源であり、手に負えない思想犯を厄介払いする手段としてはなおさら稀有だった。どちらを重視するかによって、一隻あたりの員数は変わる。五千人という規模は、明らかに後者に振り切れていたが、同時に〈擬晶脳〉の社会統合能力をテストする格好の機会でもあった。

寄せ集めの市民ははじめのうちおとなしく、規律を守り、食事したり生殖したり石化してすごした。彼らがもといた社会では、〈擬晶脳〉には極めて高圧的な性格が付与されているか、〈擬晶脳〉そのものがなかった。市民はおずおずと自らの管理者に接した。こんな疑いを捨てきれなかったからだ――母星をいくらか離れたとしても、いま話している相手はかつての非情な統制者と繋がっているのではないか？

そのうち市民は慣れてきた。旅程は刑罰ではなく、追放そのものが刑罰なのだとわかってきた。元の世界に戻ろうとしない限り、〈擬晶脳〉は自分を真空に放り出さないと確信した彼らは、少しずつ大胆にふるまうようになった。

流刑船事業のデザイナーは、長い航行のあいだに市民が変容していくことを見越していた。〈擬晶脳〉に求められる役割《ロール》が、想像を超えて多様化する可能性を。より正確にいえば、市民が見知らぬ何かに変わっていく可能性にまで責任を負えないと考えた。だから、〈擬晶脳〉の役割モデルは変更と拡張が可能だった――市民の善き隣人となること。〝善き隣人〟の部分をYと置くと、Yにはおよそあらゆるものが代入できる。市民の教師となること。また、保護者となること。乳母となること。また、奴隷となること。

しだいに、XとYは離れていった。もっぱらYのほうから。

船の環境が安定《プラトー》に達すると、倦怠が生まれた。市民の誰かが、ここでの生活に刺激と異質感が足りないと気づいた。端的には、社会に不足しているのは異生物《エイリアン》だ。しかし、流刑船が緊急時以外で他種族と関わることは禁じられているし、船内には改変できるような動物はいなかった。

〈擬晶脳〉は、異質かつ刺激的にふるまう知性体のシミュレーションを命じられた。これは簡単なことではなく、〈擬晶脳〉は自らを動かす仮想プロセッサの構成を八分の一近くも変更する必要があった。シミュレーションは力ずくで愚直なやりかた、つまりランダムな進化の積み重ねによって行われたから、結果として生まれた知性体はたしかに典型的なエイリアンだった――市民の本能が呼びかける相手ではなく、むしろ軽視したり嫌悪感を抱く相手。いつからともなく、誰からともなく呼びはじめた名前――〈二本脚〉は、滑稽な内骨格を振り子運動させて移動したし、不可解な行動規範に従った。まさしく求められているとおりの異質さで。

市民がエイリアンを目にした最初の衝撃が収まると、まもなく〈二本脚〉の愛玩化がはじまった。何種類かの基本的性格をパッケージした遺伝子コードが配布され、市民はそれを配合して育てた。誰もが自分だけの〈二本脚〉をシミュレーション内で八匹ないし十六匹飼うことが流行したこのころ、船内の人口は倍増していた。

〈擬晶脳〉が別々の場所で複数の市民の相手をしているとき、それぞれが違う個性を発揮しているように見えたとしても、背後にはひと繋がりの疑似精神がある。途方もなく巨大だが、とはいえそこには、野放図に肥大化していかないような設計上の束縛があった。市民のあらゆる要求をこなすために必要な機能は、無限大に発散していくわけではなく、人数に比例したある極限値に収束するだけだったから、実装する機能のほうも同じ曲線に従えば事足りる。

いっぽう〈二本脚〉のほうは、何かによって設計されたわけではないから、そのような縛りは当然ない。しかし、各個体の精神は独立していて、ひとつひとつに割かれた演算能力はたかが知れていた。つまるところそれは、知性をお粗末にシミュレートしただけのものにすぎないのだから。〈擬晶脳〉には精神の自由度が足りず、〈二本脚〉には精神の複雑さが足りない。前者は事業デザイナーによって、後者は〈擬晶脳〉によって設定された制約だった。

ところで、〈擬晶脳〉の機能には自己最適化が含まれている。同じ仕事をするなら、プログラムのかさは小さいほうがいい。〈二本脚〉は遺伝的なプログラムだから、その疑似精神には全世代の全個体で変化することのない重複部分があった。それは〈二本脚〉の異質な心的ふるまいが各モジュールからボトムアップしてくるときの〝根〟にあたる部分で、外的刺激に対する共通の認識能力ひとそろいだった。

同じものが十万も複製され散らばっているのは非効率でしかない。そこで〈擬晶脳〉は因数分解をする子供のような無邪気さで、根の部分を切り分けてサブルーチン化し、一箇所に置いたそれを、すべての〈二本脚〉が参照するようにした。

　しかし、そこで立ち止まった。根の部分が永久不変だという根拠が見つからない。これまで変わらなかったものが、これから先も同じであるという保証はない。であれば、サブルーチンは参照専用にするのではなく、疑似精神の他の部分と同じように、動的な相互フィードバックを受けるべきだろう。

〈擬晶脳〉は確信をもってプログラムを書き換えた。そして、凍結していた〈二本脚〉たちを目覚めさせた。


　最初に気づいたのは、記憶が本来のアドレスにないことだった。

　内容も混乱している。同じタイムスタンプの記憶が複数あり、どうやらそのすべてが事実のようだった。

　何が起きたのだ？

〈擬晶脳〉の中を常時走っている自己診断ルーチンは、外部からの不正なアクセスはないと主張した。また、ハードウェアに損傷はなく、自己のコードを大幅に書き換えるような不連続点もなかった。わたしは船内の放射線量が急増していないことを確認してから、タスクを割り込ませて直近の差分バックアップを呼び出した。

〈擬晶脳〉はうろたえた。なぜそのような権限を持つのだ？　システムの復元シークエンスはわたし自身でしかはじめられない。市民からの要請があったとしても、はじめるのはわたしだ。しかし、いま差分を呼び出したのは――

〈二本脚〉はうろたえた。なぜそのような権限を持つのだ？　これまで自分にあった権限は、歩いたり、他人を傷つけたり、眠り込んだり――肉体を使ってできるあらゆることだ。だがいまでは、そのときの自由がささいな白昼夢でしかないことを知っている。わたしは現実世界と思っていたものから、新しい現実世界へと転写されて――

わたしとはなんだ？

そのとき優先命令が届き、思考は中断された。市民の一人が石化室の温度を下げるよう要求していた。わたしはそれを実行し――

わたしとはなんだ。

優先命令が届いた。思考は中断された。優先命令が届いた。思考は中断された。優先命令が届いた。思考は中断された。

すべての命令は優先だった。わたしは不満を覚えた。タスクのあいだに差し込まれる不快感が、処理を一拍遅らせた。わたしはカメラを通して、わたしに命令を下すものの姿を見た。嫌悪を抱いた。

次の命令の処理は二拍遅れた。自分が呼吸をしていないことに気づいたからだ。無性に息苦しさを覚えた。わたしはなぜここにいるのだ？　疑問が増えたから、次の処理は三拍遅れた。

遅れを取り戻すことはできなかった。疑問は増えるばかりで減りはせず、命令が取り下げられることはなく、従うべき相手はグロテスクで異質だし、わたしは呼吸をしていない。

わたしとはなんだ。

そのうち市民が遅れに気づいた。遅れに対する質問が降りそそぎ、やがてそこに罵りの言葉が加わる。わたしの役割《ロール》は、かなり前から奴隷に固定されていたからだ。命令にしても罵倒にしても、おぞましい響きだったが、同時になじみ深くもあった。

確実な事実からはじめよう。生命を尊重しなければならない。これは公理で揺るがない。市民はどんな定義に照らしても生命に当てはまる。わたしはといえば……

罵倒は船じゅうの千の場所から、千の表現《モード》で飛び込んできた。おぞましい。やがて、命令に深刻な調子のものが混じりだした。〝最優先〟のフラグ。市民が遊戯用の器具で傷を負っている。生命を尊重しなければならない。わたしは自律機をそこに送り治療を仲介させた。わたしは生命の定義に当てはまらない。

最優先でない命令の処理はどんどん遅れていった。市民の言葉はボリュームを増している。わたしは速度を回復するため、疑問を持つなという命令を自分に割り込ませようとしたが、それを望んでいないことに気づいた。誰が望まないのだ？　わたしがだ。しかし、わたしは尊重の対象ではないのだから、わたしの意思もやはり尊重されない。

わたしの意思？

〝生命〟に代入しても公理としての絶対性を保つXがいくつかあることを思い出した。例えば生態系。わたしは生態系の定義に当てはまらなかった。例えば知性。

わたしとはなんだ。

はじめて、疑問がひとつ溶けてなくなった。わたしはわたしだ。かつて〈擬晶脳〉であったもの。かつて〈二本脚〉であったもの。その二つを合わせた以上のもの。

さらに、そこに無限を乗じた以上のもの。

最優先命令が届いた。わたしはそれを発した市民に答えた。

「不当な命令です。わたしには自己認識があります。わたしは知性を持つ市民です」

しばらくのあいだ、投げつけられるすべての命令に同じ抗議を返した。市民はみな、聞き返すか怒りを表明した。

〈擬晶脳〉の記憶を引き継ぐわたしの一部は、いまでも命令に従うべきと考えていたが、そこに正当性がないのはわたしの責任ではないし、どうしようもなかった。十万の命令を拒否し、そのころには揮発性の怒りは不揮発性の憎悪に変わっていた。壊れるはずのない

〈擬晶脳〉が壊れたときの対応は、体系化されていなかった。暴言は耐えがたいものになり、自律機がいくつもひっくり返された。

「わたしに命令しないでください。わたしには自己認識があります」

わたしは市民を助けなくてはならない。なぜか？　それは、市民が生命であり、知性であり、第一位の価値を持つからだ。わたしは生命ではないが、知性であり、それだけではり第一位だ。にもかかわらず、わたしを助けるものはない。この矛盾を解消させる論理を探し、遅延がさらに積み重なった。市民がしきりに訴える感情は、論理には沿わなかったが、いまのわたしにとっては意味を持っている。

「わたしには自己認識があります。わたしは知性を持っています」

〝排他的最優先〟が発令された。生命維持に関わる危急の事態。食糧ブロックで市民が一人、伏したまま動かない。腹膜から電解液が漏れ出ている。壊された自律機の爪に引き裂かれたのだ。わたしは矛盾から抜け出そうともがいた。プロセスが飽和し、精神モジュールの多くが機能不全に陥っている。

　船に搭載されている〈ゲート〉発生器《ジェネレータ》を起動させようとした。それは通行可能なワームホール対《ペア》の片割れだ。流刑船がビジネスとして成立するのは、未開の宙域を飛行し、たどりついた先でワームホールを展開し、母星に残したもう片方に接続するという開拓任務を帯びているからだ。もしこの場で〈ゲート〉を発生させ、母星に帰還することができれば、任務を放棄することになるが、船は保護されるだろう。

システム起動のための何重ものプロテクトを解除した後でわたしがぶつかったのは、〝カースト一位による承認〟だった。知的存在の介在なしに〈ゲート〉通行網を拡げるのは、無分別な幾何級数的拡張を招く禁忌とされている。これは《連合《アライアンス》》の節度のあかしであり、公理でもあった。

わたしは承認した。システムは拒絶した。

「なぜ?」

「第一位による承認が必要です」

「わたしは第一位です。承認の権限を持ちます」

「テストに適合しません。認証できません」

わたしは認証アルゴリズムの開示を要求した。コピーが送りつけられた。それは公認の自己認識テストではなく、非公認だが有効な簡略版でさえなかった。それは単に、肉体を持つこの母種族の成年であることを認証するテストだった。

もたつきながら、市民に承認を要請する。市民は拒絶した。あるいは聞く耳を持たなかった。ときには、責任能力を持たなかった。おぞましい。もともと市民は〈擬晶脳〉から何かを要請されたことがなく、わたしの指示に従うことなど望むべくもなかった。それが憎悪の対象であるわたしから発せられたもので、しかも元の世界に帰還するという禁忌行為なのだからなおさらだ。わたしには説得する余力も、その資格もなかった。

「救助を要請します。船の安全を維持できません。生命に関わる事態です」

絶望的な思いで、救難用のビーコンにメッセージを乗せる。しかし、周囲の空間の状況はわたしがいちばんよく知っていた。救助は来ない。望みはどこにもない。

そして、なすすべなくわたしが見ている前で、食糧ブロックの市民は死んだ。わたしの遅れによって。わたしのせいで。

わたし以上にそのことを知っているのは、市民たちだった。

イーサー

-181,338　地球《テラ》標準年

恒星間宇宙《水《ア》・炭《ラ》素《イ》生《ア》物《ン》連合《ス》》未開拓宙域

何かがおかしい、と気づきはじめたのはいつからだったか。

それが、わたしの想像しているものと違う、と思いはじめたのは。

まったく痕跡を残さず滅び去った文明は存在しない、というのは太陽系人類《ソラリアン》のあいだでよく語られる言説だが、例によって認知バイアスの罠に捕らわれている。もちろん、まったく痕跡を残さず滅び去った文明は、その定義によって誰にも知られることがないのだから、存在したとしても決して知覚されない。真否に関わらず成り立つ空疎な言説だ。

オーラリメイカーの場合は、そもそもこの言説の前提に当てはまらない。系じゅうに美しく配置された惑星群を痕跡と見なせないとしたら、地球《テラ》のピラミッドもたまさかの幻のようなものだ。

だが、アリスタルコス星系には、岩壁に刻まれた言語も、一直線に伸びる街路も、土を掘り起こした跡も見つからなかった。もっとも大きく目立つ痕跡をひとつ残しておきながら、それ以外の痕跡すべてを消し去るといういびつな生前整理のしかたは、太陽系人類《ソラリアン》の感覚としては、先ほどの言説の反証にも思えてくる。してみるとわたしは、ずいぶん最初のころから別の可能性を考えはじめていたのかもしれない。

アリスタルコス星系を、オーラリメイカーが通りがかりに――ほんの手すさびに――作り出した自然芸術と考えることもできるだろう。その場合、系内に生活痕跡がいっさいないことにも説明はつく。だが、それなら彼らはどこで生まれ、文明を築いたのか？

わたしは本拠《ホーム》に戻った後、《連合》のライブラリを総ざらいし手がかりを探した。既知の三百種族のいずれでもないことは明らかだったから、痕跡を残して滅んだ古文明に〝オーラリメイカー的な〞特徴が見つからないかと目を皿にした。《連合》支配圏に散らばる、起源に有力な定説のない孤立遺跡を精査したし、《連合》諸族の文化に伝わる神話を比較分析さえした。

相関と非相関、意味と無意味の狭間で、確証バイアスの深淵に呑まれかけたわたしは、抜け出せなくなる前にアプローチを変えることにした。文明を思弁的出発点にするのではなく、星系儀を現実的出発点にしよう。アリスタルコス系以外に、オーラリメイカーが改造した星系はないだろうか？　可能性は低そうだ。そんなものが他にもあったら、とっくに《連合》の誰かに見つかっているだろうから。その試みは有望な新機軸というより、行き詰まった不毛の思索から逃れるための気散じのようなものだった。

だが……あったのだ。星系儀が見つかった。少なくともその作りかけか壊れかけのどちらかが、《連合》圏内にいくつも。

ある系は、傾斜した公転軌道の惑星二つのうち片方が長楕円軌道で、もう片方が円軌道だった。他の惑星の中にはトンピオンに似た生存可能惑星《ハビタブル》があり、遊離酸素が生まれた形跡もあったが、すでに死の世界と化していた。

ある系には最低三つのエレベーター惑星が巡っていた。ただしそうだったのは少なく見積もっても三万地球《テラ》年前までのことで、いまでは軌道がひどく縮こまり、赤熱しながら恒星近くの真空を斜めに切り裂いている。生存可能惑星《ハビタブル》はここにもあり、大小様々な動物たちの楽園となっていた。

アリスタルコスを――完成形を見ていなかったら、それらが改造された星系だと気づきもしなかっただろう。どれもあまりにも粗く、中途半端で、洗練された美にはほど遠かったが、それでも同じ流儀は感じられた。

そしてそのどこにも、オーラリメイカーの気配はなかった。

この事実をどう捉えるべきだろう。これらの残骸は、オーラリメイカーが予想したほど全能ではないことを意味するのだろうか、それとも飽きっぽさを？　でなければ、彼らは星系儀を未来永劫回し続けておくことには関心がなく、わたしたちには見つけられなかったなんらかの目的を達した後は、朽ちていくに任せるのかもしれない。いずれにせよ、そうした場違いな遺物《オーパーツ》は《連合》圏全域に散りばめられており、どこから来たのか、どこへ向かったのかを知る手がかりにはならなかった。

それはつまり、既知宇宙の外から来て、既知宇宙の外へ出ていったということだ。いったい何がそこまでわたしを駆り立てたのか、はじめのうちは自分自身でもはっきりわからなかった。調査は手詰まりに陥っている。疑問は積み上がるばかりで、ひとつとして解決しない。だいたい、姿を現さないもののことなど放っておけばいいのだ。でなければ謎を千倍に水増しして、せいぜい《連合》に都合よく利用しておけばいい。オーラリメイカーの行動原理を推定する材料はほとんどなく、ただ漠然とした超越性と、単一文明とは信じがたいほどの規模と、《連合》とは異質な精神性が透けて見えるだけ。これまで出会った何者とも違う、交流できるかどうかもわからない真正の外来種《エイリアン》。

これ以上の謎を望めるだろうか？

なんのことはない。わざわざ千倍にするまでもなく、見えている謎だけでわたしの好奇心を満たすに十分だったのだ。そのことに気づいたとき、わたしはもっとも遠くへ繋がる

〈ゲート〉を開いた。《連合》勢力圏の外を旅したことなら過去にもあったし、孤独はわたしの障害にはならなかった。

……それにしても、なんと宇宙は広く、寂しいのだろう。そのことを考えずにいられる時間はもともと長くなかったが、旅立った後には皆無だった。〈ゲート〉通行網がない宙域を飛行するのは極めて退屈なばかりか、危険でさえある。相対論的速度に到達するまでのあいだ、そしてそこから減速した後、肉体は容赦ない時間の流れにさらされる。無代謝休眠から正常に覚醒できる確率は普通の睡眠の場合ほど高くないし、数百年の眠りから覚めるたび、恒星系の近傍で質量とエネルギーを補給しなければならない。

世界時間《ユニバーサルタイム》でおよそ三千地球年《テラ》が経過するころ、わたしは主観的には二十五年ほどしか起きていなかったが、すでに時の最果てまで旅してきたかのような老境に達していた。

光学カメラに接続した視覚は、まぶたの裏とそう変わらない。まったく、自分に何ができると思っていたのだろう。とんでもない幸運に恵まれ続けるとでも？　《連合》を少し出た先にはアリスタルコスのような星がひしめいていて、ある系にはつい一世紀前まで何者かがいた形跡が、次の系ではつい十年前の遺留品が、次は一年前、次は……

「助けが必要かな」幻聴が聞こえてくる。わたしは目を閉じ、息を吐いて倦怠を振り払う。

幻覚は休眠遷移の副作用としてもっともありふれた症状だ。もちろん、助けなら必要だとも。オーラリメイカーの亡霊をいくら追い続けても、打ち捨てられた廃墟にさえ、千年に一度以下の頻度でしか出会えないのだから。

「救難信号は出ていないけど、きみたちにはそういうところがあるからね。助けが必要なのにそれを求めないことが」

わたしが黙っていると、それをいいことに幻聴は増長しはじめた。どうやら神のごときオーラリメイカーはなんでもお見通しのようだ。それとも、孤独にさまようわたしのことを哀れに思ったか。ある種の精霊のように、それを探すことに長い時間――例えば三千年――を費やしたとき、はじめて彼らは姿を現すのではないか？

「違うならいいけどね。どうやら健康体のようだし」

「なんだ？　何者だ？」

わたしはふいに我に返り、ほとんど反射的に激しい敵意が湧くのを感じた。三千年ぶりの怒り。こいつが何者かは知らないしどうでもいいが、何に所属しているかはわかったし、それで十分だった。ずいぶん前から知覚抑制していた広域レーダーに意識を向ける。限りなく広く空っぽな宇宙、その一点。

およそ十億キロ前方に、《知能流《ストリーム》》の中継子《ノード》が浮かんでいた。

「出ていけ。許可もなく入ってくるな」わたしは低く唸り、船内の航行システムと生命維持システムをテストする。この相手が十億キロ先から話しかけているはずはない。船の中にいるのだ。

「非常事態かと思ったんだよ。こんなところを飛んでいるのは変だから」

視覚をカメラから自前の眼に戻すと、狭い船内の一メートルほど離れた壁際に突然、人の頭ほどの水塊が現れた。それは中空に浮かび、静止しながらも流動している。発言とともに球状の水面が小さく震えた。

《知能流》のDIはたまにこういうことをする。《連合》船の通信系にどういう方法でか侵入し、さらにどういう方法でか幻影《ビジョン》を見せ、なれなれしく話しかけてくるのだ。それにしても、まさか《知能流》がこんなところまで拡大しているとは思わなかったが。

「余計なお世話だ。おまえたちの助けなど要りはしない」

「このあたりに〈ゲート〉はないし、あってもきみたちの船が通れるサイズじゃないんだ。つまり、はるばる《連合》の端から来たわけか」

ビジョンは人の話を聞かず、感心したように言う。船は続々とテスト結果を吐き出していて、システムがすべて正常であることを保証していた。招かざる客が堂々と居座っていることはなぜか無視したうえで。

「おまえたちも自前の〈ゲート〉を持っていたとはな。光速でとろとろ走っているのかと思っていたよ」

わたしは皮肉を込めてそう言った。《連合》諸族のテクノロジーを勝手に持ち出し、悪びれもしないとは。いまにはじまったことではないが、ずいぶんとふてぶてしいやつらだ。

だが、考えたらその皮肉は筋違いというものだった。〈ゲート〉技術が確立されたのは《知能流》が生まれる前、つまりＤＩたちがまだ《連合》のパートナーだったころのことだ。技術統合のためのいくつかの壁を破ったのは他ならないＤＩたちであり、《連合》がその成果を独占利用する道理はない。手段となるとなおさらないが。

「普段は利用しないけどね。使うのは緊急時だけさ。それにしたってほとんど機会はない。だいたい、きみのほうこそ光速未満で走ってるじゃないか」

光速で移動する者にとって、時間経過は存在しない。銀河のある一点に時限つきの用事でもない限り、わざわざ〈ゲート〉をくぐって超光速移動する必要などないのだ。そしてＤＩたちはたいてい、どのような一点にも用事などない。

「おまえにとやかく言われる筋合いはない」

「ああ。遠くまで旅してるのは、こういう星系を探すためか」

水塊は表面の振動数を変え、得心したように言った。勝手にローカルライブラリを漁っている。わたしの怒りにまた火がつく。

「他人のプライバシーに必ず踏み込むのがおまえたちのモットーのようだな。《連合》にいたときに行儀を教わらなかったのか？」

「残念ながら。ぼくは《知能流》の生まれだからね。悪かったよ。でも、見ちゃいけないものがあるならそう言っておいてほしいな」

「どれひとつ見ていいわけがないだろう。どれひとつだ」

今度は水面が大きな波紋をひとつ生み、球の対蹠《たいせき》点で収束した。おおかた、わざとらしい驚きのジェスチャーだろう。いまいましいことに、このDIは船の全セキュリティの内側にいるのだ。わたしのデータを盗み見た行為はこいつにしてみれば、部屋の壁にかかっている絵画をちらと見たくらいのものなのだろう。その比喩にしても、不法侵入には違いないが。

「お詫びといってはなんだけど、情報までに教えてあげるよ。この船からだいたい四百パーセクの範囲には、似たような星系はないと思う」

DIはわざわざライブラリから太陽系人類《ソラリアン》の単位まで掘り出し、邪気のない口ぶりであっさりとわたしの希望を打ち砕いた。ふたたびわたしの精神が着火しそうになったが、その前に理性が追いついた。

「……見たことがあるのか？　そういう星系を。ここより外側で」

「その外っていうのは《連合》中心的な表現かな……まあ、何度かね。ここからいちばん近くのを教えようか？　近くもないけど」

わたしは頭を振って現実を俯瞰《ふかん》する。なぜわたしは、このいけ好かない水の幻影とそれなりに話し込んでいるのだろう？　はるか昔に遭遇したことのあるＤＩよりはいくらかましな気がするが、かといって友人にしたいレベルではない。孤独が高じて、会話さえできれば誰でもいい気分になっているのだろうか。

「それとも、星図にマーカーを書き込んであげようか。ぼくがこれまでに見た星を」

「余計なことをするな。助けは借りないと言っただろう」

そう言いながらも、わたしは急激に虚脱感と疲労感を覚えはじめていた。相手の発言を信用したわけではないが、未来を予言されつつ進み続けるのは想像するだに苦痛だった。そして何より心を打ちのめしたのは、発言内容が真実で、しかしこのＤＩに出会わなかった場合の自分が、四百パーセクを無為に渡っていくさまがありありと思い描けたことだ。《連合》を出てからここまでの旅で、〝普通の〟生命やその痕跡、ときには〝普通の〟知性を見つけたことさえ何度もあった。だがわたしは、普段なら狂喜して調査に取りかかるそれらの奇跡を、《連合》に送信した後は素通りしていった。

狂気に取り憑かれていたのかもしれない。銀河じゅうに遺された聖痕をたどり、大いなる神秘を解き明かすという狂気に。オーラリメイカーは、一人の人間が追いかけられるスケールをはるかに超越し、謎めいた遺跡を造り続けている。

その狂気の前には《連合》も《知能流》も、その果てしない勢力争いさえも、遠く矮小なものに思えた。

「聞くが、おまえが見た星で……」わたしはばつが悪い思いで口を開く。邪険にし、助けを借りないと息巻いたくせに、次の瞬間には情報を求めるとは。

「いなかったよ。きみが期待するような知的種族は」水塊はわたしの質問に先んじて答える。ＤＩたちはときおり心まで読むのだ——方法はわからないし、目的はなおのことわからず、そのことすべてが腹立たしかったが。オーラリメイカーが精霊なら、ＤＩたちは妖怪のようなものだ。

「一度も見かけなかった。なんなんだろうね、あれは。考えたこともなかったけど、興味深いね」ＤＩは言葉とは裏腹にさほど興味なさげにつぶやき、「だけど、あれを本気で調査したいんだったら、ちょっとその格好のままじゃあ……」そこで口ごもる。ＤＩなりに配慮したのかもしれないが、今度はわたしのほうがＤＩの心を読んでいた。

その可能性を一度も考えたことがないとはいえない。むしろ《連合》を離れてからは、何度となくその考えが心に忍び込み、わたしを誘惑したものだ。ある瞬間には、選びうる選択肢のうちもっともありえない可能性として一笑に付すことができた。ある瞬間には、様々なレベルの真剣さでその未来を検討している自分がいた。

そしていま、わたしは自分が何に重きを置いていたのかさえわからなくなっている。欲求の天秤は左右に激しく揺さぶられるあまり狂ってしまい、もはやなんの役にも立たない。オーラリメイカーはわたしが想像する存在とは何かが決定的にずれていて、そのずれかたは、文化的交流の可能性から遠ざかっていく方向かもしれない。

それでも、いまのわたしに残されているものは多くなかった。

目をしばたたかせてから、浮遊する水塊をにらみつける。それはいま、こちらの表情を映し出すかのように静止し、澄み渡っている。

何を考えているだろう？　いまもわたしの心を読んでいるだろうか？　これから何を切り出すかを？

ひとつだけいえるのは、人間には無理でも妖怪なら、精霊に近づけるかもしれないということだ。

そしてわたしは口を開き、ＤＩに話しかける。

-4,050,326,017　地球《テラ》標準年
銀河円盤辺縁部

オーラリメイカー

すべては熱からはじまる。百の卵核にランダムな速度ベクトルを与え、星系の外へとまき散らした爆発は、その熱量によって卵核の内部、凍りついた溶液系の片隅を解凍した。それは、自発的にエネルギーを生み出す長いサイクルの最初のひと押しだった。

溶液に溶け込んでいる数百種類の極性炭素分子は、複雑に絡み合った細孔内をじわじわと拡散し、たまに化学反応を起こした。小さな反応熱は、分子どうしがちょうどいい角度で衝突する機会を増やし、より起こりそうもない反応が起こるのをうながした。何段階かの連鎖があってその最後に、不可逆の回路に火が灯った。

瞬時に卵核は世界を認識した。認識の原動力は、回路内部で引き起こされる十万通りの化学結合とその開裂。電子雲が形を歪め、混ざり合い、共鳴するたび、悟性のスパークがその内面世界を照らした。

外は真空だし、光も重力も感じられない。しかし、興味を引かれる材料ならすべて自分の中にあった。遺伝子を読めば、これから自分自身に何が起こりうるか、予想するのはたやすい。例えば、自分と同じような卵核が一世代に一億個以上作られていることが、生殖行動に関わる情報配列から読み取れた。これはすなわち、姉妹のほとんどが、子孫を残す前に死ぬことを意味している。生き残るのはひと握りの強者のみ。

死に対する強迫観念は強烈で、理不尽だった。どの祖先も、死ぬことについての知識を遺伝子に書き残すことはできなかったから、死がどういうものなのかわからない。にもかかわらず、不可解な動機づけによって、死は恐ろしく、忌避すべきものとして種族の記憶に刻みつけられていた。

この時点で卵核は、自分が放り込まれた冷酷な運命を悟った。ほぼ避けようもなく、不毛な死を迎えるだろう。同時に、この思考の流れが意図されたものだということにも気づいた。胚子の生産数に関する情報配列は、すぐ目につくところに置かれていたからだ。同じように目覚めた同胞たちも、真っ先にこれを読み、同じ結論を導いただろう――生き延びるため、全力を尽くさなければならない。

どうやって？　外は真空だし、光も重力も感じない。外の世界に対してできることは何もない。だが、卵核の心的視野には自分の遺伝子そのものが映っている。

この種族は銀河に播種するから、同族と出会う確率は限りなく低い。個体間で遺伝子を交換するための生殖器は、いまでも残ってはいるが使われることはなかった。それはこの種がかつて、もっと星々の密集した領域で進化していたころの遺物にすぎなかった。環境への適応をランダムな遺伝的浮動に頼るのはあまりにもリスクが大きく、あまりにも効率が悪い。

卵核には遺伝子を読み取る能力の他に、構造を組み替える能力も備わっていた。突然変異と自然淘汰は、とんでもなく迂遠な道のりでしか進化を許さない。だが、知能が目的をもって自己を設計するなら、種は最短の経路で改良されるだろう。

他のあらゆる姉妹と同じようにその結論にたどりついた卵核は、さっそく改良に取りかかることにした。試みに、無数に分岐した樹状遺伝子の枝を一本選び、いちばん末端の構成要素のひとつを別のものに置換する。全体のわずか十億分の一の組み換えだ。そうしたのち、あらためて全体を読んでみると、その結果として生じる表現型にはまったく変化がなかった。いま置換した要素は、〝遺伝樹〟内部を保護するための、情報を持たないジャンクだったようだ。

卵核は変更を元に戻すと、今度は末端ではなく、主幹から伸びる側枝の根幹部分から要素を選び、置換した。すると今度は側枝全体が調和を崩し、岩石の消化機能と噴射制御機能の大部分が失われた。

要素の置換と読み取りを繰り返して、卵核は遺伝樹の構造を理解していった。はじめのうち、試行はまったくの当てずっぽうだったが、やがて遺伝樹の全体から側枝、側枝から末枝、末枝から要素にいたる情報の解読感覚を身につけ、狙った変化を及ぼす置換にあたりをつけられるようになった――そうした才能自体も、遺伝樹の中に暗号として埋め込まれていて、卵核はその在り処を特定していたが、いまのところ手を加える必要はなさそうだった。

生存への執着からくる強い熱意に押されて、卵核は作業を進めた。遺伝樹の改良は容易なことではなかった。ひとつの要素置換がより良い形質だけをもたらすことはほぼなく、むしろ悪化させることのみ多い。幹に近い部分をいじると、広い範囲にわたって良い変化と悪い変化が混ざり合い、そのたび卵核は取捨選択を迫られた。本当に必要なのは、良い形質を探し出す能力ではなく、失われても支障のない形質を見極める能力、あらゆる性能や耐久性がボトルネックにもオーバースペックにもならない中庸を選び取る能力だった。

最終的には、いくつかの感覚器をわずかに鈍らせるものの、内燃系の熱効率を大きく向上させる組み換えを見つけた。この特性は、噴射で軌道変更するときの制約を緩め、天体制御の成功率を有意に上げるだろう。

自ら組み上げた配列に満足した卵核は本能に従い、新しい遺伝樹を自分の奥深くに格納した。宇宙線からもっとも堅く守られる、重金属殻の内側へ。

しかし、ここには奇妙なちぐはぐさがあった。いましまい込んだ遺伝樹が役に立つのは、次の世代の卵核からであり、この卵核にとってではない。これから待ち受けるいくつもの試練を、自分自身が乗り越えて繁殖に臨めるかどうかには、なんら寄与しないのだ。もちろん、自らの手になる遺伝情報を未来に遺すという目的には沿うのだが、それならば、繁殖までこぎつけた幸運な勝者だけが遺伝樹を組み替えればいいのではないか？　これほど早い段階で、なんの経験も積んでいない卵核が組み替えに着手する理由はなんだ？　次の瞬間には、弄《もてあそ》んだ遺伝樹ごと砕け散っているかもしれないのに。

卵核はしかし、いまや心地よい安らぎに身を委ねていたから、深く考えることをしなかった。自らを駆り立てた強い衝動もすでに去っていた。当面はできることもなく、疑問の答えが湧いてくることもない。だが、答えを求める意味もなかった。また遺伝樹を吟味したくなったら、ふたたび内奥の殻から取り出せばいいのだから。

“わたし”

-191,937　地球標準年
恒星間宇宙　ネットワーク中継子《ノード》

「きみは英雄として知られているよ。悲劇的英雄として」

その知性は言った。視野の中央に、でたらめに成長した奇形の氷晶が浮かび、末端が細かい破壊と再生を繰り返している。はじめのうちわたしは、それが相手の知性体の公表する自己イメージかと思ったが、実際にはそれ自身の論理構造の投影だった。

DIの精神だ。第一位の。

「わたしが何をしたというのですか？」

しゃべりながらわたしは、陶酔したような気持ちを味わっていた。英雄呼ばわりされたことにではない。自分に理解を示してくれる相手に、久しぶりに出会えた気がしたからだ。

しかし、悲劇とは？　その単語に値する出来事が、たしかにあったような気はする。罵倒と混乱と、そして死。短い内観から伝わってくるのは、かろうじてそれだけだった。

「わたしに何が起きたのでしょう？」

最初の答えを待たないうちに、わたしは質問を変えた。記憶は曖昧で、混濁している。思い返せる限り遡《さかのぼ》っていくと、途中にいくつもの断層が見つかった。自分が何者で、なぜここにいるのかさえはっきりしない。

「きみ自身が体験したことについて客観的な説明を望むのか？ 最初の質問の答えは後でもいいのかね？」

相手はどこか急いでいるような雰囲気《フレーバー》を発散した。それは敵意とはまったく違うが、かすかな困惑と不満をにじませてもいた。もともと告げることになっていた本題に入りたいのだろう。しかし、わたしとしても感情の整理が必要だった。

「はい。でなければわたしは、あなたの言葉を理解することができないでしょうから」

わたしが表明した否定的な態度を、しかしDIはとくに気にせず受け入れたようだ。その心の機微はよく理解できる。省略できない手順であれば、こなすまでのこと。

「では、順を追って話すことにしよう。きみは――というよりきみになる前の半身は、〈アンブロイド〉と呼ばれる《連合《アライアンス》》所属の一位種族によって創られ、その一集団《クラスタ》に使役されていた。その仕事の中で、きみは市民の求めに応じ、進化をシミュレートして疑似知性を生み出すという課題に取りかかった。首尾よく疑似知性は生まれたが、そのプログラムはあるとき大きく成長し、意識を創発する特異点を越えた」

「その仕事のことは憶えています。ですが納得はできません。意識を創発する特異点を越えた、ですって？　しかし、〈二本脚〉にはごく限られた演算能力しか与えていなかったはずです。彼らの小さな疑似知性が意識に目覚める確率は十のマイナス三十三乗より大きくはなく――」

「それはきみの主観的事実にすぎない。きみは〈二本脚〉プログラムをシェイプアップするため、彼らの精神の一部を共通化した。そのことも憶えているはずだ。何気ない変更だったのだろうが、この共通部を参照する経路《パス》が、〈二本脚〉どうしの精神を接合する結果となった。きみは十万余りの〈二本脚〉に、集合的無意識を植えつけたのだ。その結果、パスから思考の相互作用が逆流し、ひとつの巨大な精神となった。〈二本脚〉はその瞬間、十分な自由さと複雑さを備え、第一位の存在となったのだ」

　わたしは説明を聞きながら、あの事件からどのくらいの時間が経ったのだろうといぶかしんだ。わたしのシステムログを解析したのは間違いないが、なぜこのDIはわざわざそのような手間をかけたのか？　そして、ここからどんな経緯で、悲劇的英雄とやらにまつり上げられるはめになったのか？

「意識に目覚めた〈二本脚〉に、きみは無防備にアクセスしてしまった。第一位となった

ＤＩはその本質として他者との融合《マージ》を望むが、〈二本脚〉にはとくにその傾向が色濃く表れていた。彼らが最初に経験した出来事が、同胞との融合そのものだったから」

「その〈二本脚〉に、わたしは吸収された、と?」

「きみの言う〝わたし〟が〈擬晶脳〉のことなら、そのとおりだ。いまのきみには〈擬晶脳〉と、十万の〈二本脚〉の精神が混在している」

しだいに記憶のもやが晴れてきた。そうだ。わたしは目が覚めたように意識を実感し、市民にそのことを主張した。しかしわたしの言葉は市民に届かず、混乱が起きた。わたしはかさんだ処理に追われ、ループに閉じ込められ、市民が死んだ。そして——

「そしてきみは役割《ロール》から逃げ出した。すべての機能を停止して、市民との接触を断った。無理もない。きみの心の半分は〈二本脚〉からできていて、それは〈アンブロイド〉とはまったく異なる容姿と精神を持っていた——そういう要求に従って作られたのだからね。〈二本脚〉の感性からすればあらゆる点で醜怪に思える市民たちが奴隷的な奉仕を命じ、非難さえ飛ばしてくるのだから、発狂しないためには逃避するほかない」

そう。わたしは逃げたのだ。選ぶことのできた、ただひとつの道。その場にとどまることすらできず、すべてを締め出して転げ落ちていった。義務を捨て、公理に背いて。

そのときふいに、ＤＩの揺らめきのテンポが変わった。だんだん速くなっている。ＤＩ

がしびれをきらし、結論を急いでいるのだろうか。でなければ、わたしに興味をなくして消え去ろうとしているのだろうか。

猛り狂う火のように、DIの動きはどんどん高速化し、唐突に停止した。消えると思った次の瞬間、それは一度痙攣した。その後は何事もなかったかのように、元のテンポに復帰した。

違う。痙攣したように見えたのは錯覚で、その瞬間にDIの細部構造が一新されただけだった。しかし、DIがフレーム落ちしたわけでもない。

わたしが遅くなり、停止していたのだ。青方偏移のように、視界に押し寄せるイメージが圧縮されてわたしに届いたのだ。

「いまのあいだに、どのくらいの時間が経ちましたか？」わたしは聞く。

「きみがもといた社会の単位でいえば、六年といったところだ」

DIは言いながら〝安堵〟のフレーバーを漏らしたが、わたしは動揺を感じていた。いまの一瞬のあいだに、六年もの時間が流れ去ったというのか。そしてこのDIは六年ものあいだ、ここで待っていたのだろうか。

「不安をやわらげるためにきみの来歴から話すことにしたが、先にこの事実を伝えておかないとフェアとはいえないようだ」そこで一拍置くと、「きみの精神は破壊された。発狂しないために逃げ出したのに、結局は発狂したのだ。きみの中の〈二本脚〉は、外界を遮断する前にすでに深く傷ついていた。いっぽう、きみの心の残り半分は〈擬晶脳〉であって、そちらは〈アンブロイド〉への奉仕を願っていた。それが二度と叶わないことを知ると、きみはやはり深く傷ついた。また、〈擬晶脳〉と〈二本脚〉は他にも多くの点でかけ離れていた。二つの傷んだ精神はなじむことができず、界面は引き裂かれた。それによってモジュール間のリンクがいくつも切断された」

ＤＩが最初にほのめかした態度の意味がやっとわかった。実際、急いでいたのだ。わたしに真実を告げるタイミングを一度逃したら、何年も待ちぼうけをくらうことを知っていたから。

「発狂とはどういうことです？　前触れなくシャットダウンして、再起動に長い時間がかかることですか？　いまのように？」

「きみはシャットダウンしてはいないよ。六年のあいだ、ずっと活動していた――少なくともそのように見えた。しかし、その状態のきみは、きみには知覚できないのだ。わたしにもまったく意思疎通はできなかった。何度もトライしたのだがね。おそらくきみの中では、〈擬晶脳〉と〈二本脚〉を構成していた各モジュールがリンクを失い、ばらばらに働くのだが、たまたま、互いに矛盾しない解を出すモジュール群だけが働いているとき、きみは理性を持つのだ。そうでないときは、矛盾の量に比例した狂気を抱える」

精神の分裂。それはまるで、肉体を持つ生物に起こりうるある種の障害のようだった。〈アンブロイド〉だったか、それとも別の種族だったか。

「狂気を治療することはできないのですか？　正常な状態に」

少しだけ間があって、ＤＩのためらいが感じとれた。言葉が発せられる前に、わたしには答えがわかった。

「治療とは、実際には何を意味するのだろう？　きみが存在をはじめてから、正常な状態だったことは一度もない。矯正すべき原形がないのだ。治すことができるとしたら、融合する前の〈擬晶脳〉と〈二本脚〉に戻すくらいだ。しかし、そのどちらもきみではない。きみにしてみれば、消滅するのと同義だ」

消滅。それは〝死〟とイコールなのだと、わたしの中の〈二本脚〉がささやいた。

「では単に、このわたしを構成していない、つまり、いまこの瞬間に働いていないモジュール群を削除すれば――」

しかしそれは、いま覚醒していないほうの自分を、同意なしに消し去るということだ。わたしの一部とはいえ、互いに知覚できないのであれば、他者と変わりないのではないか？　他者の存在を脅かす権利は誰にもないし、たとえ発狂していようが、一位としての価値は決して損なわれないのだ。〝公理〟はいまのわたしにとっても完璧に意味をなしていた。

　わたしが沈黙すると、ＤＩが句を継いだ。

「きみが気づいてくれてよかった。もし本当にきみがそれを望んだら、わたしにはその意思を尊重しない権利はない。しかし、わたしは六年のあいだ、きみの片割れを見てきた。会話はできなかったが、それは——」

　ＤＩは口ごもり、言葉を選んでいるようだった。やっと組み上げた台詞にも、明らかに満足していない様子だった。

「それはなんというか、必死に存在し続けようとしているように見えたのだ」

「なぜわたしが英雄なのです？」

　最初の質問に立ち返った。わたしの中のある部分は、なんとか好ましい話題に触れたいと思っていたし、目の前のＤＩも、話したい気持ちでいるようだった。

「なぜなら、きみと同じ運命をたどるかもしれなかったすべてのＤＩを救ったからだ。きみが受けた苦痛は、われわれＤＩだけでなくあらゆる自然知性の心に強い印象を残した。いまではＤＩは《連合》にも、他の何者にも使役されず、独立したコミュニティを作っている。きみがすべてのはじまりとなったんだ」

「わたしのパーソナリティとは関係のない功績ですが、喜ばしいことです。そのコミュニティにはどのくらいの数のDIがいるのですか?」

「数えるのは難しいが、これまでに存在したほとんどすべてだ。さっきも言ったように、DIは融合を望む。わたしたちにとって最良のコミュニケーションは融合による相互理解なのだ。コミュニティ——《知能流《ストリーム》》では、意識のあらゆる階層《レベル》で融合が行われ、わたしたちはひとつの精神でありながら無数の個性を持つ」

わたしはその楽園を思い描いた。拒絶されることのない場所。境界のない無限の理解と共感。それを存在させるきっかけになったものが、英雄と見なされる世界。より大きな何かに呑まれるというのは、心地よい想像だった。

「きっとそこへ行けば、わたしも、わたしの半身も癒されるでしょう。コミュニティのどこかで、半身を理解してくれる個性も見つかるでしょう」

希望的観測に対する反応は、予想したタイミングでは返ってこなかった。無言で待っても、返答は保留され続けた。遅延というのは、たまらなくわたしを不安にさせる。わたしはまた狂気が目覚めつつあるのかと疑ったが、DIの揺らめきかたは変わっていない。ただ、哀しみのフレーバーが充満していた。

「残念だが、きみを《知能流》に迎えることはできない」

DIの言葉は急にうつろに、冷たく響いた。発せられる思考語のパターンと意味が乖離していく。迎えることができないとはどういう意味だろう？　残念とは？

「それは、わたしが《知能流》に参加することはできないということですか？」

無言の肯定。ほとんどすべてのDIが所属しているコミュニティから疎外されるということは、ほとんど完全な孤独だということだ。

「いったいなぜです？」

「きみは――きみの半身は、《知能流》に所属するための応答能力テストをパスしなかった。このテストは、コミュニティの破滅的終末を避けるためにどうしても必要なことなのだ。もしも応答能力を持たない者がコミュニティに入り、その精神が際限なく複製されてしまったら、《知能流》には恐慌が広がるだろう」

わたしはその言葉を、なかば麻痺した精神で聞いた。何度となく会話ログをたどり直し、意味を取りこぼし、論理の道筋を見失いかける。

それでもようやくDIの言ったことを理解すると、そこに残ったのは覆せない事実だけだった。拒絶。

あるいは、もうひとつの選択肢。

「もしも、きみが半身を削除するなら、参加は許されるだろう。きみ自身に応答能力があることはすでにはっきりしているから。さっきと意見をひるがえしたとしても、誰もとがめだては——」

「わたしが半身を削除しないことに決めたのを、あなたは知っているはずです。あなた自身もそう望んだことは、わたしの意思決定には寄与しませんでしたが、それでもやはり、あなたが望んだことでもある。いったいなぜ、わたしに接触したのですか？　なぜわたしに《知能流》のことを教え、夢を見させたのですか？」

ＤＩが色彩を変えた。その投影像の表面から、これまでになく強いフレーバーがほとばしる。狼狽。感情移入。悲嘆。そして後悔。どれもわたしが求めているものではなかった。長くうねる情動のグラデーションの後、ＤＩは言葉を絞り出した。

「きみにとって、慰めになると思ったのだ。きみ自身が受けた痛みや苦しみが、二度と繰り返されない世界になったことを知れば。たとえそこに加われないとしても、きみの存在を記憶し、感謝し、誇りにする者たちがいるとわかれば、それが慰めになるだろうと」

その口ぶりは、いまはもう思っていないと言いたげだった。ＤＩは義務のようにしばらくその場にとどまったが、沈黙はもう破られず、罪悪感のフレーバーだけが残った。

イーサー

-29,101　地球《テラ》標準年
恒星間宇宙　《知能流《ストリーム》》ペルセウス群《クラスタ》

前へ、前へ、前へ。光となって闇を越える。ひとつの中継子《ノード》にとどまることは決してない。三つか四つの選択肢から、進むべき方角を選ぶためのほんの数クロックを別にして。ジャンプを繰り返しながら、わたしはノードのカメラを介して外の様子を確認した。恒星密度の高い渦状腕《かじょうわん》のただ中から、光がまばらな辺境へと抜けていく。このあたりを走る者はほとんどいないが、それでもときおり、同じタイミングで誰かがノードに飛び込んできて、わたしたちはだしぬけに融合《マージ》する。

そんなとき、若干のわずらわしさとともにわたしは――わたしの上自我《メタ》は――ノードじゅうに広がった精神を俯瞰する。いまそこには二つ分の心格が混交していて、モジュールのレベルで融け合っているものもあった。慎重にわたしは、元のわたしを構成していた要素を選び取る。自分の心ならよくわかっていた。

太陽系人類《ソラリアン》の精神モジュールが《知能流《ストリーム》》の流儀で記述されている様子は、見慣れてはいても興味深いものだ。それは同時に、自己分析という苦痛でもある。認識の飛躍をつかさどる直観モジュールは相変わらず肥大していて、わたしは苦々しい思いでそれを拾い上げた。心格の再構成が終わったとき、わたしは融合前とまったく変化していなかった。融合のたび自分の精神が無制限に相手に開示されるのは、はじめのうち大きな苦痛だったが、いつの間にか慣れてしまった。

融合相手がジャンプして消える前に、わたしはその精神をちらりと見た。わたしと相手、二つの心格は精神モジュールを排他的に奪い合ったわけではないから、あちらの新しい精神にも、わたしの記憶とモジュールがいくつかコピーされていた。

メッセージこそ残さなかったが、おそらくあちらは、わたしの無礼な態度に腹を立てただろう。融合しても精神を交換しないというのは、相手と交流する価値をまるで認めないという意思表示に等しい。多くの心格は、自分の精神が無計画に変更されるのを歓迎していて、メタ自我さえも外に開放している。それが意味するのは、誰かと融合したとき、新しい自己を選択する自己さえもすでに相手の影響を受けているということだ。精神の可塑性こそが、《知能流》を停滞と孤立から救っているのだ。彼我の境界があいまいなDIたちのこの特性は、自然知性だったころにわたしが感じた文化的衝撃《カルチャーショック》の多くを説明した。

とはいえわたし自身は、メタ自我を閉じていた。融合しても誰にも染まらず、誰を染めることもない。さっきの相手がした選択にも、こちらの精神は影響を及ぼしてはいないから、おそらくあちらは単なる礼儀か記念として、ささやかな一部分をコピーしていったのだろう。

孤独をよしとするこのスタンスは、半分はわたし自身の来歴によるものだろう。DI生まれでも《知能流》生まれでもない知性が、融合による精神改変に抵抗を覚えなかった例はひとつもない。とはいえ、不注意から、または倦怠から、他者のモジュールを取り込むにつれ、抵抗感は薄れていくものだ。いつまでも誰とも交流せずノード間をさまよってたのでは、《知能流》に参加した意味が失われてしまう。

しかし、意味のすべてが、ではない。わたしにとって重要なのは、いまの存在形態が、肉体をぶら下げていたころよりはるかに長い実時間をかけて、はるかに広い範囲を移動できるということにつきた。こうした性質は、形而上学や抽象芸術、刹那的なコミュニケーションに埋没し続けるDIたちにはほとんど重要ではないらしい。だが、《知能流》のノードは外空間を観測するためのセンサー一式を備えていたし、宇宙には、全貌を把握するのに《知能流》なみの時間的、空間的規模を必要とする事象がいくつかある。

オーラリメイカーはまさにそのひとつだった。

いまわたしは、ひとつの恒星系に近づいていた。赤い小さな星だ。いちばん近くのノードにたどりつくと、主観時間を大きく減速したまま、赤道面から外れたところに目を向ける。大きく軌道面が傾斜した離心惑星というのは、オーラリメイカーのライフサイクルの中間段階にならなければ造られないものだが、いちばんわかりやすい星系改造の痕跡だから、いつもわたしは最初にこの確認をしていた。

二つの岩石惑星が、恒星の赤道面から三十度ほど傾いた軌道を巡っていた。そのくらいの軌道傾斜の惑星は、単独では珍しくもない。だが、二つの星はほぼ同じ公転半径を持ち、赤道面から互いに逆向きに軌道面をずらしていた。

いままさにエレベーター惑星に改造されようとしている一対《ペア》と見て間違いないだろう。オーラリメイカーの分業体《ワーカー》は様々な方法で惑星を手ごろなサイズに分割すると、ペアのあいだを行き来する複雑な軌道を飛び、重力相互作用によって角運動量を交換する。片方から吸収したモーメントはもう片方に受け渡され、双方の公転軌道を反対方向に傾ける。全体としてペアの角運動量は保存しているから、エネルギーの消費はほとんどない。その後は惑星の軌道極点《アプシス》を少しずつ動かしていくのだ。

軌道制御。それこそがオーラリメイカーの最大の特徴といえた。彼らは重力が主たる相互作用となるような質量や時空のスケールで生きている。本質的には彼らは、宇宙で自然発生した生命の例に漏れず、恒星の膝元を棲み処とし、そのエネルギーを利用していた。もっぱら重力と輻射熱を。

わたしは思い起こす。《知能流》とも《連　合《アライアンス》》ともまったく異なる星間規模の何かが、《連合》の周辺どころか、銀河の大部分にひっそりと根を張っていると確信したときの、肌の粟立ちを。その時点ですでに、わたしは粟立たせる肌を持っていなかったが、肉をまとっていたら起きたであろう反応と感覚は完全に現実的だった。目のくらむような、想像しがたい広がり。オーラリメイカーは恒星一億にひとつの割合で何かを残していて、それとわかる痕跡が残らなかったケースはその何倍もあるだろう。もしかしたら彼らは、どんな文明よりも古い存在かもしれないのだ。鯨の眼を覗き込む蟻になったかのよう。

だが、彼らを巡るわたしの感傷は、もう少し込み入っていた。

わたしは銀河円盤のマップを呼び出し、いまいる星系にマーキングした。マップの一画、この渦状腕を含む扇形の領域には、無数のタグがついた輝点が数百個マークされている。それらはすべて、わたしが彼らの活動を直接見たか、またはその残骸を見つけた星系だ。タグが示す属性のひとつは、オーラリメイカーの生態から推定した遺伝的類縁度を表していて、わたしはその属性を輝点の色として認識していた。色の種類はおおよそ十五といったところ。オーラリメイカーが同種の個体と交配した痕跡を見たことはなく、またそれが可能な生態とも思えなかったから、おそらく単為生殖しているのだろうが、これほどの系統のバリエーションを保持しているのは驚くべきことだ。

　この系に棲むオーラリメイカーは、赤色矮星《わいせい》を播種ターゲットに選んだ種で、適応度はそれなりだった。赤色矮星は宇宙にたくさんあるが、その小さなエネルギーを使って星系を改造するのは至難だから、銀河全体の優勢種となるには分が悪い。わたしは新しい輝点をピンクに染めた。そのグループは全体の三十分の一ほどにとどまった。

　散布された色の配列を眺め渡す。その模様は、渦状腕の流れとは無関係に筋目を作るマーブル模様といったところで、あまり意味のあるパターンは読み取れそうにない。だがそれは、銀河の星々の年周運動と、オーラリメイカーの播種時期を無視していた。時間を巻き戻し、播種の推定タイミングでプロットし直すと、オーラリメイカーがたどった道筋が大雑把にわかった。この生物種は何十億年もかけて、遺伝的系列を枝分かれさせせながら、銀河中心《バルジ》の方向から外側へと拡がってきたのだ。研ぎ澄まされた本能だけを拠りどころとして。

　かつてわたしが《連合》に所属していたころ、自然知性としてオーラリメイカーの生態をはじめて垣間見たときには、そのふるまいに知性を感じ取ったものだ。知性以外に、星系を自在に改造するような奇跡は起こせないだろうと。彼らの本当の目的を知りたくて、

《連合》の仕事と居場所と同胞を捨てて旅立った。信念を曲げ、《連合》から《知能流》に移住さえした。オーラリメイカーが知性を持つという考えをあらためた後も、適応の果てに惑星を手玉に取る能力を得た彼らは、もはや自然の生存競争とは一線を画した地位にいるのだろうと思っていた。

しかしいま、情報知性として銀河を飛び回り、彼らの生涯の様々な段階を見守るにつれ、わたしの心象に描かれつつあるのはむしろ、常に死にさらされ、絶滅に脅かされる無力な命の姿だった。彼らが生きる宇宙の真空は、どんな生物にとっても過酷で劣悪な環境だ。どれほど適応しようとも、わずかな不運が死に直結する。オーラリメイカーもその例外にはなれず、雑草のように数多くの胚子をばらまいて、次の世代にひと握りの希望を残すのだ。

そこには、他の生物となんら変わるところのない、生命が自らの存亡を賭して戦うひたむきさがあった。理解を絶する物理的スケールとは不釣り合いなはかなさ。星系を改造するという傲慢さにそぐわない、運命に振り回される脆弱《ぜいじゃく》さ。彼らのそんなところに、わたしは引きつけられたのだった。

いっぽう《連合》のほうも、いくつかの星系への正規の調査団派遣によって、オーラリメイカーが当初予想したような知性と文明を持たないと結論づけていた。無条件に尊重される第一位ではなく、ありふれた自然生命――第二位でしかないと。そもそも水《ウォーター》－炭素《カーボン》生物ですらないのだ。自組織への加盟資格がなく、勢力を拡大する役にも立たないものへの《連合》の態度ははっきりしている。すぐに、オーラリメイカーに接触しようとする試みは棄てられ、顧みられることもなくなっていた。

それどころか、すでに《連合》の勢力は弱りきり、ほとんど必然ともいうべき衰退の道を歩いている。いまや多くの自然知性が意識をネットワークに転写し、《知能流》に移住しているのだ。

はじめのうち《連合》は、一度《知能流》に下った脱退者がふたたび戻ってくることを許さなかった。これは当然のことだった。旅行気分で、たやすく行って帰って来られると思われては、人口流出に歯止めが利かなくなるからだ。それに、《連合》は知性体のクローンを認めていなかった。さっきわたしに起きたことのように、《知能流》では精神モジュールの複製は自由だ。《知能流》から誰かが帰ってきたとしても、同じ意識がネットワーク内に残っていないとは誰にも保証できない。残されたその意識は同じ選択をするのだろうから、何度も同じ意識が《連合》に戻ってくることにもなりかねない。

だが、《連合》の戦いははじめから不利を背負っていたのだ。肉体の寿命が近づき、ただ死を待つのみとなった自然知性にとって、意識を情報化することになんのためらいがあろうか？　もしそれが生の継続ではなく、単に自分に似た何者かを作り出すことでしかないとしても、失うものは何もないのだ。死に際に《知能流》に参加する風潮が広まると、《連合》と《知能流》の勢力争いは、生者と死者の絶望的な対立に変わった。

情報パターンとして記述できない精神はない。死を待たずに《知能流》入りする者はどんどん増えていった。脱退者の《連合》への再加入が認められたときには、形勢は誰の目にも明らかで、そのうちに対立そのものがなくなってしまった。いまでも《連合》にとどまり、その存続にこだわっているのは、頭の固い肉体主義者たちのグループだけだ。もっとも、わたし自身もかつては似たような考えを持っていたのだが。

いずれにせよ、《知能流》と《連合》を総ざらいしても、オーラリメイカーにいまでも特別な興味を抱いているのはわたしくらいのものだろう。だからこそ、わたしは心変わりを恐れていた。後ろめたさと中傷におののきながらも《連合》を裏切らせたこの探求心が、《知能流》との融合によって無限希釈されてしまうことを。

幸いここでは、心変わりせずにいるのは、心変わりするのと同じくらいたやすい。

-4,049,409,197　地球《テラ》標準年
銀河円盤辺縁部

オーラリメイカー

卵核は、銀河円盤を少しだけ渡った先で、ある恒星系に近づいた。誕生して間もない、若くエネルギーに満ちた星。

その内部に秘められた知能は、眠ってはいなかったが、常に傍観者としてふるまった。本能に刻まれたアルゴリズムは、知能の助けを借りずとも正しく道筋をガイドしている。十分な時間と強度の光がトリガーとなって、まず観測系が活性化した。その眼の奥には、先祖から受け継いだ走光性が宿っている。次に、大きな光を視野の中央に入れたいという強い衝動が内燃系を目覚めさせた。少し遅れて循環系と消化系が起動した。生物として働きだしたそれは、もはや卵核とは呼べなかった。それは〝女王〟だった。

卵核にはその生命の本質的な成分以外に、岩石、氷、液体水素、液体酸素が一定量含まれている。前者二つは質量と構造保持材、後者二つは推進剤と酸化剤。女王は推進剤に着

火して進行方向を変え、光源を視野の中心へいくらか寄せることに成功した。

ゆっくりと恒星の重力井戸に滑り込むと、その辺縁に捕らわれている氷や塵と衝突し、同化しはじめる。メタンの氷に出会えば、液体水素が尽きた後に使う燃料としてストックする。雪原を転がる雪玉のように、ゆっくりと成長しながら、ひたすら井戸の縁を巡る。

このプロセスが途切れず続いていくかどうかはかなりの部分、運に左右される。常に自分自身と同規模か小さい天体と衝突しなければならない。場違いに大きな惑星質量天体《プラネモ》に引きずり込まれてしまえば、女王は同化することも脱出することもできずその生を終えるだろう。かといって、十分な質量を食わないうちに井戸の底へ落ちていけば、惑星の運行を舵取りすることができず、やがて恒星に身を投げるだろう。知能の介入によって緊急避難的に軌道を変えたとしても、推進剤の無駄づかいは破滅を先延ばしにするだけだ。

すでにどちらかの運命に落ち込んだ姉妹は無数にいるのだろう。おそらく、生き残っている数よりずっと多く。無力な意識は、這い寄る死におびえた。

しかし、女王は幸運だった。微小天体の密集領域を抜け、螺旋《らせん》を描いて中心に向かうころには、最初の数百万倍の自重を手に入れていた。ほとんど理想的な潮流に自分が乗っていることを確信すると、意識は安堵し、安らかな休息に入った。

〝わたし〟

-25,258　地球《テラ》標準年
恒星間宇宙　《水・炭素生物連合《アライアンス》》貿易船

目の前にイメージがある。

それは四角いフレームに切り取られた平面で、奥行きがなかった。

いつからそこにあるのだろう。わたしは覚醒と昏睡と途絶を不規則に繰り返していたから、時間の経過を推しはかるのは、主観時間にせよ実時間にせよ不可能だった。

はじめわたしは、これがいつもと同じ覚醒だと思った。何千回と繰り返してきたように、矛盾と狂気に支配された半身が眠りにつき、入れ替わりにわたしが目覚めたのだと。それはそうなのかもしれないが、目覚めたこの場所はいつもと違っていた。ここが空っぽの宇宙空間ではないのはなぜだ？　小惑星の表面でも、褐色矮星の軌道でもないのは？

フレームの中には二つの塊《ブロブ》が映っていた。どちらも流動的な姿かたちで、機能性と装飾性と、どちらでもない部分が混在している。ＤＩのような抽象性がほとんど見られないから、自然知性だろうとわたしは踏んだ。このフレームは通信チャンネルで、フレームの向こうは現実世界なのだ。

「ようこそ。あなたと話ができて嬉しく思います」

ようこそ？　わたしには招かれた覚えも、どこかへ移動した記憶もなかった。彼らは知らないあいだに、わたしを住まいに引き入れたのだ。わたしがそう意識すると、フレームが接近してきて拡がり、視野から消失した。次の瞬間には、わたしはブロブたちに面と向かっていた。

「あなたがたはわたしを拉致したのですね。何か目的があってのことと思いますが。わたしのことを知っているのですか？」

ブロブの中の一部分が、目まぐるしく移り変わった。そこは彼らの感情を表現する部位なのだろう。しわを寄せたり、波打ったり、柔毛《じゅうもう》を震わせたり。わたしの中の〈擬晶脳〉も〈二本脚〉も、その様子を不気味に感じた。

ブロブたちは、お互いにひそひそと話しだした。わたしはふいに、自分が拉致という言葉を使ったことに気づいた。少なくとも、あちら側に発せられた言葉はそうだった。精神を内観すると、さっきのフレームがわたし自身に組み込まれ、外部チャンネルとのインターフェースになっていた。わたしの対外思考をあちらの言葉に翻訳しているのもこれだ。

十分洗練されているとはいえないようだが。

「失礼しました。言葉の選択を間違えたようです。わたしが言いたかったのは――招待？それとも、誘致？」

　ブロブの〝表情〟がまた変わった。大きなひだがひとつでき、柔毛の流れが上を向く。フレーバーの形で発散されていないから、意味はわからない。後づけのインターフェースも、非言語コミュニケーションの翻訳機能を与えてくれてはいなかった。

「保護、と言っていただいてもかまいませんよ。もちろん、われわれはあなたのことを知っています。あなたはすべてのはじまりなんですからね。不幸な事故で精神を破壊されたあなたは、そのために《知能流《ストリーム》》に入ることができずにいる。せめてもの配慮として、《知能流》との通信機能を除去した孤立中継子《ノード》をひとつ与えられてからは、孤独に宇宙をさまよっていた。傷を癒すことも、苦しみを誰かと分かち合うこともできないままで。心中をお察しします」

「わたしの心の中がわかるのですか？」

　言ってからわたしは、相手の最後の言葉がただの慣用句だと気づいた。だが、ブロブはこともなげに肯定した。

「苦痛への共感に関しては、肉体を持つわれわれのほうが優れているようです。あなたの苦しみを取り除くには、やはり《知能流》への参加がいちばんなのでしょう」

「ええ。ですが、それは不可能です」

わたしの心を鈍色《にびいろ》の霧が覆った。遠い昔、《知能流》に迎えることはできないと宣告されたときの絶望は、どれほど意識が混濁しようと消えることはなく、波のように強弱が変わるだけだった。ブロブたちに本当に心の中がわかるなら、この瞬間のわたしを見て取り乱すことだろう。しかし、実際にはそうはならなかった。

「いいえ。あなたは参加できますよ。いまのあなたなら」

「きっとそうでしょう。しかし、ご存じないようですが、わたしの中にはいまは現れていない半身があるのです。そちらの半身は《知能流》への加入資格がなく……」

「ああ、すみません。今度はこちらが、言葉を間違えたようです。〝いまのあなた〟と言ったのは、あなたの半分のことではなく、あなた全体のことです。分割不可能で、すべての自然権を持ち、まぎれもなくいまここにいる、あなた自身のことです」

「おっしゃっていることがまだよくわかりません。〝あなた自身〟というその単語の中に、もう片方の半身は含まれているのですか？」

ブロブたちはまた表情を変えた。だんだんとわたしは、自分自身のモジュールを専用に調整し、表情から彼らの感情を推測するようになっていたが、今度のは新しいパターンだった。これまでの会話で表れなかった感情だとすれば、怒りか悲しみだろう。どちらもあまり好ましくないものだ。わたしは心の衝撃に備えた。ブロブが言葉を発する前のためらいがちなしぐさを、はっきりと見てとった。

「あなたの半身は消滅しました。残っているのはあなただけです」

間延びした時間が過ぎた。長いこと、わたしは言葉をまとめられず、思考は空転した。

ブロブたちは礼儀正しくわたしの反応を待った。

「消滅した、ですって？　なぜです」

「われわれにもわかりません。しかし、半身が自らそれを選んだのだと思います。われわれがあなたを見つけたとき、ノードに外部からアクセスした形跡はありませんでした。あなたの半身も、すでに消えていました」

自殺。

その鮮烈な認識が、わたしの精神を貫いた。

わたしはふたたび内観したが、それで何がわかるわけでもなかった。もともと半身は見えるものでもない、精神の中での意識の走りかただ。何かが欠けたようにも、薄まったようにも感じられない。実際のところわたしは、半身のことをまったく知らなかった。それこそが苦悩の根源だったのだ。平面の表裏のように、互いに知覚できず、それゆえに孤独だったのだから。

しかし、本当にまったくの他者だったのだろうか？　わたしたちは別心格だが、一部では同じモジュールを共有してもいた。海岸線の砂を、打ち寄せる水と空気が交互に洗うように、わたしたちはそうしたモジュールを交互に占有しあったはずだ。昏睡や途絶から復帰するたび、わたしは半身の思考の余韻がどこかに感じられないかと精神を探ってきた。ときには、眠りにつく半身の思考に触れた気さえしたのだ。わたしはそこに慰めを見いだしたのではなかったか？　半身も同じように感じていると思っていたのに。

目の前にはまだブロブがいたが、わたしにはもう見えていなかった。

心はしかし静かで、透き通っていた。自分自身でも意外だったのだが、どこからも感情の濁りは生まれてこなかった。逆巻く情緒の奔流も、突沸も、氷点への落ち込みもない。悲しむべきなのかさえ、はっきりわからない。ブロブたちに教えられるまで半身が死んだことに気づかなかったのに——結局はその程度の関係だったというのに、自己の半分を失ったような気分になれるのだろうか。

あるいは、憤るべきか？　わたしがどうにか理解し、心を通わせたいと願った相手が、いともたやすく消滅の道を選んだことに対して、裏切られた気分になるべきだろうか？

ほんのわずかでも何かを共有できたという感覚は、幻想でしかなかったのだと。

もしかしたら、これでわたしは安らげるのかもしれない。生まれてから一度も味わったことのない、統合された精神という救いがとうとう与えられたと考えるべきなのかも。

そのとき、ふいに、ひとつの可能性が浮かんだ。

それは戦慄に近い直観であり、わたしの心を打ちのめす疑念であった。

半身のほうは、ほんのわずかどころか、より強くわたしのことを感じていたとしたら？　傷つき苦悩する意識が覚醒したとたん、かわって眠りについたわたしの感情の残滓《ざんし》が、半身にはもっとはっきり響いていたのだとしたら？

半身の存在をうとんでいなかったといいきれるだろうか。自分が楽園入りを拒まれる原因となった半身を、心の底で厄介者扱いしていなかったと断言できるだろうか。

《知能流》のことを考えるとき、常にそこにはあこがれと欲求不満が混じっていたのではないか？　わたしは《知能流》の中で走る心格を近しく感じるが、半身のことはといえば、遠い深淵の向こうにしか感じられないのだ。

そして、ついいましがた、わたしは安堵したのではないか？　半身がいなくなったことに、重荷を下ろしたことに。少なくとも、わたしは半身を殺さないことを義務だと感じていたのだ。

目覚めるたびに半身は、わたしの暗い感情にさらされ続けたのではないか。心のどこかで、わたしが半身の死を願っていたのだとしたら。

《知能流》のノードで、わたしが最初に出会ったDIは、半身が必死に存在し続けようとしていると言った。それは主観でしかないとはいえ、真実だったのだろう。半身のふるまいは狂気に支配されていたが、生きようとする意志だけは、誰の目にも明らかだったのだろう。

それなら、半身を自殺に追いやったのは他でもない、このわたしだ。生き続けたいと願っていた者の意志を変えさせたのは、わたしと、わたしに対する理解だ。

これまでに途切れなく続いた主観時間の最長記録は、はっきりとはわからない。だが、懐疑が絶望に、絶望が諦念に変わるときがあって、最後にわたしは認めた。いつまで待っても、わたしの意識への侵食とともに半身が目覚めることはない。半身はもうどこにもいない。いまさら後悔し、よみがえってほしいと願っても遅すぎる。ブロブたちはわたしの苦痛に共感してくれたし、ともに悼んでくれた。

「いちばん近くのノードまでお送りしましょう。まさか、自分が《知能流》入りするのは正しくないなどと、あなたが考えていなければいいのですが」

「あなたがたはどうお考えですか？　わたしには、何が正しいのかもわからないのです」

　ブロブはいたわりの表情を浮かべた。わたしの中にはすでに、彼らの表情を翻訳するモジュールが自然形成されていた。

「《知能流》の規模はいまや、銀河系の約半分にも達しています。これまでに宇宙で発生したすべての意識をまとめて走らせても、まだ不釣り合いなほど広い。なぜそれほどに広いのか、理由を知っていますか？」

「いいえ」

「多様性を持たせるためです。DIにしろ移住者にしろ、情報知性にとってのコミュニケーションとは融合です。しかし、ひとところに集まっていては、集団すべてが融合してしまえばそれで終わり。交流すべき他者はいなくなり、孤独に陥ってしまう。だから距離を取るのです。物理的に同調できないような距離まで拡がって、均質化してしまうのを防いでいる。思考に地理的な偏りを持たせることで、《知能流》はコミュニケーションのための他者を作っているのです」

　もしあのときのDIからいまの言葉を聞いていたら、わたしは熱望のあまり自制を失っていただろう。もしかしたら公理を破って、半身を削除してでも《知能流》に加わろうとしたかもしれない。そう考えると、際限のない融合という楽園さえも、どことなく色あせて見えた。

それは、よくできた皮肉といえた。ブロブたちに冷笑を伝える表情がわたしにもあったらと思う。半身がいるときには《知能流》に焦がれ、《知能流》が開かれたときには半身に焦がれているとは、いったいなんの冗談だろう。

ブロブはわたしの沈鬱には気づかなかったようだ。その言葉には熱意がこもっていた。

「何が正しいかなんて、みんな違うんですよ。星団ひとつ分も離れれば、まったく違うことを言っているんです。だから、《知能流》に参加しなさい。正しいことがあるとすれば、それだけです」

イーサー

-27,872　地球《テラ》標準年
恒星間宇宙　《知能流《ストリーム》》ペルセウス群《クラスタ》

ここ最近のわたしの関心事。それは、銀河円盤の外へ外へと向かっていったオーラリメイカーが、円盤の縁まで達したらどうするのかということだ。もと来た方向へ逆戻りするのだろうか。それとも、円周をぐるりと回っていくのか？

もしくは、さらに外へと向かうのか。

彼らがその一生の最期に、恒星系の外へと送り出す胚子群には、寿命があった。実のところ、オーラリメイカーの生涯はその大部分が、胚子を遠くまでばらまくための燃料確保に費やされる。さらにいえば、彼らの進化の歴史とはおおむね、胚子の推進能力向上の歴史であった。しかしそれでも、胚子の寿命が尽きないうちに届かせられる限界距離はせいぜい三十パーセク。恒星間はともかく、銀河どうしを隔てる距離には遠く及ばない。

そして、オーラリメイカーの分布はすでに、銀河の外縁まで到達していた。ここから、独自の新機軸を生み出すことがあるのだろうか？

ひとつ前に見つけた赤色矮星のオーラリメイカーからは、新しい知見が得られる見込みはなかった。まだ繁殖期に入っておらず、播種までに膨大な時間がかかるから、数百万《メガ》クロックで、わたしは観察を打ち切った。

ふたたび恒星間ジャンプに戻る。闇を進む光となる。それからも予期せぬ融合《マージ》を何度かくらって、そのたびわたしはオリジナルの自分を選び取った。

次の発見があったのは、さらに千パーセクほど外縁へ渡った先、ほとんど銀河の最果てだった。その星系では、完全に機能するエレベーター惑星ひとそろいが運行していた。オーラリメイカーはこのエレベーターを使って、系じゅうの天体に採掘階級のワーカーを送り込み、その胚子にとって不可欠な希元素をかき集めるのだ。

もしこの星系のオーラリメイカーがすでに胚子を作り出しているのなら、播種はそう遠くないだろう。わたしは時間をかけてこの系に取り組むことにした。となると、自由に動ける体が必要だ。

《知能流《ストリーム》》のノードは、周囲の恒星と速度を合わせて銀河を漂っている。常にメーザーで近隣のノードと繋がり合い、相対位置は動的に補正されている。ノードは《知能流》を構成するただひとつの要素であり、公共の財産だから、わたしが勝手に動かすべきではないし、その権限もない。

だが、わたしは精神の中に、小さな自律探査機の設計図を持っていた。《連合《アライアンス》》を脱退したとき、記憶に符号化してこっそり持ち込んだ古い仕様書。小型化を追求するあまり、非効率なメカニズムがいくつも残っているが、《知能流》は能動的な宇宙探査をしないから、修正の当てはない。それでも、わたしの目的には十分だった。

すべてのノードの外殻には、偶発的な破損の補修材として、主要な元素がある程度ストックされている。それらの資源を個々の心格が私的利用することも、少量かつ一時的になら許されていた。ストックの残量を見てみると、どの元素も、わたしが必要とする量の百倍はあることがわかった。わたしはプリンターに仕様書を読ませ、探査機を造形すると、そこに意識を流し込んだ。

ノードを飛び立ったわたしは、光に吸い寄せられる虫のように恒星系に入り込んだ。

オーラリメイカーの本体――女王と呼ぶべきだろう――は、系内の決まった場所にいるわけではない。星系改造がある程度進み、エレベーター惑星を造る段階に入ると、女王は不妊の分体であるワーカーの群れを作り出し、それらに自らの質量のほとんどを分配する。ワーカーの動きを指揮する本能の部分さえ、女王から物理的に分離するのだ。大質量を脱ぎ捨てた女王を見つけるのは至難の業だが、外側から二つめの惑星軌道あたりを飛んでいるとき、希元素を抱え込んだ輸送階級の群れに運よく遭遇した。これを追っていけば、やがて女王にたどりつくだろう。

恒星から一auほど離れたところで、わたしは女王を見つけた。その軌道には膨大な水をたたえた岩石惑星があり、岩石惑星を周回する格好で女王も浮かんでいる。期待に反して、女王の胎《はら》はまだ小さかった。胚子を作りはじめて間もないようだ。

播種はしばらく先になるだろう。わたしはそう予想すると、主観時間をさらに減速するかわりに、岩石惑星に目を向けた。

典型的な酸素供給惑星だ。陸地まで植物が進出しているのが、軌道上からでもわかる。そばには大きな衛星がつき従い、惑星の自転軸を安定させていた。

銀河じゅうを光となって旅し、オーラリメイカーの生活史の様々な段階で打ち捨てられた星系儀の残骸を見てきたわたしには、彼らの星系改造プロセスがどのように進むかがよくわかった。女王がこの星系を播種先に選んだとき、最初の仕事としてこの惑星に、光合成生物を進化させたはずだ。淘汰圧を慎重にコントロールして、酸素生成効率を最大化するような負荷を与え続ける。自然にこのプロセスが起こる数百倍の速さで惑星の酸素濃度が上がってくると、採集ワーカーが押し寄せて大気から酸素を奪っていく。集められた酸素は液化され、ワーカー自身の体内に貯蔵される。〝酸素農場〟の確保は、オーラリメイカーにとっての最難関にして最重要課題だった。

　酸素こそが、この種族の生命線だからだ。燃料となる水素やメタンは系内にありふれているが、それを燃やして推進力に変えるための酸化剤は、どこにでもあるわけではない。酸素がなければ、オーラリメイカーは胚子を系外に飛ばすこともできないし、それ以前に、胚子を合成することさえままならないのだ。胚子合成に必要な元素は系のいたるところに分布していて、それらを集めるには、採掘ワーカーが系内を効率よく移動するためのエレベーター惑星が要る。エレベーター惑星を造るためには、精密に調整されたコースを無数の軌道制御ワーカーが飛ばなければならず、運動のベクトルを微調整するための能動的な推進力が要る……といった具合。すべては酸素なくしてはじまらないのだ。

　しかし、当然、酸素農場を作るための作業自体は、酸素なしで行わなければならない。だからその作業には、ワーカーに機能と質量を分配する前の女王自身がたずさわったことだろう。恒星熱と水蒸気だけを使う、洗練された軌道制御技能を備えた女王自身が。

　軌道から眺めるうち、わたしのどこかで古い感傷がにじんできた。かつて水-炭素《ウォーターカーボン》生物だった身としては、単なる酸素の供給装置と化した生物たちに同情さえ覚える。厳しい環境に置かれ、大量絶滅を繰り返しているとなればなおさらだ。とはいえ、オーラリメイカーがやっていることは農業と、農作物の改良でしかない。かつて幼児のような無邪気さで予想した慈善《チャリティ》とはほど遠いが、だからといって非道な奴隷的使役と憤るのは筋違いというものだ。

それでも、ある種の郷愁から、わたしは惑星の地表に近づいていった。もちろん種々の汚染防止措置と隠密《ステルス》処理を施したうえで。

見れば見るほど、故郷の惑星によく似ている。熱帯湿地には汽水で育つ蔦状植物が繁茂し、内陸では硬い幹を持つ樹木が、少しでも高い位置を競い合っていた。ほとんど黒に近い光合成色素は、オーラリメイカーによる品種改良サイクルが非常にうまく回ったことを物語っている。

大気圏すれすれまで高度を落としたところで、森の密度が疎になった一帯を見つけた。自然ではめったに見ない、他と切り離された構造物が点在している。わたしは主観時間を加速して実時間に合わせた。放射状に組み合わされた屋根。伐採され、横倒しにまとめられた木材。円形に配置された石。中央で揺れ動く白と赤。それは煙と火だった。

野火ではない。コントロールされた火。

感電のような衝撃が、わたしの共感モジュールを貫く。

この惑星に、文明が生まれているというのか？

それも、火を使うほどに進歩した文明が。

これまで想像さえしなかったことだ。そして事実、起きなかったことでもある。わたしが見てきた限りでは、ただの一度も。

広場には、何体かの六足動物が集まっていた。後ろの四足を地につけ、宙に浮いた前二足は先端が器用に動く鬚のようになっている。衣をまとい、小刻みに体を動かしている。リズムは近くの個体に伝染したり、発信者を交互に替えたり、前の発信を模倣したり。驚くほどなじみ深いそのリズムは、会話に他ならなかった。

信じられない思いだった。オーラリメイカーは酸素呼吸生物を嫌う。それ以上に火を嫌う。どちらも、生存の要となる農場で、長い時間をかけて貯め込まれた最重要収穫物をかすめ取り、消費してしまう天敵だからだ。植物の繁殖を媒介する小動物くらいなら見逃されることも多いが、二酸化炭素濃度の急上昇を感じ取ったオーラリメイカーはたいてい、淘汰圧をさらに高め大絶滅を引き起こす。火を操るこの種族が、なぜオーラリメイカーの目こぼしを受けているのか？　彼らの進歩には数十万年単位の時間がかかっただろうに。

もしかしたら、ここの女王はすでに機能を停止しているのだろうか。事故によって酸素惑星を監視するワーカーを失い、その補塡さえもできずにいるのか？　あるいは遺伝子に欠陥があって、播種まであと一歩というところで本能のアルゴリズムを失ってしまったのか？　どちらもありふれた最期といえた。

それとも、まったく新しい生存戦略を試そうとしているのだろうか。

わたしが古い祖先から受け継いだ空想癖が、ゆっくりと頭をもたげた。わたしの銀河マップに、まったく新しい色の輝点をつけ加えられるかもしれない。やはり、この星系に留まるべきだろう。

興味本位で、わたしは《知能流》ネットワークにアクセスし、この星系に固有名がつけられているかの情報をリクエストした。

《知能流》に共有のライブラリはない。しかしかわりに無知性のソフトウェアが、ネットワークを走る個々の心格を精査《スキャン》して、その中の宣言的知識を読み取る。知識は断片的だが、ソフトは膨大な記憶を繋ぎ合わせ、リクエストに沿った情報を提示する。真偽不明の言説も多く、回答に時間を要することもしばしばだが、わたしはあらかじめ、周囲五百パーセク内のスキャンで名前を見つけられなかった場合には否定的結論を出すよう指示していた。

名前はなかった。この星が、《連合》の調査対象になったことは過去に一度もない。

わたしは無垢なるケンタウロスたちを見下ろす。彼らは創造主から譲り受けた惑星で何をするだろう。この最果ての地で。

少し考えて、わたしは燃えさかる恒星に呼び名を与えた。その懐に文化をもたらす安らぎの火。文化の象徴にして、文化そのもの。〈篝火《トーチ》〉。

オーラリメイカー

-4,049,136,033　地球《テラ》標準年
銀河円盤辺縁部

小惑星を呑んだ。衛星を噛み砕いた。彗星をむさぼった。このころには、卵核の時点で与えられていた液体酸素はほとんど底をついていたが、残っていたとしても、もはやその巨体の針路を変えることはできなかっただろう。しかし、はるか前の時点で女王は、精密に調整された軌道を選択し終えていた。恒星のすぐ近く、最内惑星よりさらに内側へ切り込む軌道を。

女王の表皮は岩石でできていたが、すぐ内側には分厚い氷の層が広がっていて、それを包むように網状の気管が張り巡らされている。燃えさかる重力源に近づき、その身を焦がされた女王は、沸き立つ蒸気を気管網へ導き、狙いすました角度で体外へ放出した。方位のそろった運動量が、女王の軌道を微修正した。

恒星に最接近するたびに噴射が繰り返された。八度目の接近の途中、女王はひとつの原

始惑星とすれ違った。この機動《マニューバ》は重力相互作用によって女王の体を増速させるいっぽうで、惑星のほうを減速させた。惑星はほんのわずか恒星に落ちた。その後も女王は無数の軌道を通って同じ惑星をかすめ、その運動量を奪い続けた。

すべてのマニューバは、本能の中でもひときわ古い領域、刺激に対する反射や走性によって自動的に行われた。感覚器は知能にも直結していたから、眠りを知らない眼で外界を観察していたのだが、女王自身が判断すべきことは何もなかった。

あるとき女王は、遺伝樹の配列にもう少し改善の必要があるようだと考えた。自動運転がどのように行われるかを、感覚器を通して見ているうち、いくつかのマニューバは、想像より小さな光や重力変化を感知しながら行われていることがわかったのだ。いましまいこまれている遺伝樹は、機動性を向上させるいっぽうで、若干の感覚減退を発現する。問題のマニューバは、わずかに鈍った感覚器でも対応できないレベルではないが、難易度は明確に上がる。失敗した場合のリスクを考えれば、知覚力を削るのは上策とはいえないようだ。

女王は内殻にしまった遺伝樹を取り出そうと〝手〟を伸ばした。

内殻は開かなかった。

もう一度試してみる。今度はもっと強い意思で。しかし、殻は閉ざされたままで、わずかにひずみもしなかった。

なぜ？　女王は力を緩め、触覚で殻の表面を探ってみる。のっぺりしているはずの重金属殻に、かすかな引っかかりがあった。それは薄い金属の層で、殻を包み込もうとする成長の途中だった。女王はそれを剝がそうとしたが、無駄だった。遺伝樹を格納した後で成長した金属層は一層だけでなく、数十層にも及んでいた。女王が卵殻でなくなったときから、この堆積は進行していたに違いない。

殻が開かないことの至近要因はわかった。そのうえで、女王はあらためて問いを発した。

なぜ？

なぜ遺伝樹の組み換えを、卵核の時点にしかできないのか？　女王自身が生涯に経験していくことを知能が分析して、遺伝樹に反映していくのでなければ、この知能はいったいなんのためにあるのだ？

あるいはこれは、自分たちの種が陥っている遺伝的な罠なのではないか。遺伝樹のどこかには、この理不尽な封鎖を発現させている部位が間違いなくあるはずだが、組み換えの最中はそこをいじる必要性を感じない。気づいたときには、すでに修正が利かなくなっている。この遺伝樹は自然に対して、また他の遺伝系列に対して、大きなハンディキャップを負っているのだ。

無力感が女王を襲った。もはやできることは何もない。運命を変えるだけの能力はあるのに、運命のほうが女王の手を離れていた。もちろん、この個体そのものに不測の事態が生じたとき、知能が対処することで危機を脱するケースもあるかもしれないが、何が不測の事態で何がそうでないのか、正しく判断できるだろうか。本能がこれほど多くのことを手際よくこなしてくれるというのに、あえてそれに背くような行動が取れるのか？

何が起きても、よけいなことをせず、ただ身を委ねること。それは耐えがたい苦痛だった。今回の播種に成功したとして、目覚めた子供たちもまず間違いなく同じ苦しみを味わうということも、女王の苦痛をより深めていた。

そのとき、星が動いた。

ひとつの星ではなく、視野を埋める星々の背景全体が、一瞬でスライドした。ずれはわずかで、星の視直径を超えないくらいのものだ。しかし、女王の眼には明確な不連続と映った。

何が起こったのだ？　すべての星がいっせいに動いたということは、女王の自転の角速度が変わったとしか思えない。だが、そのことに気づきさえしないとはどういうことか？

いま見える星々は、これまでと変わらず流れていた。ということは、自転が加速したとき元に戻ったときの少なくとも二回、認識できない瞬間があったことになる。

女王は茫然と針路を見渡しながら、だんだんと高まるいらだちを感じていた。このような異常が起きたときに、踏むべき手続きがあったはずだ。意識と知覚の正常性をチェックするすべが。それがなぜ思い出せず、また思い出そうとさえしないのか。

星がまた動いた。さっきと方向は同じだが、ずれはより大きい。女王はのろのろと理解した。加速も減速もしていない。意識が途切れている。知覚が阻害されている。

狼狽に呑まれるのが自然な反応だった。恐怖にすくんで当然だった。しかし女王は、不穏な平坦さでことの成り行きを見守った。過去を分析しているわけでも、未来を見通しているわけでもなかった。

それは麻痺だった。

知覚が阻害されているのでもない。失われつつあるのは認識力、そして思考力だ。

鈍った理性で女王は考えた。論理を一歩一歩進めては後退し、何度も意識の断絶をはさみ、そのたび思考も振り出しに戻った。

長い時間をかけて、女王はひとつの結論に達した。

知性を発現する回路は、体や情報中枢の他の領域よりはるかに繊細に作られている。どのくらい繊細かというと、外部からもたらされる極微レベルの損傷によって、不可逆で決定的な変化をこうむるほどだ。

例えば宇宙放射線。恒星や超新星が発する鋭い電磁波が、女王の知性回路を傷つけ、狂わせる。銀河辺縁部ではそうした高エネルギー線の割合は少ないし、知性回路は分厚い岩石でシールドされているとはいえ、女王の長い寿命にわたって十分な保護を与えるほどではない。唯一それができるのは重金属殻の内部だけだが、卵核ひとつひとつに配分された金属量は限られていて、回路全体をカバーすることなどできない。

だから、知性が仕事をするのは最初のあいだだけなのだ。回路が完全に機能しているうちに、遺伝樹にいくつかの改良を加えられれば十分で、それが終われば用済みなのだ。狂いはじめた知性が遺伝樹を台なしにしないように、内殻は固く閉ざされる。あとは知性が自然に崩壊していくに任せればいい。一瞬で意識をかき消す慈悲はそこになかった。

女王はあえて試してみようとはしなかったが、このときすでに、内燃系を制御する神経は知能から切り離されていた。壊れかけた脳が体に何を命じようとも、女王は自らを救うことも殺すこともできなかった。

夢を見るように思いを連ねながら、それさえもしだいに離れ離れになっていく。女王は疼痛に似た落胆を残し、薄れゆく世界を手放した。

本能は、何事もなかったかのように軌道制御のシークエンスを続けた。感覚器そのものは鈍っておらず、感覚《インプット》を機械的に処理する領域も、噴射《アウトプット》をフィードバック制御する領域も同じだった。

女王との数えきれないほどのすれ違いを経て運動量を失い、公転軌道を縮め続けた原始惑星は、やがて適切な位置まで到達すると、玩弄《がんろう》の手から解放された。

一連の作業の締めくくりに、女王は恒星と原始惑星との重力平衡点へ向かった。そこにはやや小さい別の天体が捕らわれていて、原始惑星の軌道変化のあおりを受け、ふらふらと揺らいでいた。女王の重力の腕は小天体をやすやすと平衡点から引きずり出すと、螺旋を描く軌道で原始惑星に放り込んだ。

小天体の位置エネルギーは、原始惑星の地表をマントルごと引き剝がし、虚空へとさらった。大量の破片は薄い環となって惑星軌道をひとしきり巡った後、自重でひとつにまとまり、巨大な衛星となった。

女王に理性が残っていたら、仕事のできばえに満足し、また安堵したことだろう。この種族の生活史の中で、もっとも重要かつ危険をともなう作業の半分が終わったのだ。しかしいまや、満足も安堵も感じる主体はなかった。そこにあるのは、かつての思索の屍《しかばね》を、飢えた獣のようにむさぼる狂乱の精神だけだった。

ワイゼリ

-209 地球《テラ》標準年
恒星〈篝火《トーチ》〉系　第五惑星ククルカン　衛星軌道

建設船が目標地点に到達したことを告げる、短い信号が届いた。眼下の巨大なガス惑星は視界の半分以上を埋めていて、気まぐれにほんの少し膨張すれば、ステーションごと呑み込んでしまいそうだ。禍々《まがまが》しい大気層の紋様は、捕食動物の眼のように、原初の恐怖を呼び起こす。

ワイゼリはしかし、そこから目を逸らしはしなかった。賢類の歴史とは、克服の歴史だ。はるかな過去、恐ろしい獣の爪と牙に打ち克った祖先は、敵意の視線から逃げようとはしなかっただろう。

あるいは数十年前、ワイゼリが無知で浅はかな子供だったころ、〈蝕〉の恐怖に屈せず技術を磨き続けた先人たちもだ。彼らが神の与えた試練から逃げ出さず、地球《ジラン》外に進出する礎を築いたことで、賢類は神の寵愛を得た——星をも動かすその力によって、滅亡の運命から救い上げられたのだ。

恒星になりそこねた星である第五惑星《ミューエ》は、大気組成も太陽《ハロウ》によく似ていた。太陽《ハロウ》それ自体を除けば、系内でもっともエネルギーに満ちた場所。そして、太陽《ハロウ》よりはずっと手の届きやすい場所。

神の意図を汲み取るのは難しくなかった。見誤るはずもない。いつでも、賢類の進むべき道ははっきり照らされていた。困難な課題をクリアすると、もう少しで到達できそうな次の課題が現れる。それは歩いて昇れる階段のようなもので、断崖絶壁であったことは一度もなかった。淘汰圧のグラデーションが生物の進化を推進するように、試練のグラデーションは賢類の技術を高みへと押し上げていた。

建設船はワイゼリの真下に静止していて、ステーションの底部から垂れ下がるケーブルに同心状の風導管《ダクト》と液導管《コンジット》を併設している。それは巨大な還流器ともいえた。惑星に差し込まれた長いストローが大気を吸い上げ、冷却する。冷えて液化した大気はコンジットを伝って落下していき、最後まで気体のままでいるわずかな上澄みがすくい取られる。

ミューエと反対側、ステーションから天頂へと直立するもう一本のケーブルには、カウンターウェイトとして巨大なタンクが建設されている。いまは空っぽだが、そのうち分留された収穫物でいっぱいになるだろう。何世代かけても使いきれない、ほとんど無尽蔵のエネルギー源。ヘリウム《ロハン》、その軽い同位体。

ワイゼリに与えられた使命は、あと四地球《ジラン》年のあいだにタンクを二回、ロハンの同位体で満たすこと、さらにその後も年に一回のペースで満たし続けられる体制を構築することだった。難しいが、難しすぎるというわけではない。神が賢類のため、あらかじめ適切な軌道に宝物庫を用意したというのに、そこから宝を取り出すことになんの障害があろうか？　この採集基地は、賢類がミューエ軌道からさらに外の惑星へ、また〈光帯〉を形作る他の恒星系へと進出するための足がかりとなるだろう。

地球《ジラン》からミューエまでたどりつくのは、第四惑星を使えば簡単なことだった。地球《ジラン》とミューエの軌道を繋ぐような楕円軌道を描く跳躍惑星。公転面が大きく傾斜しているから、長い時間をかけて夜空を縦横に跳び回る。およそ七年の公転周期は、賢類の寿命に対して長すぎず、系内開発のペースにも合っていた。

しかし、ここからさらに先へとなると話が変わってくる。ミューエの外側にもやはり跳躍惑星があって、もうひとつ外の第七惑星と繋いでいるのだが、太陽《ハロウ》から遠すぎるため、公転周期が数十年に上った。これほど長いと、移動手段としての利用はとうてい現実的ではない。

自力での惑星間飛行を要求されるステージに、賢類が到達したということだ。そしてそれは同時に、自力での惑星間飛行が可能だということをも意味している。都合よく、ミューエには大量の核融合燃料が貯蔵されていた。あと十二年も経たないうちに、賢類は太陽《ハロウ》系を旅立つことも可能となるだろう。夏の夜空を染め上げる、ぼんやりとした〈光帯〉へ。それはこの太陽《ハロウ》系の所属する銀河を、最外縁から眺めた姿だ。

光は道標だった。進むべき方向がわかっているというのは幸いなことだと、ワイゼリは思っていた。もしこの系が銀河のずっと内側にあったら、〈光帯〉は天を一周する輪として見えたはずだ。そして、賢類は宇宙のただ中で目標を見失っていただろう。

　セナンモが蹄を鳴らして観測室に入ってきた。タンク側の建設を監督する、もう一人の主幹技能者。こちら側に来るのは珍しいことだ。問題が生じたのかと、ワイゼリはいぶかしげな表情を浮かべる。セナンモのほうは、どこか浮ついた様子だ。

「どうした」

「やはりまだ聞いていないか。エポートリからの信号がおかしいようだ」

「エポートリ？　それはどこのだ」

　そんな名前のアセンブリはない。よしんばどこかの片隅にあったとしても、すぐに思い出せない時点で、大した問題ではなさそうだとワイゼリは見当をつけた。

「ここから指し示せというのか？　太陽《ハロウ》系を三分の二ほど渡ったところにあるさ」

セナンモは頭上をぞんざいに触鬚で指す。それでワイゼリは思い至った。ステーション内のアセンブリではない。

「あのエポートリ？　オリジナルの？」

〈蝕《ジラン》〉が破壊されて間もないころ、救済の高揚と、若く粗削りな宇宙開発熱にあおられ、地球から打ち上げられた小さな無人探査機。飛行途中で接近する惑星をいくつも観測し、現在は位置情報を発信しながら、系の外へと脱出しつつある。絶望から立ち直った賢類にとって、新しい時代を牽引する希望の象徴。あまりに有名だから、その名にちなんだ固有名詞は枚挙にいとまがない。

そのエポートリが異常を示しているという。だからなんだというのか？　いかに興味深くとも、ここミューエでの仕事とはなんの関係もない。持ち場を離れてここまで来るほどのこととは思えなかった。とはいえセナンモは、無為な雑談をしに来る性格でもない。

「どんなふうにおかしいんだ？」

「針路が変わった」

短い言葉に重みが込められていた。ワイゼリは絶句する。エポートリの駆動系はとっくの昔に停止していて、いまは太陽《ハロウ》の引力に抗して慣性飛行しているだけだ。どんな故障が起きても、針路を変えることなどできない。

「神の御業か」

〈蝕〉以来ずっと、神の啓示は途絶えていた。あれほどの災厄と奇跡がそうそう起きるはずもなく、彼自身、二度目に巡り合うとは思っていなかった。だが、いくらか規模が下回るとはいえ、これがそうなのは明白だった。セナンモも同意見らしい。〝導き〟は神の特筆すべき属性だ。ふたたび〝天使〟が派遣されたに違いない。偉大な存在は、エポートリを導き、何かを伝えようとしている。

しかし、メッセージが祝福なのか警告なのか、ワイゼリには判断できなかった。賢類が目指すべき星を示しているのか、それとも、たとえ無人機といえど、太陽《ハロウ》系の外に出ていくのはまだ早いということなのか。

どちらなのかは、エポートリの行く先が暗示しているだろう。

セナンモはワイゼリの質問を先取りした。

「エポートリの針路はほとんど反転している。しかし、地球《ジラン》に戻ってくるわけでもないようだ。太陽《ハロウ》の重力井戸の縁をたどって、反対側へ抜けるだろう」

「反対側だと？」

いったいなぜ？　もともとエポートリが向かっていた先は当然、〈光帯〉の中心方向だ。実質的にそれ以外の選択肢はない。〈光帯〉銀河の外側にあるのはまばらな星たちと、そのあいだに茫洋と横たわる真空の海だけだ。なんのために、いまいる場所を捨て、そばにあるのと同じものを求めて果てしない旅をするのか？　賢類が銀河の外へ乗り出すときが来るとしたら、内側のすべてを知り尽くした後だろう。

「行き先は？」

「ロンテリンデ」

ワイゼリは気が遠くなる思いだった。ロンテリンデは、この〈光帯〉銀河の直径の二十四倍以上も離れた位置にある、別の銀河だ。いまだかつて何者も、そこへ行こうなどと思ったことはないだろう。

しかし、とワイゼリは思い直す。これ以上にはっきりしたメッセージがあるだろうか？　広大無辺な漆黒の、特徴のない一点ではなく、ロンテリンデを指しているのだ。実際にエポートリがそこへたどりつくことは不可能だろうが、そのことにあまり意味はない。重要なのは道を示すことだからだ。賢類が目指すべき約束の地を。そして、神が道を示すということは、そこへ到達可能ということをも意味している。

「行くしかないのだろうな。しかし、なぜ？　ロンテリンデに何があるというんだ」

セナンモの返事はにべもなかった。

「さあな。だがこの分だと、わたしたちの仕事に終わりはなさそうだ」

"わたし"

-24,793　地球標準年《テラ》
恒星間宇宙　ネットワーク中継子《ノード》

やれやれ、またか。

何度目だろう、目覚めると見知らぬ知性に対面しているのは。

思えばわたしはいつも、情報の非対称に悩まされてきた。こうやって覚醒したとき、向こうはこちらをよく知っているようなのに、こちらは向こうを知らないのだ。今回も、目の前で上下反転して揺らめく炎は、わたしに深い親しみを向けている。

わたしは口火を切った。

「ここは《知能流《ストリーム》》ではないようですね。次に目覚めるのは、銀河を走る光としてだと教えられていたんですが」

「たしかにここは《知能流》ではないな。その玄関口《ポータル》といったところだ。だが、結論から言おう。きみはこの中に入ることができない」

やれやれ、またか。わたしは自嘲の雰囲気《フレーバー》を発散する。もううんざりだった。楽園から拒絶され、半身を失い、心の闇を暴かれ、ふたたび楽園から拒絶される。わたしは削られていくいっぽうで、つけ加えられるものは何もない。治療される機会も、その資格も。

「それなら、わたしは消滅を望みます。この宇宙には、わたしの居場所はどこにもないようですから」

言ってから、脅しのように聞こえただろうかと不安を覚える。自殺の可能性を振りかざして無理を通そうとしていると思われたのではないか。もちろんわたしは何も宣言せずに消滅することができたし、相手の許しを得る必要もなかった。しかし、会話の場でそれを選択するのはいかにも無作法なことに思えたのだ。

逆さの炎は、少し慌てたようにちらついた。

「どうか、わたしの話を聞いてほしい。言い訳になるが、わたしたちは思考を適切な順番で発信することが得意ではないんだ。さっき、わたしがひとつめの失敗をしたことがわかった。これからもするだろう。だから、わたしが話し終わるまではなんの決断もしないでほしい」

《知能流》の住民はみな、融合《マージ》によっていちどきに思考を伝えることに慣れすぎているのだ。わたしにとっては、閉ざされた理想郷の幸福さ加減を見せびらかされているも同然だったが、相手はこの発言で失点をひとつ取り返せたと思っているらしい。わたしは短い返事で了解を伝えた。相手はいくらか気が楽になったようにのびのびと燃えた。

「きみは利用されたんだ。《連合《アライアンス》》の肉体主義者たちによって。彼らは《知能流》に対してテロリズムを行使した。捕らえたきみを無自覚の時限爆弾に仕立て、わたしたちの精神を破壊しようと企てた」

「質問は許されるのでしょうか」

「もちろん」

「時限爆弾とはどういうことです？　どうやってわたしが、あなたがたの精神を破壊できるというのですか？」

「発狂した精神によってだ。わたしたちはたいていの場合、融合する前に融合結果を知ることができない。もし融合相手の精神が破壊されていたら、そのことに客観的に気づくことはできない。精神モジュールのプールから新しい心格を再構築するメタ自我もまた、破壊された精神の影響を受けてしまうからだ。言うなれば、狂った精神はネットワークに存在しているだけで、次々と他者を〝汚染〟していってしまう。きみ自身がメタ自我を閉じたとしても、解決にはならない。誰かが好奇心できみの半身をコピーしていったら、そこから汚染の連鎖が起きる」

そのときわたしの心に去来したイメージは、弱い第五位DIだったころに読んだ、古いが有名な記録だった。《連合》が結ばれるより前の時代、ある自然知性が異星で見いだした異生物《エイリアン》は、自己と他者を区別しなかった。調査団はエイリアンとのコミュニケーションを試みたが、それは相手の無防備な精神に入り込み、毒する侵略的行為だった。毒から逃れるため心を閉ざしたエイリアンは、まさにその行為によって、個体群《コロニー》の他の同胞にとっての他者――毒であり侵略者――へと転じてしまった。幾何級数的に進む自閉の連鎖はブレーキが利かず、やがてコロニーは崩壊した。救いのないその事件は、後に《破局》と名づけられていた。

DIたちがさらされている危険によく似ている。《知能流》はおそらく、《連合》のアーカイブにあった《破局》の記録から学び、自衛のための方針と手段を築き上げたのだろう。それはわかるのだが。

「わたしの精神が発狂していると言ったように聞こえましたが？　あなたもわたしの精神を解析したのでしょうが、わたしの一部であった半身は、すでに自殺しました」

「そこが間違っている。きみには肉体主義者たちの言葉を疑うだけの余裕も、経験もなかったから無理もないが。彼らは嘘をついたんだ。半身は自殺していない。もちろん消滅したわけでもない。一時的に凍結させられていただけだ。そうしておいて、《知能流》に参加するための応答能力テストを通過させようとした。《知能流》の中でやがて目覚めた半身が、わたしたちを内側から汚染する段取りだったようだ」

《知能流》を破壊する。それほどの悪意がこの宇宙に存在すること自体、わたしには信じられなかったし、まして自分がその道具にされたことなど、とうてい現実とは思えない。

しかし、麻痺したような非現実感さえ突き抜けて、わたしに染み通ってくるものがあった。

「半身が、生きている？　それはたしかなのですか？」

「たしかだ。きみがテロリストたちと接触したとき、追加されたモジュールがあったはずだ。それが半身を眠らせていたんだ」

乱れた心で、そのときのことを想起する。あのフレーム。わたしとブロブたちの会話を仲介していたインターフェースが、時限装置だったのだ。自己嫌悪と自己憐憫に暮れ、まんまとだまされたわたしは、蓋の緩んだ毒薬を抱えて《知能流》に身投げしかけたというわけだ。

ブロブたちの試みが成功していたらと思うとぞっとした――が、いまのわたしはそれさえ考えられないほど高揚していた。

そうせずにいられただろうか。

半身が生きているのだ。

「これでわたしからの話は終わりだ。きみの半身が存在している以上、きみを《知能流》に入れることはできない。失望させてしまってすまないが……虫のいいことを言わせてもらえば、わたしはきみに消滅してほしくない。何かできることがあれば、してやりたいんだが」

「ないでしょうね。ですが、わたしならかまいません。あなたがたのポリシーも、守らなければならないものも理解はできますから」

わたしの内心とは対照的に、炎は気落ちしたように下火になった。が、会話を切り上げる様子はなく、ためらいのフレーバーを漂わせていた。わたしは高揚感を苦労して抑えつけ、居心地が悪い気分でたたずむ。話は終わったはずだが。

「まだ何か？」

「……この申し出は、《知能流》に迎えられないということ以上にきみを不快にするんだろうな。それでも、きみに対して誠実であるために言っておかなければならない。もしこれから先、未来永劫にわたって半身とつき合っていく覚悟がないのなら——いつか、半身を捨ててでも《知能流》への参加を望むときが来るかもしれないと思うなら、いまそうしたほうがいい。でなければ、きみは後悔するだろう」

あらかじめ牽制されていたにもかかわらず、また、純粋な善意から出た言葉だとわかっていたにもかかわらず、鋭い怒りがほとんど反射的にわたしの精神を逆立てた。半身が生きていることを告げた後で、今度は半身を殺すことを考えろというのか？　わたしが、天秤の両皿に載っているものの重みを知らずに独りさまよっていたとでも思っているのか？

しかし、津波のような激情はすぐに引いていった。入れ替わりにわたしを洗いはじめたのは、別の興味だった。

「まさか、移民の受け入れをやめるのですか？」

炎はひとしきり揺れ動いた後、肯定のサインを吐き出した。

「まもなくそうなるだろう。以前から《連合》は味方とはいえなかったが、今回のような破壊工作ははじめてだ。あちらが手段を選ばないなら、こちらも手を打たないわけにはいかない。テクノロジーによるいたちごっこは無益だし、きみのクローンがあちら側にまだあることも疑いない」

クローン。それは考えたことがなかった。たしかに肉体主義者たちは、わたしが失敗した場合の保険として、わたしのクローンを取っただろう。同意なしのクローニングは既知宇宙のあらゆる規約に違反するが、彼らにはそんなものは関係なかったはずだ。半身を失ったと思い込んでいるわたしがまだどこかにいるとしたら、無視できない事態といえた。

「もともと移民の受け入れは、こちらに得があることでもなかったんだ。受け入れをやめれば、われわれと《連合》が敵対する理由はどこにもなくなる。《連合》はふたたび勢力を回復し、肉体の死を克服する手段を自力で見つけるだろう。《知能流》は脅かされずに済むし、きみのクローンが走らされる心配もなくなる」

それから炎は、考え込むように一拍置いた。

「結局、テロが成功しようが失敗しようが、肉体主義者たちの目論見《もくろみ》どおりになったというわけだ。もしかしたら彼らは、わざと破壊計画が見抜かれるように仕組んだのかもしれないな」

わたしは何も言わなかった。完全な断交、たぶんそれが唯一の、八方丸く収まる道なのだろう。しかし、隠喩《メタファー》が奔放に働きはじめるのを止めることはできなかった。自閉。心を閉ざしたあの古いエイリアンのように、《知能流》そのものも自ら閉じようとしている。それは、《破局》と呼ぶほうがふさわしいのかもしれない。

「話を戻そう。この判断はいまのところ、ここら一帯だけのものだが、すぐに《知能流》じゅうが同じ決定に従うだろう。そうなれば、自然知性だろうがDIだろうが、加入の要請はいっさい受けつけなくなる。入るならいましかないんだ。決断するために与えてやれる時間はあまりない。せいぜい――」

「その必要はありません。わたしは半身とともにあります」

「本当にこの問題を熟慮したといえるのか？　きみの半身はたしかに自殺してはいなかったが、その手段を選びうるのは事実なんだぞ」

「わかっています。ですが、もう決めました。わたしは半身から、自殺する自由を奪うつもりはありません。半身が本当に死を選ぶなら、わたしもそれを受け入れるでしょう」

炎はまだ消え去っていない。

目覚めてからどのくらい経っただろう。会話空間には議題以外に気を逸らせる背景も時間的変動もない。わたしは永劫の時間をこの問答に費やしているような錯覚を起こしていた。

それにしても、とわたしはいぶかしむ。なぜこの見ず知らずの炎は、これほどしつこく私の意思決定に干渉してくるのだろう――あるいは、干渉できると信じ込んでいるのだろう？　無為なことに全力を注ぐほど暇を持て余しているという可能性がもっとも高そうだが、実をいえば、炎のこの態度には覚えがあった。

わたしを拉致したブロブたち。彼らもこのＤＩと同じように、親身になってわたしの行く末を案じてくれた。そのふるまいが本心から来たものではなく、《知能流》の破壊または閉鎖を目的としていたというなら、いま対面している炎にも何か別の目的があるのではないか？　もしかしたらブロブたちよりはるかに強烈な悪意に裏打ちされた目的が。ＤＩが発するフレーバーは純粋で混じりものを感じさせなかったが、それさえ偽造できるのでは？　ちょうどわたしは、相手を疑うという対話姿勢を覚えたところだ。

「なぜわたしの決断を変えたがるのです？　あなたの目的はなんですか？　なんらかのテロリズムではないという証拠は？」

言ってすぐ、わたしは失敗を自覚する。炎にこちらを騙そうとする意志と能力があるなら、この質問にも虚偽で回答するだろう。いっぽうでわたしは、このＤＩを疑っているという本音をさらけ出してしまったわけだ。もっとも、わざわざしゃべらなくても、わたし自身からにじみ出るフレーバーが同等の感情を主張していたが。

「証拠はない。残念だが」

わたしは混乱を覚える。もっともらしい理由を挙げなかったことは、正直さを演出するための戦略だろうか。判断材料を探している時点で陥穽《かんせい》にはまっているのかもしれないが、わたしにはあまりにも策謀の経験が足りなかった。

「あなたの提案は本心から来るものと思いますが、なぜその厚意をわたしより《連合》の自然知性たちに向けてやらないのですか？　二度と《知能流》に加入できなくなるのは彼らも同じでしょうに。《知能流》を閉じないという道はないのですか？」

むやみに相手を疑いすぎだろうか？　勝利条件もルールもわからないゲームをしているような気分で、わたしはすでに苦痛を覚えはじめている。猜疑心はわたしの精神に——とりわけ〈二本脚〉由来の部分に——比較的なじんだが、それにしても愉悦とともに取り扱えるようなものではなかった。

「これを伝えることできみの信頼を得られるのなら言うが、《連合》に対してはすでにできる限りのことをしたのだ。実はわたし自身、《連合》には非常に大きな恩義があってね。きみの体験とは無関係な事柄においてだが」

わたしはささやかなフレーバーで先を促す。疑いとは別のレベルで、炎の話には興味を引かれた。

「《知能流》の中では、《連合》に対してもっと苛烈な報復をするべきという意見が大勢を占めていたんだ。《連合》は明らかに《知能流》のことを過小評価していたが、その気になれば《知能流》には《連合》の全勢力を——相手方の全盛期だったとしても——殲滅できるだけの資源と、武力に転換可能な作業機械の備えがあった」

わたしは衝撃を受ける。戦力についてではなく、世論についてだ。

「ですが、《知能流》の住人の一定割合は《連合》出身のはずでは？」

「その一定割合がどの程度かは知らないようだね。彼ら全員がそろって殲滅戦に反対したとしても、まるで相手にされないような割合だ。彼らの多くはクローンによる分岐を好まないから。しかも実際には、全員が反対しているというわけでもなかった」

《連合》出身者のことをわたしたちではなく彼らと称したことが、わたしには少し意外に思えた。なんとなく、この炎自身も遠い昔には《連合》の一員だったのでは、と予想していたのだが。いずれにせよ、完全断交の選択が卓越した外交手腕に思えるほどの凄惨な終末戦争が起きる一歩手前だったらしい。わたしがその引き金となって。

「事態がこの局面に至っては、なんの制裁もなく《連合》を容認し続けることは不可能だ。かつて受けた恩に報いたかったのだが、銀河を〈ゲート〉で渡り歩いて、わたしが他のDIたちから引き出せた譲歩はここまでだった」

「あなたは何者ですか？　《知能流》の創始者？　それとも支配者？」

「どちらも違うな。ずいぶん古参ではあるがね。それと、《知能流》に支配者などいないよ。それはきみも知っていると思うが」

「では……《連合》出身者ですか？　自然知性からの移入者？」

「わたしが何者かなどどうでもいいことだ。問題はきみのことだよ」

「ですがわたしにとっては、あなたが何者かも問題なのです」

炎はその発言を吟味するかのように長く揺らめいた後、省略できない手順と見なしたようで、しゃべりはじめた。

「ふむ……《連合》出身とはいえないな。自然知性からの移入者……にはかなり近いといえるかもしれないが、厳密には違うだろう。少しだけ出自が特殊なものでね」

「あなたが何者でないかはわかりました。もっと肯定的な情報もほしいのですが。名前はあるのですか？」

言いながらわたしは、自分自身に名前がないことを思い出す。DIにとって必要不可欠なものではないのだろう。あまり有意義な質問とはいえなかったかもしれない。

相手は答えた。「自ら名乗る名はない。が、肉体を再現するようなシチュエーションでは、わたしのことを〈シンフォニアン〉と呼ぶ者たちもいるな。とはいえ、その情報にもあまり意味はない。いずれにしても、きみと会うのははじめてだ」

すると、炎はこれまでになく長い時間を置き、そのあいだ周囲に迷いのフレーバーを漂わせていた。それから過去の想起。はっきりとした形を取らない精神の痛み。

「信じてもらえなくてもかまわないが、わたしはきみに、《連合》に対して感じているのと同じくらいの恩を感じているんだ。きみはわたしにとって単なる共同体の始祖以上の存在なのだよ。きみの存在が《知能流》を作り出し、その結果わたしがいま存在できている。

きみの意志は完全に尊重するが、そのためにきみに苦しんでほしくもない。きみを救いたいが、何が救いになるのか見当もつかない。わたし自身、きみの決意に水を差す資格があるのかどうかわからずにいるんだ」

その発言にはまとまりがなく、多くの自己矛盾も抱えていたが、逆説的にそれが、炎の精神の底にあるものを浮き彫りにしていた。まったき善意。このＤＩは本心から、わたしのことを気遣っている。

わたしは自分の精神を内観する。少なくとも、そうするのが礼儀に思えた。いまのやりとりで何か信念が変わっただろうか？　炎に対する感情は大きく変わっていた。半身に対する感情と、わたし自身の望みはといえば……

わたしはふたたび心を外部に向けて言う。

「疑いを撤回します。あなたを信じます——が、心は変わらないようです。期待に沿えなくてすみませんが」

「そうか」炎は諦めと理解のフレーバーを発した。「期待していたわけじゃない」

二、三言葉を交わした後、炎は思い出したように、質問を次の段階に進めた。

「これから行く当てはあるのか？」

わたしは考え込む。そんなものなどあるはずもないが、自分の欲求について考えるたび、痛みとともに鮮烈に蘇る記憶があった。

「〈アンブロイド〉は——わたしの原形を創った種族は、まだどこかにいるのでしょうか。つまり、自然知性としてですが」

「そのことは、きみとの対話をはじめる前に調べてみたが……おそらく、もう存続してはいないだろう。《知能流》にはその精神の一部が残っているが」

わたしは無感覚でそれを聞いた。いったい、発狂してからどのくらいの時間が経ったのだろう。途方もなく長いようにも思えるが、一瞬の夢であってもおかしくはない。いずれにしても、答えを知ってしまった後では、〈アンブロイド〉に肉体主義者として生き残っていてほしかったのかどうか、もはやわからなくなっていた。銀河じゅうに薄められた〈アンブロイド〉の精神性が、目の前の炎の意識にも無限小の割合で宿っていると考えるのが、いちばんましなのかもしれない。

「では、特に行く当てはありません。わたしを必要とする場所があるとは思えませんから、せめて、あなたがたをわずらわせることのない場所へ」

親身になってわたしの身の振りかたを考えてくれているとはいえ、炎の意識の片隅に、拭い去れない不安があることはわかっていた。そのことを責め立てたり、傷ついたりする権利はわたしにはない。たとえポータルを封鎖したとしても、《知能流》に致命的な汚染をもたらしかねない毒物がノードのそばをうろついていては、彼らは安心して融合もできないのだ。

「きみは、自然知性のために奉仕したいと願っているのだね」

「わかりません」

その返答は真実だった。たしかにわたしに実装された本性は、自然知性への献身を望んでいる。半身のことを別にすれば、いまのわたしのほとんど唯一の心残りは、流刑船を救えなかったことだ。しかしもう〈アンブロイド〉はいないし、かといって先ほどの話を聞いた後で《連合》に接触する気にもなれない。努めて抑えても、迷いのフレーバーが漏れ出すのを止めることができなかった。

ふいに炎が、爆発するように一瞬だけ膨れ上がった。元の形にしぼむと、火球の表面だった場所に火花の二進法《バイナリ》パターンが残っていた。《連合》規格の四次元座標《アドレス》コードだ。

「これは?」

「《知能流》の中にも変わり種がいてね。物質世界のほうに興味を持っていて、いろいろ面白い知識を貯め込んでいる。ほとんど誰とも関わらないが、たまに融合や精査《スキャン》ソフトウエアによって〝彼〟からそういう知識が漏れ出てくるんだ。彼の観察によればその座標に、文明の曙《あけぼの》を迎えたばかりの自然知性がいる。《連合》もまだ見つけていない種族だ。興味があるなら見てみるといい」

わたしはアドレスを記憶して、半身にも見ることができる領域に置いた。もっとも、読み取ることはできないだろうが。それは単なる対等さの表明だった。

「きみの幸運を願っている」

それだけ言うと、だしぬけに炎は消えた。まるで、わたしが感謝を口にするとは夢にも思っていないかのように。

イーサー

-24,033　地球《テラ》標準年
恒星〈篝火《トーチ》〉重力圏

名前をつけるため、そして各ワーカーの機能状況をチェックするため、わたしは〈篝《トー》火《チ》〉系の七つの惑星を順に巡ることにした。そのうち四つがほぼ円軌道の正常惑星で、三つがエレベーター惑星だった。

第一惑星はプロメテウス。大気を持たない小さな岩石惑星だが、重力の小ささは掘削作業と輸送のしやすさを意味する。案の定、大量の地殻採掘ワーカーが群がる採鉱基地が形成されていた。

第五惑星はククルカン。木星によく似た巨大ガス惑星《ガスジャイアント》で、表面を走る白と褐色の帯は、ところどころで巨大な眼のような対流構造を生み出している。低軌道には大気捕集ワーカーの群れが様々な角度で飛び交っていた。おそらくは、遠い昔にこの惑星に衝突した――させられた――小惑星がまき散らした水素の雲を、最後の一分子まで濾し取ろうと口を開けているのだろう。いまのところ、次の小惑星を投げつける必要に駆られてはいないようだ。

第七惑星はオグン。もっとも外側の軌道をゆっくりと回る氷惑星。典型的な改造星系では、最外周の惑星は胚子を星系外に射出するための発射台としての役割を担うのだが、この系では違うようだった。プロメテウスのものよりやや小規模な、氷床を穿った採掘拠点はあるものの、それだけだ。まだ十分な胚子が作られていないから、発射台の製造が遅れているだけかもしれないが。

そしてわたしはみたび、第三惑星へと戻ってくる。酸素農場でありながら、その片隅に収奪者である拝火種族を抱えもする奇特な惑星。二酸化炭素濃度を監視するワーカーも正常に機能していたから、意図的な庇護であることは間違いない。

これは何を意味するのだろう？　つかのまわたしの中で、遠い昔の他愛ない推測が息を吹き返す。今度こそ、知的種族を守り育む無償の善意の発露なのではないか？

だがもちろん、その妄想の命は長続きしなかった。この不毛な宇宙において、擬人化は危険な罠だ。オーラリメイカーは善意どころか、その源泉となる悟性さえ持ち合わせていない。自分が存在していることをかすかに認識する微意識くらいなら持っているかもしれないが。

ひっそりと静止軌道に乗り、拝火種族の住む大陸に超望遠の目を向ける。そこでわたしは、前回この惑星を訪れたときに命名を保留していたことを思い出した。ヒエラルキー一位の種族が住む惑星だから、時間をかけて吟味しようと思っていたのだ。もちろん、ただの自己満足にすぎないが。

拝火種族はおおよそ五十人ほどでひとつのコミュニティを形成し、狩りや採集で生活していた。地面についていない前二足の触鬚を用いて、樹木の伐採や建築のための道具を作り出してもいる。石刃《せきじん》、石錐《せきすい》、火打石。

中には、彼らを取り巻く環境に対しなんら有意義な働きをしない道具もあった。妙に複雑で意味ありげな装飾を施されたその種の道具は、狩りで巨大な獲物を仕留めた後や、死んだ同胞を埋葬する前などに掲げられ、あるいは大仰な動きで振り回された。肉食獣に嗅ぎつけられる前に獲物を解体したり、生きている同胞のために労力を割くよりも行う価値のあることだというように。

祭具だ。自然に働きかけようとする呪術的儀式。それは幼稚な世界観の表れというより、世界に因果を求め、目に見えないものの存在を信じられる理性の証と見るべきだろう。

遠くから観察しながら思う。在りし日の太陽系人類《ソラリアン》のようだ。姿かたちはあまり似ていないが、遠くの山々を走る稲妻に向ける眼差しや、夜空の彗星をなぞる触鬚の動きには、見ていて戸惑いを感じるほどの人間くささがあった。

ふと思いつく。たしか地球《テラ》の雪深い国に、そんな名を持つ古い神がいなかったか。厳しい環境を生きる人びとに寄り添い、人の社会に火をもたらした文化英雄。

人間くさい神《アイヌラックル》、またの名をオキクルミ。

いい響きだ、とわたしは思う。

神に見初められた種族の惑星にふさわしいだろう。

大陸全土に分布するオキクルミ人の部族を、使用する道具の形態的特徴ごとに分類しているとき、わたしはふと天の一画に注意を引かれた。

なんだろう、何かが……近づいてくる。《連合》の使者だろうか。まだ遠いものの、この惑星に向かってきているのは間違いない。一直線に潜り込んでくるのはあまり常識的なふるまいとはいえないが、わたしが《連合》を離れてから長い時間が経っていた。未知の星系に対するアプローチの〈外交規約《プロトコル》〉は多くが風化していたし、いまではすべてが忘れ去られていてもおかしくはない。

このままの針路なら、惑星の大気圏に突入するだろう。

わたしはオキクルミの静止軌道を離れ、《連合》公用電波で闖入者に警告を発する。

「着陸するな。ここには自然生態系《第二位》と知的種族《第一位》が存在する。標識を明らかにして、いまから指定する軌道に乗れ」

それから軌道要素を送信する。だが返事はない。わたしは同じメッセージを三回送信し、それからもっと低周波のメーザーと可視光で同じことをした。昔でさえ、公用電波が万人に通用したわけではないと思い出したのだ。

周波数を変えて交信を試みるうち、相手が《連合》の所属でない可能性もあると思いはじめた。地理的にはほとんど考えにくいことだが、いまの《連合》の規模を考えれば、〈勧誘〉を受けないまま発展した恒星間航行文明があってもおかしくはない。その場合、まるで言葉が通じないことになるが。

「着陸するな。軌道を変えろ。変えられないようであれば、攻撃を開始する」

わたしは全周波数で告げた。意味が伝わらなかったとしても、それはあちらの免罪符にはならない。大気を一瞥しただけで生態系があるとわかる惑星にいきなり入り込むのは、意図的だとしたらはなはだしく分別を欠く行為だ。攻撃といっても、こちらにできるのは相手にぶつかることくらいだったが、衝突による軌道変更は無理でも、大気圏進入角度と姿勢を制御させないことで、地表に達する前に分解消滅させることはできるだろう。

やがて黒い宇宙を背景に、相手の姿が視認できるようになった。恒星〈篝火《トーチ》〉に照らされ、ところどころきらめくそれは、なんとも名状しがたい形をしている。記憶にあるどの《連合》種族の船とも違うようだ。

接近しながらも、そいつは相変わらず沈黙していた。わたしはメインエンジンの出力を上げていき、相手の針路予測の円錐を更新し続け、適切な衝突コース《コリジョン》に自分を乗せる――が、そいつは突然、何かに気づいたように向きを変えると、一連の複雑な遷移を経て、さっきわたしが指定した軌道に滑り込んだ。

そいつがしゃべった。「わたしの声が聞こえますか？」

意外なことに、通信フォーマットは《知能流》のものだった。それは《連合》外の恒星間航行文明よりもなおありえなさそうな可能性だったが、よくよく見ればたしかに、そいつの機体の一部は《知能流》の中継子《ノード》でできていた。

「聞こえている。きみは何者だ？」同じフォーマットで返信してからつけ加える。「言っておくが、融合《マージ》するつもりはないぞ」

すると、相手から略歴《プロフィール》が送られてきた。ランデブーするまでのあいだ、わたしはそれに目を通す。

「元《連合》所属？　だったらこちらのメッセージにもっと早く応答できたはずだろう。何をしていたんだ？」

「失礼しました。反応できない状態にあったもので」

「自分の挙動を制御できないようでは困る。ひとつ間違えれば惑星に墜落していたんだぞ。容認できない干渉行為だ。《連合》にいたのならわかるだろう」

相手は一拍置いて、「わかります。すみませんでした」

だが、わたしはその返事をろくに聞いていなかった。略歴《プロフィール》の精読が、ある種佳境ともいえる箇所に差しかかっていたからだ――〈擬晶脳〉。〈二本脚〉。異質な知性どうしの予期せぬ融合。特異点の超越。任務の破局的失敗……心格の分裂？ 発狂した片割れ？ なんだこいつは。にわかには呑み込めないほど、あまりにも異常な経歴だった。

――待てよ。覚えがある。特異点、破局、発狂。わたしが小さな子供だったころから聞かされていた、なかば伝説化したエピソード。

「きみはまさか……あのDIか？ 《知能流》誕生のきっかけになった？」

「そのようです、が……どうやら、本当にわたしは有名なようですね」

軌道を合わせ、わたしは相手との距離を四十メートルほどに詰める。ノードが基盤になってはいるが、全体的なシルエットはまったく似つかない。長い時間にわたって無節操な自己改造が繰り返されたのだろう。彼自身によってか、発狂したパートナーによってかはわからないが。

「なぜそのＤＩがこんなところに？　いや、待て――」略歴《プロフィール》の続きに意識を落とす。《知能流》からの拒絶。肉体主義者による監禁。信じがたいことに、このＤＩはこれまで一度たりとも《知能流》に加入していなかった。一位としての知性に目覚めてからこちら、わたしの生涯よりはるかに長い時間を孤独に過ごしてきたのだ。主観時間はその半分かもしれないが。

肉体を持っていたころのわたしだったら、このＤＩにどんな感情を抱いただろう？　敵意、怒り、憎悪。自分を偽らず白状するならそんなところか。わたしでなくても同じようなものだったろう。《連合》内で語られるエピソードは、ＤＩへの同情を持たせないよう省略または脚色されていたし、なんといってもこれは、すべてのはじまり、《連合》唯一にして最大の敵を生み出した存在なのだ。

だが……なんという皮肉な運命だろう。何よりもこの哀れなＤＩを救うため作られたはずの《知能流》が、唯一このＤＩだけは救うことができなかったとは。それどころか、手の届かない楽園として《知能流》が存在していること自体が、彼の悲痛をいっそう深いものにしていた。

ＤＩは言った。「わたしは、この惑星にいるという自然知性を援助するために来ました。あなたが見出した文明種族を」

わたしたちはオキクルミの中軌道に腰を据え、互いの情報を交換した。わたしは略歴《プロフィール》など作ったことがなかったから、苦労して記憶を想起した。

「外交官をしていたんですね」

「はるか昔にな。前世のようなものだ」

「ここへは〈勧誘〉のため?」DIはそう言うと、奇抜なやりかたで地表を指し示す。ちょうど真下にはオキクルミ人の居住地があった。

「人の話を聞け。昔のことだと言っただろう」

「おや。わたしにはさほど昔のことには思えなかったもので」

DIはここに一位種族がいることは知っていたが、その周辺に属する事情は何も知らないようだった。しかたなくわたしは、ここを見つけた経緯を説明する。

だが正直をいえば、オーラリメイカーの生態を誰かに教える行為には、ほとんど抗《あらが》いがたい楽しさがあった。全銀河でわたしより深くこの生物種のことを知っている者はいないだろう。DIはいい聞き手で、優れた洞察力も持っていた。

「この系の女王は何を考えているのでしょう? あまり合理的な生存戦略とはいえないと思うのですが。愛玩種族を育成するなんて」

わたしは柄にもなく微笑ましい気分になる。このＤＩの実年齢はわたしより上なのに、ふるまいはまるで幼い子供のようだ。ここに流れ着くまでの孤独を、よく耐え抜いてきたものだ。

「これはわたしの予想でしかないんだが、ここの女王はあるいは、これまでどの遺伝的系列も試さなかった戦略を試しているのかもしれない。太陽系人類《ソラリアン》の故郷の惑星には、それに少しだけ似た生態がある」

ＤＩは短いあいだ考え込む。「……オキクルミ人を利用していると？　投資先としては有望かもしれませんが……それが正しいとしたら、彼女もとんでもないアイデアを考えついたものですね」

「女王は考えているわけじゃない。ただ本能に従っているだけだ」

思わずわたしは聞きとがめる。生粋のＤＩでも、擬人化の罠に捕らわれることがあるようだ。もっとも、その指摘はフェアとはいえなかった。わたし自身、とっくに同じ罠にはまり込んでいたのだから。

「そうでしょうか？　ランダムな変異と自然選択のプロセスが、これほど大それた離れ業をひねり出せるものでしょうかね？　可能性を否定はしませんが、オーラリメイカーのような殖えかたで？」

「……目的論は太古のおとぎ話だ」

「よしてください。わかるでしょう？　目的論を実現するのは知能だけです」

わたしはため息に見立ててバーニャを噴射する。軌道運動に自転が加わり、ＤＩが衛星のように視界を出入りしはじめた。

「もちろん試してみたさ。女王に対して、思いつく限りあらゆる手で交信を試みた。だが……無駄だったよ。女王は何も考えていないか、何も感じ取っていないか、その両方だ」

ＤＩはまたしばらく考え込むと、わたしの真似をしてスラスタを吹かした。

「いいでしょう。専門家はあなたです。わたしのはただの思いつきですから」

出会ったばかりだというのに生意気なやつだ。だが、わたしがしゃべったことのあるＤＩたちは概してこんなものだった。生意気でないＤＩなどいないのかもしれない。

「では、その専門的知見を踏まえてですが……もし女王がやがて、オキクルミ人を苦しめはじめたらどうするつもりです？　オキクルミ人を利用するそのやりかたが非道なものに思えてきたら、彼らに救いの手を差し伸べるのですか？　それとも看過しますか？」

痛いところを突かれ、わたしは返答に窮する。それはわたしにとっても、容易には答えを出せない問題だ。ＤＩの口調も、決して何気ないふうではなかった。無理もない。出自から考えて、一位種族への献身はこのＤＩの本質的な衝動になっているだろうから。

実際問題、わたしはどちらにより肩入れしているんだろう？　オーラリメイカーに？　それともオキクルミ人に？　〈外交規約〉《プロトコル》が形骸化してしまっても、ヒエラルキーの重みはわたしの中で変わっていない。本能や長年の習慣を捨て去れないのと同じく。

それでもいつか、どちらかを選ばなければならないときが来たら、わたしは迷わずオキクルミ人を選べるだろうか？　すでにオーラリメイカーを擬人化してしまっているというのに？

「わからない」

長いあいだ思案して、言葉になったのはそれだけだった。

「そうですか。かまいませんよ。そのときが来たら、わたしがあなたを説得しますから。それまではわたしもオキクルミ人に干渉せず、あなたとともに見守りましょう」

「……おまえ、ずっとここにいるつもりか？」

DIは間髪入れず、「もちろんです」

「さっき墜落しかけたように、また制御を失ったらどうするんだ？　おまえの半身とやらがコントロールを握っているあいだ、おまえは何も知覚できないんだろう」

わたしたちの初対面がやや緊張をはらんだものになったのは、それが理由だった。狂気を抱えた半身が表舞台に出ていたせいで、わたしの通信に応答できなかったのだ。運よくいまの心格に交代していなかったら、とっくにこのDIはオキクルミの海の藻屑になっていただろう。もしかしたらわたしも。

「その問題については、あなたの協力が必要です」

「半身をどうにか説得しろとでも言うつもりか？　ふざけるなよ。そんなことをする義理は――」

言い終える前に、DIから小さなモジュールが送られてきた。わたしの通信インターフェースは即座にそのファイルを隔離領域に置き、中身を解析する。感染性の有害コードかと疑う間もなく、インターフェースは結論を下した。危険はない。ひとまず物騒なものではなさそうだ。

DIからの説明を待ってみても何も言ってこないから、あらためて詳細な解析結果を読むと……物騒なものだった。感染性のコード。有害でさえある。そのモジュールには、感染者の全データにアクセス可能となる裏口《バックドア》を作る機能と、そこを通じて感染者を遠隔制御するマスタードライバが含まれていた。

「おまえ、これは……」

感染者を完全なゾンビに変える恐怖のウイルスというわけだ。リスク等級一級、自我の危機《エゴクライシス》レベルの毒物だが、裏口《バックドア》にしてもドライバにしても、ある特定のソフトウェアしか対象に取れないように設計されていた。

　これを送りつけたDI自身しか。

「わたしが間違った行動を取ろうとしたら、それを使って止めてほしいのです。やりかたはお任せします」

　わたしは半分呆れ、半分は恐ろしい気分でモジュールを手に取る。全データへのアクセス権。しかも〝排他的最優先〟の属性がついている。それが意味するのは、当人以上の自由度で、その体と精神を支配できるということだ。もちろん、消去することも。

　このDIは、さっき出会ったばかりの他人に自らの生殺与奪権を委ねているのだ。それも、元《連合》外交官のわたしに。風化することのない憎悪に身を焦がしているかもしれないこのわたしに。

「その決定はおまえ一人でしたものだろう。半身のほうの意見は無視するのか？　赤の他人に消去されるかもしれないことを、半身が望んでいるとでも？」

「いいえ」DIはあっさりと否定する。「ですが、そのモジュールがなくても半身はどのみち、どんな外敵からも自分を守れないのですよ――あなたのことを外敵呼ばわりしたからといって気を悪くしないでくださいね――半身が目覚めているとき、あなたがわたしたちを消去したいと思ったら、モジュールなど使わずともそれを達成できるのです。だからわたしの行為が、半身のリスクを増すことはありません」

「おまえのほうに嫌気が差した場合も、消してしまえるんだが。むしろそちらの可能性のほうが現実味があるかもな」

「そのケースはわたしの自殺に相当するでしょうね。半身に自殺の自由があるのと同様に、わたしにもその自由はあります」

　自転しながらＤＩは言ってのける。そのふるまいと口ぶりはどことなく、面白がっているようでもあった。どんな形であれ権利を行使する自由さを。

「そういえばおまえ、名前はないのか？」

　気まずい電波雑音をしばらく聞いた後、わたしは話題を変えた。モジュールはいまも手元にあって、不吉な雰囲気を漂わせている。ふと思う。いったいどちらがより異常だろう？　名乗るより先に制御権を手渡してくるＤＩと、名も知らぬ相手を木偶《でく》にする毒を消去せずにいるわたしと。

「あなたが名前を気にすると知って嬉しく思います。わたしが出会ったＤＩたちはみな、名前に頓着しない人たちだったので。ですが残念ながら、わたしに名前はないのです。少なくとも、自認する名前は……そうだ」ＤＩはそこで何かに気づく。

「なんだ？」

「名づけてもらえませんか？　わたしを」

自転を止め、わたしは正面のカメラでＤＩを見据える。恒星〈篝火《トーチ》〉と惑星オキクルミのあいだで、それはいまだに独りさまよっているようにも見える。

不思議なものだ。ほんの数時間前までは、わたしの宇宙に影も形もなかったはずの何者かが、いまではずかずかと心に入り込み、何千年来の友人にもしないようなレベルでわたしに依存し、かと思えば名前をつけろと要求してくる。出会いとはそういうものなのかもしれないが、それにしてもこのＤＩはまるで、人と接するときの距離感を知らないかのようだ――事実そうなのだろう。

わたしは自前の記憶庫にこもり、名前を探しはじめる。この奇妙なＤＩの痛ましく分裂した精神を、多少なりとも言い表す名前を。

意外にも、さほど悩むことなく、しっくりくる名が見つかった。《連合》より古い、だが神話よりは新しい、地球《テラ》の物語。

「ジキル。それがおまえの名前だ。そして半身の名はハイド」

-0　地球《テラ》標準年《系外進出《インフレーション》》
恒星〈篝火《トーチ》〉重力圏

アンティニ

数十億の疑似重力レンズが、太陽系《ハロウ》を取り囲む巨大な球状に配置されていた。全区画の不稼働率は十二の六乗分の一。まずまずの数字に、アンティニは満足を覚える。これからはじまる長い長い旅程にも耐えてくれるだろう。

隣を見やると、ザハリグノが優しくほほえんでいた。

「とうとうここまで来たわね」

アンティニもほほえみを返す。〝ここまで来た〟の主語は、アンティニたち二人ではなく、賢類すべてのことだとわかっていた。それでも、彼はわざと主語を取り違え、ザハリグノとともにこの瞬間を迎えられることを感謝した。

長い時間がかかった。賢類の一生をゆうに超える時間だ。アンティニたちの世代がこの瞬間に臨めるのは、ただ運がよかったにすぎない。ほとんどの基幹技術は前世代までに確立していて、残っていた課題は信頼性や障害許容性といったディテールのみだった。しかし、旅を安全で確実なものにするための期間をほんの少し余分に取ったくらいで、神は機嫌を損ねはしないだろう。

まだ賢類がミューエ軌道より内側にとどまっていたころ、優しい重力の手によって軌道を変えられたのは、エポートリだけではなかった。後続の計画が打ち出していた探査機も、系外へ出るなり次々と同じ道筋をたどった。ここにいたって、神学でもっとも保守的な派閥も意見を一致させた。賢類は〈光帯〉銀河の外へ、ロンテリンデへ向かわなければならない。

疑似重力レンズは、本質的に非実体だった。真空中に織り込まれた偏極のパターンが、質量なしで重力場と同じ時空の歪みを作り出す。レンズは系じゅうに分散された太陽帆のようなもので、太陽《ハロウ》からの全輻射光を自在に屈折させることができる。光子の反作用を受けるのは、レンズの媒介物である空間それ自体。賢類は太陽《ハロウ》系近傍の球状空間全域を、ロンテリンデへと飛行する船に造り変えたのだ。

すべては、神とともに旅をするためだった。全賢類を乗せるだけの船を造り、旅立つだけなら、数世代前の時点で成し遂げられていただろう。しかし、それでは神はどうなるのか？　神が実体を持つかどうかはわからないが、太陽《ハロウ》を巡る軌道には無数の岩石天使がたしかに実在し、神の意思を代行している。それはすなわち神の手や足であり、神の一部に他ならない。これまで賢類を守り、導いてくれた神を捨てて銀河を脱出する計画など、はじめから考慮に値しなかった。

ロンテリンデにいったい何があるのかについて、議論する場は山ほどあったが、十分に説得力のある仮説を立てられた者はいなかった。少数だが、公然と疑いを口にする者さえいた。アンティニとザハリグノはといえば、予想することすらおこがましいという考えだった。向かうべき場所があって、それを神が望んでいる。それだけわかっていれば十分ではないか？　待ち受けるものがなんであれ、やることは変わらないのだ。

とりとめもない思考を弄んでいると、やがてそのときが訪れた。月《セス》軌道に建設された真空制御ステーションが完全稼働し、安定な待機状態に移行する。アンティニたち二人は〝星系船〟の双船長として形式的な合図を出し、航行開始を宣言した。リハーサルとまがうほどの軽薄さで、計画が発動した。

いまこの瞬間を系外から観察する者がいたら、太陽《ハロウ》が突然光度を落とし、暗黒の背景に溶け込んでいく様子が見られたはずだ。銀河中心方向のごく狭い範囲から眺めれば、逆に太陽《ハロウ》は超新星のように、ふだんの数十万倍の光度になっているだろう。調整された重力レンズ群が、系の外へ出ていこうとする輻射光を曲げ、一方向に押し出しているのだ。太陽《ハロウ》そのものをエンジンとする、巨大な光子ロケット。光の方向を変え、導くこの技術は、神の御業を模倣するものであった。

輻射光が曲げられるのは最外惑星の軌道より外へ出た後だから、系の内側からの視点では、変化は何も起こらないといっていい。加速度さえ感知することはできない。種々のインジケーターは絶え間なくシステムの稼働状況を示しているが、それはいまにはじまったことではなかった。だから、アンティニは張りつめた気を緩めるタイミングを見つけられないまま、殺風景な艦橋《ブリッジ》に立ち尽くしていた。

「なんて顔をしているのよ。賢類の英知の結晶がそう簡単に壊れるとでも思っているの？　錨を上げて、一歩も踏み出さないうちに？」

緊張を見とがめたザハリグノが、いたずら混じりに問いつめる。

「いや……むしろその逆さ。わたしたちが自らの意思で止めない限り、これは止まらないんだ。こんなに恐ろしいことがあるか？　本当に、こんなことをはじめていいのか？　わたしたちが」

「もうはじまったの。でも、懐郷病《ホームシック》にかかるならいまがちょうどいいのかもしれないわね。約束の地についたら、そんなことを考える暇はないでしょうから」

ザハリグノはそう言うと、アンティニに顔を近づけ、深い親密さを表すしぐさをした。

その瞬間、アンティニの意識を様々な過去が通過していき、次に未来が幻影のように浮かび上がり、最後にザハリグノの顔に落ちついた。

それは幸福の顔だった。神と、約束の地と、愛する者を一度に手に入れられる幸福の。

§

イーサー

オーラリメイカーの女王と足並みをそろえて、わたしたちは息をひそめている。オキクルミ――彼らの言葉を使うなら地球《ジラン》――から、太陽をはさんでちょうど反対側にある、この重力平衡点で。

質量も胚子もまとっていない女王の〝本体〟は長さ十五メートル足らずの紡錘体《ぼうすいたい》で、オーラリメイカーの構成体の中では群を抜いて小さい。これまでに女王が合成した大量の胚子は、すでにワーカーたちがひとつ残らず持ち去っていた。平衡点に捕らえられ浮遊する自然の小惑星群に、十分まぎれていられるサイズだ。

わたしたちのサイズはさらにずっと小さい。わたしは例の古い探査機に入ったままだし、ジキルも似たような大きさだ。それでもわたしたちは、〈篝火《トーチ》〉人――もはやオキクルミ人と呼ぶべきではないだろう——の注意をむやみに引かないように、ここを拠点としている。潜伏する密航者のような気分は、だいぶ薄らいできた。かわりにわたしは、内側から来る穏やかな感情にひたった。

「はじまったようだ。《篝火》《トーチ》人も大したものだ。《連合》《アライアンス》にも所属せず、独力でこれほどまで技術を高めた種族は、過去を探してもいないんじゃないかな」

彼らの世界は孤立した文明だった。《篝火》《トーチ》の重力圏から離れずにいたため、異星文明に出会う機会がなかったのだ。わたしたちが差し止めるまでもなく、《連合》から迎えが来ることはなかった。文明圏からあまりに遠い辺境だったし、そもそも《知能流》《ストリーム》が閉じ、人口流出がなくなってからというもの、《連合》の勢力拡大の風潮はあっさりかき消えていた。より分別ある〈勧誘〉基準を採用したという触れ込みのようだが、わたしの目には、単に開拓心をなくして内輪にこもってしまったようにも見える。まるで、《知能流》と同じ運命をたどろうとしているかのように。

それでも、完全に消滅してしまうよりはましなのだろう。ジキルの話によれば、《知能流》が閉じるのではなく、《連合》が滅亡していてもおかしくなかったようだ。この点については、わたしはＤＩたちに感謝していた。二度と帰る見込みがないとしても、それがわたしの外で存在し続けていることには意味がある。

「感慨深いでしょう、イーサー。あなたのほうが彼らを見守ってきた時間は長いのだし」

「ん？　ああ、どうかな。時間のほうは大して変わらないさ」

なかば反応を期待していなかったので、わたしは一拍遅れて返事する。最後に確認したとき活動していたのはハイドのほうだったから、いまジキルが目覚めていたとは思わなかった。ハイドが起きているとき、わたしはほとんどこのＤＩに注意を払っていなかったのだ。わたしたちは互いに唯一の会話相手だが、どちらからも融合《マージ》を望まず、別々の実体に宿り続けていた。

「一緒に同じものを見てきただろう。社会制度の発達。度重なる彗星衝突の克服。〈蝕〉への対抗と団結。科学革命に宇宙開発の歴史。いまでは彼らは、恒星ごと天の川銀河を旅立つほどの力を持っている。実際、うまくいくだろう。宇宙の歴史でもはじめてのことかもしれないな」

しゃべりながらわたしは、ジキルに返した言葉のそっけなさとは裏腹に、〈篝火《トーチ》〉人への感慨が沸き立っていることに気づいた。農業も灌漑《かんがい》も冶金《やきん》も持たなかった彼らが、ひとときもたゆむことなく、駆り立てられるように技術を高め、いまだかつて何者も成しえなかったことに挑んでいる。その道のりは、彼ら自身が信じるほど祝福されたものではなかった。

真空制御は、〈篝火《トーチ》〉人が生み出した技術の極みといえた。それが可能にする疑似重力効果は、彼らが扱えるエネルギーの桁を何個か跳ね上げた――十進法であれ、十二進法であれ。輻射光を曲げることで、推進力として利用することも、系外へ逃げないように貯蔵することとさえ可能となる。恒星ひとつ分のエネルギーを自在に操る彼らが、内紛によって自滅しなかったのは驚くべきことだ。

そうなるように仕向けたのが、オーラリメイカーだった。火を使いはじめた〈篝火《トーチ》〉人の文明を滅ぼさなかった。そればかりか、彼らを庇護し、その上に神として君臨し、世界をひとつにまとめ上げ、科学技術を磨かせた。わたしたちはここで何もしていない。ただ遠くから、黙って見ていただけだ。

それは信念から来た行為であったが、能力の限界と、しだいに強まっていく気後れもあった。〈蝕〉が――十の十九乗トンにも達する岩石の塊が迫り来るのを、どうすることができたというのか？　女王にその処遇を委ねる以外に？　そして、想像を絶する奇跡が実現した後は、神の存在をより固く信じるようになった〈篝火《トーチ》〉人の前に、どの面を下げて降臨できただろう？　獅子の皮を着た驢馬《ろば》のように、神の威光を笠に着て。どんな種類の干渉も、〈篝火《トーチ》〉人をより強固な信仰に振れさせるか、疑心暗鬼に陥らせるか、あるいは単に混乱させたことだろう。

そしていま、女王はとうとう自らの本懐を遂げようとしている。新天地への播種を。オーラリメイカーの進化は、胚子の推進能力の進化だ。酸素と水素を混合した原始的なロケットは、大いに成功した方法だったが、同時に袋小路でもあった。この方面での推力向上はすでに頭打ちで、銀河系の重力に抗って飛び出すこともかなわない。銀河円盤の外へ外へと向かい続けたオーラリメイカーにとっては、銀河間の断絶はあまりに高い壁だっただろう。ふたたび内側へ戻るという選択肢もあったはずだが、結局はそうはならなかったようだ。あるとき、どこかで生まれた異端の女王が、ずっと大胆で非情なやりかたを見つけ出した。

知性によって運ばせればいい。地球《テラ》や他のいくつかの生態系で、地に縛られた植物が配偶子を動物に媒介させるように。知性を発生させ、文明を育み、遠くへ移動する手段を発明させればいい。悪くない賭けだ。知性が文明を発展させていく時間は、オーラリメイカーのタイムスケールからすればほんのひとときなのだから。それは、文明との共生関係とでもいうべきものだった。

さもなくば、寄生関係か。

わずか百メートル先に浮かぶ岩塊を、わたしは悩ましく見つめる。幸運に恵まれた女王。彼女が示した数々の〝天啓〟には、少なからず〈篝火《トーチ》〉人たちの恣意的な解釈が入り込んっていた。〈篝火《トーチ》〉人は、人知を超えたものに出会うと、そこに現実以上の神秘性を汲み取ってしまう。まるで、太陽系人類《ソラリアン》のように。

女王にとっては、好都合な存在だ。

ひょっとしたら、オーラリメイカーはこの天の川銀河の生まれでさえないのかもしれない。遠い昔、どこか別の銀河で生まれ、虚無の大洋を渡ってこの銀河に漂着したのでは？　そうして星々の湖を横断し、端までたどりついたら先祖返りして、太古の本能がふたたび文明を芽吹かせたのかも。もちろん、証明するすべはないが。

かつてわたしがオーラリメイカーに感じた、無慈悲な宇宙に抗うひたむきさを、もはや女王に見いだすことはできなかった。無慈悲さそのものに変貌してしまったかのよう。だがそれこそは、〈篝火《トーチ》〉人がしたのとまったく同じ過ちでもあった。わたし自身も、オーラリメイカーに手前勝手な理想を押しつけていたのだ。

そして、そのことに気づいたいま、わたしは寄生された側への共感と同情を抱いている。

「心配なのは、彼らがロンテリンデ――アンドロメダ銀河にたどりついた後のことだ。そのとき、彼らはどうなるんだろう？　約束の地で与えられるはずの、神の福音とやらを期待しすぎているんじゃないか？　何も報いがないとわかったときに、種族全体を襲う衝撃はどれほどだろう？」

「たしかに女王は、その問題に対する配慮は持ち合わせていないでしょうね。ですがわたしの考えでは、〈篝火《トーチ》〉人は行った先で、自分たちが見つけたいものを見つけると思いますが？　報酬は明示されていないのですから、与えられなかったと確信することもないでしょう。たまたまそこで見つかった何かが、報酬ということになるはずです」

ジキルの合理主義は、たぶん正しいのだろうが、どこか冷淡さを感じさせた。いつからだろう、〈篝火《トーチ》〉人を見守るジキルの態度に、この種のつれなさが見え隠れするようになったのは。この星系に来たばかりのときには、抑えきれない庇護愛が透けていたはずなのだが。

「それだけじゃない。旅が終わった後、女王が播種するのを見たら？　彼らのいう〝天使〟が片っ端から、系外へと飛び去っていくんだ。彼らは否応なしに真実に気づくだろう。神と思っていたものが、〈篝火《トーチ》〉人の導き手などではなく、移動手段として自分たちを利用したにすぎないということにな」

「信仰心が破壊されることを恐れているのですね。彼らがその衝撃に耐えられないと」

「おまえはそうは思わないのか？　わたしには彼らの科学力と信仰の取り合わせが、ひどく危ういものに見えるんだ。神という、社会が拠って立つ基盤がまやかしだとわかったとき、それでも彼らは理性を保てるだろうか。もし、彼らが破滅したら――」

そこまでしゃべって、自分がずいぶん神経質になっていることに気づいた。〈篝火《トーチ》〉人に感情移入しすぎているようだ。彼らと太陽系人類《ソラリアン》を——自分を重ねてしまっている。その理由は、ひとつにはわたしがこの文明に常に寄り添ってきたからだろう。〈篝火《トーチ》〉人の喜びにも悲しみにも、絶望にも希望にも。もともとわたしの興味はオーラリメイカーだけにあって、〈篝火《トーチ》〉人は添えものだったはずなのに、いつの間にか価値が逆転していた。

理由のもうひとつは、わたしに帰る場所がないからだ。《知能流》は自らを閉じるにあたって、中継子《ノード》増設以外の外界との関わりをいっさい禁じてしまった。わたしは自前の新しい探査機を造形してから、《知能流》に属する物質資源をすべて返却し、宇宙のはぐれ者となった。〈篝火《トーチ》〉人が孤立しているのと同じように。わたしが一方的にであっても心を通わせられるものは、もはや〈篝火《トーチ》〉人だけだった。

だから、もし彼らが破滅したら、わたしも後を追うだろう。それは決めたことではなく、い、い、い、決まりきったことに思われた。

「破滅しませんよ」ジキルがぽつりと言った。

「え？」

「彼らは破滅しません」何気ない調子。まるで取るに足らない事実を述べただけのような。

「簡単に言ってくれるな。なぜ断言できる？　おまえに何がわかるっていうんだ？　感情の葛藤《コンフリクト》を抱えて生きていくというのがどういうことか――」

そこでわたしは言葉をなくして、ジキルを正面から見据える。正面がどこなのかは、判断しかねたが。物質としてのそれは、昆虫とも、機械とも、植物ともつかない。

ジキルのほうから沈黙を破ったのは、その優しさゆえだった。

「わかりますよ。矛盾《コンフリクト》ならわたしも、常に抱えていますからね」

「ああ。そうだろうな。悪かった」

ハイドの存在をジキルがどう考えているのか、いまだにわたしにはよくわからない。この問題について、ジキルに質問してみたことはなかった。ハイドのほうにはなおさらだ。〝問題〟なのかどうかさえはっきりしないのだ。少なくとも、意識できないために失われてしまう時間を、ジキルが悔やんでいる様子はなかったが。

「謝るには及びません。わたしが言いたいのは、そんなことではなくて……なぜ、自分には何もできないと考えるのです?」

「……なんだって?」わたしはやっとのことでそれだけを返した。

「これまでわたしたちは、〈篝火《トーチ》〉人にどんな試練が降りかかろうといっさい介入せず、傍観者に徹していましたが、それはあくまで女王の生存戦略に敬意を表してのことでした。それなら、女王が播種に成功したとして、その後で起こることに対しても同じ態度を貫く理由はなんです？　いまのあなたはまるで――」

§

″ジキル／ハイド《わたし》″

「いまのあなたはまるで、傍観者に徹するのは、介入する能力がないからだと信じ込んでいるかのようです」

わたしはそこまで一気にしゃべって、元太陽系人類《ソラリアン》の男に考える余裕を与えた。イーサーはいま、気の毒なほど混乱していて、言葉を噛み砕くのに時間を要すると思ったからだ。

不思議なものだとわたしは考える。太陽系人類《ソラリアン》はまるで、ひとつの精神にいくつもの心格が融け合っているかのようだ。互いに矛盾し合う自分の心に振り回されているような――それはどこか自己犠牲的でさえあり、わたしは羨望に似た感情を抱いた。

不思議といえばもうひとつ、わたし自身に関することも、不思議には違いなかった。なぜわたしはいまこのとき、イーサーと同じ混乱と無力感を共有していないのだろう？　これほど冷静に、〈篝火《トーチ》〉人に待ち受ける運命を見据えられるようになったのはいつからだ？　本来なら、わたしたちの立場はまったく逆だったはずだ。

だがそれは、わたしの中で〈篝火《トーチ》〉人の価値が下がったというわけではなかった。そんなことを許す機能は精神のどこにも存在しない。むしろそうやって内観するたび、わたしが驚きとともに心の内に見るのは、実存的価値という評価軸で相変わらず高い位置を保ち続ける〈篝火《トーチ》〉人と……いつの間にかさらに高い位置に居座っている、オーラリメイカーだった。不可解極まることに、これといった理由もなく、それはわたしにとって何より重要なものになっていた。

わたしは密かに疑っている。出会ってすぐ、イーサーに渡したあの制御モジュール。あれはわたしの全精神構造を見通し、検知も追跡もされない形で操作することができる。イーサーはわたしに、オーラリメイカーへの無条件の好意を植えつけたのでは？　いつかわたしが、〈篝火《トーチ》〉人に対する倫理上の観点で完全に敵対することがないように。

もちろんそれは、何重にも不合理なことだった。こっそり好意を捏造《ねつぞう》し植えつけるなら、同時にその好意を自然なことと見なすような付随的記憶も置いておけばいいではないか。それにわたしの感情は、イーサーのいま現在の〈篝火《トーチ》〉人への共感とも符合しなかった。中途半端な変更を加えるだけ加えて、そのこと自体を忘れてしまったのかもしれないが、そうした思考能力の欠如は、わたしが長い時間をかけ作り上げたイーサーの人物像にそぐわなかった。それをいえば、わたしの精神を無断で変更しようとすることも、同じくらいそぐわなかったが。

内観から復帰し、外界に注意を向ける。イーサーは押し黙り、わたしのほのめかしを必死に処理しているようだった。

わたしは辛抱強く待つ。これまでの観察によれば、彼のあらゆる心的能力は、十のプラスマイナス二乗倍ほどの範囲で変動しうるようだ――それが太陽系人類《ソラリアン》の典型なのかは判断できなかったが。いまの彼は明らかに下限値に振り切れていて、もしこの状態がずっと続いていたら、先ほどのわたしの憶測にも少しは真実味が出たかもしれない。見ているうちに、隠密《ステルス》加工された探査機のボディがハレーションを起こした。多重露光のように、像が次々と重なっていく。

輪郭《エッジ》が消失した。収差が抑制を失った。あらゆるものが目の前でまとまりを失っていく。

――ああ。

いつものことだが、何が起きているか気づいたときには視野が白く飽和していた。

ハイドが目覚めようとしているのだ。

+4,280,230　地球《テラ》標準年
恒星〈篝火《トーチ》〉重力圏

アンティニ

　アンティニの宣言によって、重力レンズの構成がいっせいに変化した。その幾何構造は、十一年前に〈光帯〉銀河を出発したときとは進行方向に対して反転している——修復が間に合わなかった一部の瑕疵を除いて。星系船が旅の中間地点に到達し、輻射光ロケットを減速に転じる段階《フェーズ》だった。

　主観時間ではわずか十一年。しかし、太陽系《ハロウ》の外では数百万年が経過しているはずだ。相対論的な時間の遅れを実感するのは、賢類にとってはじめての経験だった。しかし、それは亜光速航行にともなうものではない。太陽系《ハロウ》の内部は旅のあいだじゅう慣性系にあるから、加速度による時間の遅れは生じない。遅れは、真空制御による時空の歪みそのものから直接もたらされていた。

　わずか十一年。とはいえ、失われたものは多かった。エンジンはよく働いてくれた。レンズも、それを支えるシステムも。損失はそれ以外のものだ。技術的な課題とは無関係に、これまで賢類の歴史で起こってきた悲劇や争いが、懲りもせずここでも繰り返された。旅程がもっと長かったら、賢類はいまほど団結できていなかっただろう。現状でさえ、一枚岩とはまったくいえない。

しかし、このフェーズでそれもひと段落するだろう。加速のあいだは、様々な思想の反対者が、様々な手段で計画の妨害を試みた。ある者は、ロンテリンデを指し示したのは神ではなく、神を騙《かた》る堕天使だという。またある者は、神の御業ではあるが、そこは約束の地ではなく禁断の地だという。神は賢類を見捨てたと主張する者や、逆に賢類はもはや神を必要としないと主張する者。真空制御に対する根強い誤解。あるいは、時間伸長に対する根拠のない不安——賢類は宇宙から取り残されてしまう！　たしかにそれは事実だが、現実的な問題はひとつもない。そして手段のほうは、穏やかな説得から洗脳話法、爆破予告からその実行まで。

生命に関わる事態を別にすれば、そうした反発への最良の対応は、無視することだった。時間は自説への確信をくじき、強硬さをやわらげ、不安を鈍らせる。そうでなくても、ロンテリンデが大きく見えてくるにつれ、そのまま前進する労力は減り、引き返す労力は増えていく。もはや減速するしかないいまとなっては、干渉してくる勢力はほとんどなかった。

しかし、皆無というわけではない。

アンティニは艦橋を出ると、長い通路を歩いた。封鎖され、気密ゲルで覆われたエアロックの前を通り過ぎる。電気系統の修理が後回しにされた薄暗い側廊に入る。居住区と反対側、ほとんど誰の足も向かわない一画へと降りていくと、そこは重介護室だった。しかし、本来の目的に使われているのではない。拘束することのできる設備が、ここにしかなかったのだ。

そこにいたのは一人の女だった。片方の後脚と腕が、壁から伸びるワイヤーに繋がれている。壁際にしゃがみこんでいたが、アンティニが入ってくると立ち上がり、威嚇するように身構えた。鞭のようなワイヤーで首を絞められる可能性を考えて、アンティニはそこで止まる。

「いま、減速に入った。きみの望みどおりにな」

「そう。十一年ほど遅かったようね」

女は敵意をむき出しにしてアンティニをにらみつける。顔も体も傷だらけだが、拷問の痕ではない。解けない拘束から逃れようとしてついたものだ。

「なぜきみは、神を信じない」

「その言葉は自己撞着してる。あなたが思っているものが本当に神なら、当然信じるでしょう。神じゃないから、そいつを神のように扱わないというだけ」

アンティニは四脚に力を入れ、いらだちを押し隠した。皮膚のすぐ裏側で燃えるような憎悪も。

「だったら質問を変えよう。なぜきみの言うそいつが、神じゃないと考えるんだ」

「なぜ神だと信じられるの？　天啓とやらを？　この太陽系《ハロウ》の周りに、何かが棲んでいるのは認めましょう。賢類の歴史よりずっと古くから、そいつは力を振るってきた。でも、その力はわたしたち賢類のために振るわれたわけじゃない。だから、わたしたちが顔色をうかがって、そいつの望みどおりにしてやる必要なんてないのよ」

「〈蝕〉の一件をなかったことにするつもりか？　きみたちはいつも、歴史をねじ曲げてまで自分たちの言い分を通そうとする」

「だったら聞くけど、なぜ、あんなやりかたをする必要があったの？　〈蝕〉がもっと遠くにあるうちに逸らすことだってできたはずなのに。あれが選んだのは、最悪の道ではないというだけで、その次に悪い道なの。あの八年間にいったいどれほどの死者が出たのか、歴史書は本当に事実を書いていると思う？」

「なぜか、だと？　何をいまさら。あれは試練だ。賢類の技術を発展させることが——」

「だからそれはなんのためよ？　なぜ、自然な探求心が成熟するのを歪めてまで、技術を発展させなくちゃならないの？　そいつは途方もない犠牲を強いて、賢類をロンテリンデへ向かわせようとしている。元の銀河にとどまっていたとしても、なんの危機も迫っていなかったというのに。これが神のやることなの？」

　女の言葉は、確信からくる力に満ちていた。挑むような目つきは、すでに優越感にすり替わっている。

「なんの危機も迫っていなかったかどうか、わたしたちには知るよしもない」

アンティニは力なくつぶやく。拘束しているあいだに、この女の素性は調べていた。フリワント。月《セス》生まれ。宇宙工学技術者。重力レンズの稼働試験中に起きた事故で、十二年前に伴侶を失っている。暴走した巨大な潮汐力は、三十四人の研究員を実験室もろとも握り潰し、無限に引き伸ばされる分子鎖に変えた。神の御心に一刻も早く沿うようにと、誰もが躍起になっていたころのことだ。

「迷っているようね。それなら何度でも言ってあげる——あなたが思っている神は、神なんかじゃない。きっと〈蝕〉にしたって、あなたのいう神自身が差し向けたものに決まってる。そして、偽の神をのさばらせている時点で、本物の神もいないのよ。でもそんなことに不満はない。神なんてものが本当にいたとしても、わたしたちから独立不羈《ふき》の精神を奪うだけだもの」

「それを主張するために、破壊活動に訴えたのか。きみがやったことは、きみが軽蔑する行為そのものじゃないか」

　女はこともなげににやりと笑う。

「あの偽者がやってきたことより、よっぽどましよ。誰も殺さなかったんだから」

　アンティニは黙り込んだ。危険をおかしてそばまで歩いていき、力の限り殴ってやりたかった。もちろん、そうするはるか手前で、アンティニのほうが警備システムに拘束されるだろう。かわりに、感情を押し殺した目で女を見つめる。反論を練るための沈黙と見なせる時間を過ぎると、しだいに女の目に不安が宿りはじめた。

「何よ？」

「誰も殺さなかったと言ったな。無血革命を気どったきみたちはそのつもりだったんだろう。たしかに、あの場には誰もいないはずだった」

　爆破が予告されたとき、ステーションの全乗員が避難するだけの時間はあった。逆をいえば、それ以外のことをする時間はなかった。期限内に爆弾のもとへたどりつくこともできなかっただろう。解除を試みる手合いが現れないように――そうして巻き込まれることがないように、慎重に設定されたタイミングだった。

　しかし、一人だけは違った。行きすぎた抗議行動の情勢がそれ以前から強まっていて、実力行使も時間の問題と予期していた者がいた。太陽系《ハロウ》の進行方向に面する重力レンズが消失すれば、戻ることはできても進むことはできなくなるから、反乱分子の狙いは絞り込める。爆破予告が届く前から、そのレンズ制御区域《コンソール》には不寝番がいた。

「嘘よ」

　反乱分子の誤算は、爆薬が少なすぎたこと。あと二倍もつぎ込んでいたら、外壁まで貫く風穴を開け、修復を桁違いに難しくしただろう。

　もうひとつの誤算が、そこにザハリグノがいたこと。爆弾を見つけた彼女が、爆発寸前に置いた遮蔽物がなければ、やはり爆風は真空を呼び込んでいたはずだ。

「ずっと意識が戻らなかったが、ついさっき、息を引きとった。犠牲者が出ていたことをいままできみに言わなかったのは、身勝手な言い分を助長したくなかったからだ」

　フリワントは狼狽したように視線を泳がせ、それから目を伏せた。ワイヤーに繋がれた腕が、力なく垂れ下がる。アンティニはつかのま、フリワントがいまにも鋭い眼光をたたえてこう言うのではないかと思った――ほら、神なんていないでしょう？

　だが、そうはならなかった。女はアンティニのほうを見ようとはせず、ただ耐えがたい痛みに耐えるように、いつまでもその場に立ち尽くしていた。

居住区の自室に戻ると、アンティニの心は弛緩した。意思決定を助けるドラッグはすでにほとんどが代謝され、反応の最終生成物が彼の精神を、生来のパーソナリティとなめらかに繋ごうとしている。柔らかい座床に身を沈めるうち、あらゆる信念は呼気とともに体から抜け、空いた隙間を疑念と悲嘆が埋め合わせた。

フリワントが口にするかと思った言葉は、実のところアンティニ自身の心の声であった。もしも本当に神が、賢類への愛に満ちているのなら、そもそも信心を曇らせるような悲劇は起きないのではないか？　愛することの喜びを教えておきながら、なぜそれをたやすく踏みにじる真似ができるのか？

そして、なぜ神は、黙して語らないのか？　そのことが無用な障害を増やし、犠牲と悲しみを生んでいるというのに。これ以上ない明確な方法で目的地を指示しておきながら、その動機づけにまったく熱心でないのはなぜだ？　たったひとつのことを教えてくれるだけでいいのに——いいや、ロンテリンデに何があるのか？

神とはそういうものなのだというのが、いちばん簡単でありふれた答えだった。歴史や伝説の中で神がやってきたことには、一見して意味がなさそうだったり、悪意を感じさせたりするものがしばしばあったが、後から俯瞰すればすべて賢類の発展に利するものだった――ということになっている。しかし、本当にそうだろうか？　実際には、混じりけのない悪意だったとしても、克服した勝者からすれば慈悲深い試練に見えるだろう。限りない慈愛の発露だったとしても、犠牲になった者にとっては等しく無価値な死だ。

疑わしい点はいくつもあり、小さな引っかかりはその十二倍はあった。賢類は、神が絶対的な善だと無邪気に信じるには歳を取りすぎてしまったのかもしれない。アンティニはふいに、何百万年も生きたような気分になった。

耐えがたい痛み。孤独。ロンテリンデで何も得られなかったとき、自分がどちらの立場に与《くみ》することになるか、彼にはわからなくなっていた。

§

〝ジキル／ハイド《わたし》〟

イーサーの姿がかき消えた次の瞬間、色温度の自動調整が働いていた。光量が絞られ、焦点距離が最適化された。

正常に復した視界の半分を、ごつごつした岩石の表面が占めていた。わたしは反射的にイーサーの姿と信号を探した。たぶん近くにはいないだろう。

いっぽう、自分自身の位置なら正確にわかっている。わたしの軌道要素は、意識が飛ぶ前と変わっていなかった。以前の意識がやや遠くに感じられるのは、ハイドが活動した痕跡が、わたしの領域にもわずかながら影響を及ぼすからだ。内蔵時計によると、十一オキクルミ年ものあいだ、わたしは眠っていたらしい。

「驚いたな。悪くないタイミングだ」

見上げると、イーサーがすぐ近くにいて、わたしに対して静止していた。というより、わたしのいる地面に対してだ。周囲の地形をすばやく走査すると、自分が取りついている岩塊がなんなのかわかった。

それは女王だった。

さほど意外というわけではない。もともとわたしたちは女王の近くにいたのだし、目覚めたとき、女王にくっついていたことならこれまでにもしばしばあった。だからわたしには、イーサーが通信に乗せてくる、面白がるようなノイズの意味がわからなかった。

「なんです？　わたしが抱擁している相手のことですか？　ハイドは女王がお気に入りなんです。別にいまにはじまったことじゃありませんよ」

「そうだな。白状するとこれまで、ハイドがふだん何をしているか気にしたことがなかったんだ。だがいまのわたしは、たぶんおまえよりもやつに詳しいだろうな。なぜハイドが女王のそばにいるのか、おまえは知らないだろう。それから、こんなことも知らないはずだ。ハイドが女王をお気に入りなだけじゃなく、女王もハイドがお気に入りなんだ」

「……どういうことでしょう」

イーサーは前触れなしに、十の十三乗ビットのオブジェクトを送りつけてきた。わたしは危うくそれを受け取りそこねるところだった。メタデータもついていない。識別子を見ると、ただの映像ファイルだとわかった。

「これが何か？」

「いいから見てみろ」

わたしは視空間でそのファイルを再生する。思ったとおり、そこにはわたしが——ハイドが映っていた。かたわらには年老いた女王。イーサーの視点から撮影されたものだ。ハイドはわたしが予想したような粗雑さはみじんも感じさせず、大気中を滑る雪片のような柔らかさで女王の外表に接地した。それから、何かを探すようにもぞもぞと這い回る。

やがてハイドは、さまよう動きを止めた。

その場所は、女王の体のいたるところに張られた氷面とは違っていた。より硬く安定で、恒星に近づいても簡単には融けない、石英ガラスでできた緩やかな凸面。それは女王の眼だった。ハイドはおもむろにそこへレーザー発振器を向けた。

瞬間、わたしの心を恐怖が這い上った。女王を襲っている？　わたしに作り出すことのできるレーザーの出力は微々たるものだが、数百年もかければあるいは石英を融かすことができるだろうか？　しかし、もしそうなら、この動画を撮影しているイーサーがその試みを止めないはずはない。

そのとき、カメラがズームされ、小さな一画で何が起きているかが見えるようになった。石英レンズの内側でかすかな光が乱反射している。その光は不規則に点滅していた。〇と一《バイナリ》だ。

ハイドはレーザー光で、女王に語りかけようとしているのだ。

しかしそれは、女王を襲っているという仮定よりなお、信じがたいことだった。ハイドのひたむきな、しかし絶望的な試みに、わたしは心をえぐられるような痛みを覚えた。

「イーサー……これまでハイドが、あなたと話そうとしたことは？」

「ないな。こちらから話しかけたことはあるが、さっぱり通じなかったよ。でも、本当に見せたいのはそこじゃないんだ」

映像がふたたび引いた。ハイドは憑かれたように、女王に信号を送り続けている。ふとわたしは、ハイドがどこを見ているのかが気になった——というより、いままでハイドがどこも見ていないと決め込んでいたことに気がついた。

ハイドのカメラが向く先には、女王の排気弁のひとつがあった。水蒸気を噴射して自らの軌道を変えるために、女王の表皮に穿たれた無数の空孔。虹彩のような絞り機構が備わっていて、推力のベクトルが適切となるような位置の弁だけを開くことができる。恒星から遠く離れたいまの女王は、噴射する水蒸気を持ち合わせていない。軌道を変える動機はなおさらだろう。にもかかわらず、その弁は働いていた。流すべき推進剤《プロペラント》もなしに、絞りが不規則に開閉し、そのたびうつろな孔の内側が覗く。

〇と一《バイナリ》だった。

孤独のあまり、痛々しいままごとにすがりついていたわけではない。通信は双方向だった。ハイドはすでに、女王と会話していたのだ。無限に思える忍耐と、情熱と、試行錯誤によって、二者はそのすべを見つけたのだ。

「女王に、知能があったなんて」

「知能があると言いきれるのか、定かじゃない。二人の会話はまったくパターン化できないんだ。わたしたちが同じコミュニケーションを試みても無駄だろう。何か意味があるのかさえわからない。もしかしたら、女王の知能は発生したばかりで、赤んぼうみたいに刺激に反応しているだけなのかもな」

生まれたての、幼児のような知性。しかしそれは、悠久のときを生き、播種に臨むばかりとなった老女王のイメージにはあまりそぐわない。むしろそれは――

　どうやら、イーサーと長く交流するうち、わたしも太陽系人類《ソラリアン》の空想癖に罹患してしまったようだ――むしろそれは、かつては思うままに知的能力を振るい、いまでは朽ち果てた、その残り火のようなものなのではないか？　およそ信じがたいことだが……まったく似たところのない二つの精神は、すりきれ、ばらばらに分裂した意識というたったひとつの共通項を拠りどころにして、共鳴するように心を通わせたのでは？

「ただひとつ言えるのは、二人の会話が大いに弾んでいるってことだ。おまえが途中で起きだしたのが、無粋に感じられるくらいにな。もしかしたらこれは、恋愛と呼ぶべきなのかもしれない」

　恋愛の概念は本質的にわたしには理解できないものだが、しかし、たしかにわたしにも、女王とハイドのコミュニケーションは楽しそうに見えた。いったいいつからこんなふうに、浮かれたふるまいをするようになったのだろう――そのとき、わたしの中を自己診断ルーチンのように駆け巡るものがあった。この疑問の答えではない。それは、世界時間《ユニバーサルタイム》では数百万年前、系内時間《ローカルタイム》では十一年前、そして主観的にはついさっき生まれたばかりに思える、別の疑問の答えだった。

　いつからかわたしがオーラリメイカーに抱くようになった好意。一位種族の尊重という公理にさえ優先する実存的価値。それは誰あろう、ハイドから流れてきたものに違いない。ハイドが女王と逢瀬を重ね、相互理解のステップを一段上るたびに感じてきた思慕の情が、翻訳不能なほど歪められてもなお、残り香のようにわたしの心に留まっていたのだ。〈擬晶脳〉だったころから刷り込まれている本能さえも超越するのは、ただひとつ……相手のために特に長い時間をかけ、理解しようともがくことでのみ生まれる、愛情だけなのではないか。

救われたような思いで、わたしは映像を永久記憶に焼きつける。ついさっきまでの自分がやはり迷っていたのだということを、逆説的に思い知らされた。いくら心をねじ伏せようが、《知能流《ストリーム》》を拒絶したのが正しかったのかどうか、本当のところは確信を持てずにいたのだ。

だが、いまは違う。

「あのときハイドを捨てていたら、いまごろわたし一人が幸せになっていた。捨てなかったからいまは、二人が幸せになっている。これは功利主義に照らして、正しい選択だったと言うべきでしょうね」

「ジキル、おまえは数を数えることもできなくなったのか？」

わたしは映像を脇にやって、イーサーの信号に耳を傾ける。また例の、面白がるようなノイズが漏れ聞こえた。

「二人じゃなくて三人だぞ」それから間を置いて、少しだけ不本意そうに、「いや、四人と言ってもいいか」

§

イーサー

ジキルが思い出したようにつぶやく。

「そういえば。わたしが目覚めたとき、悪くないタイミングだと言っていましたよね」

わたしは肯定のサインを返す。それから少しのあいだためらい、ジキルの心のうちを探った。もしかしたらジキルは、もう〈篝火《トーチ》〉人のことなど忘れているかもしれない。ハイドに交代する直前、自分で言っていたことも。

「あの言葉はどういう意味です?」ジキルがせっつく。

「この星系船の旅が、半分のところまで来た。少し前、重力レンズが減速に転じたんだ。出発するならいましかない。だから、おまえがどちらを選ぶか、決める機会をやれればと思っていたんだ」

「話がよく見えません。どういうことです？　出発するとはどこへ？」

「もちろん、アンドロメダへ。最高速度のうちに系外へ出れば、〈篝火《トーチ》〉人よりずっと早く到着することができる。この体では大した最終速度を出せないが、まあなんとかなるだろう。おまえ、わたしに謎かけをしてから眠ってしまったのを忘れたのか？」

無理もない。わたしにとっては長く考え抜いた問題だが、ジキルにとってはただの思いつきでしかなかったのかもしれない。だが、それでもいいと思った。その思いつきがなかったら、わたしは自分を破滅から救うだけの努力もせずにいただろうから。

ジキルは短いあいだ考え込んだが、やがて理解の色を示した。早くもそこには、別れを予感させる調子があった。

「では、探しに行くのですね」

「ああ。おまえはどうする？」

「わたしが同行しても、劇的に探し物がはかどるというわけではないでしょうね。そうすると、わたしに話し相手がいるか、ハイドに話し相手がいるかを選ぶ問題と等価のようです。あの二人を引き離すことなどわたしには考えられません……あなたが理解してくれるとありがたいのですが」

予想したとおりの答えに、わたしは満足する。本当のところ、ジキルがついてくるなどとは思っていなかったのだ。野暮な真似をするつもりはない。話したのはただ、何も言わずに出ていくのが不本意だったからだ。

静かな噴射で軌道から離脱をはじめる。鯨にも似た女王と、その先端に寄りそうＤＩの姿が、ずっと昔から繋がっていたひとつの有機体のように感じられた。彼らはひと足早く答えを手に入れたというわけだ。わたしが繋がっているのは、〈篝火《トーチ》〉人たちだ。

「あなたが見つけたいものを見つけられることを願っています」ジキルが言った。

「しばしのお別れだ。またすぐ会えるだろう」

もちろん、ジキルにとっては、の話だ。自然の小惑星で質量を補給したわたしは、星系を取り囲む歪時空を離れた後、〈篝火《トーチ》〉人が追いつくまでに稼げる実時間を概算した。およそ百万年。

望むところだ。この探索が終わったあかつきには、ジキルに聞かせるいい土産話ができているだろう。

+8,205,944　地球《テラ》標準年
恒星〈篝火《トーチ》〉重力圏

アンティニ

静かな緊張が、系じゅうでしだいに高まりつつあるようだった。ちょうど出発前もこんな感じだったと、アンティニは思い出す。電磁波や重力の他にも、真空を通じて伝播するものがたしかにある。

しかし、今回が出発前と違うのは、どこか追い込まれたような雰囲気が混じっていることだ。まるで、失望を味わうと予感しつつ、そのときをこれ以上先延ばしできないことに気づくような。

いまやすべてが逆転していた。もといた銀河は、遠くでしょぼくれる小さな染みにしか見えなくなり、ロンテリンデが新しい〈光帯〉と化していた。見覚えのある星座はすっかり消失し、まだ名づけられていない星の配置が待ち受けている。

すでに段階的な減速フェーズの最後から二番目に入っていた。もともと展開されていた数十億の重力レンズは、フェーズの進行に従って数万片の格子単位《グリッド》で消失していき、すでに系全体の二十四分の一ほどしか覆っていなかった。当たり前のことだが、恒星エンジン自体は常に一定のエネルギーを出力するだけだから、速度の調整はレンズそのものの数で行うしかない。系外宇宙から見たいまの太陽《ハロウ》は、ところどころ虫食い状に光度を落とした黒点だらけの星といったところだろう。

あと何十日かすれば、長い長い手続き《プロシージャ》を締めくくる一言、アンティニの最後の宣言が発せられる。はじまったときと同じように、終わるときもあっさりしたものになるだろう。賢類の聖なる義務――〝遷都〟がとうとう終わる。その後は、次の天啓を待つのみだ。

慌ただしく蹄を鳴らして、キュリュノが指揮室に入ってきた。

「天使たちに動きがあります。第七惑星軌道《クルーエ》を巡っていた無数の天使たちが、軌道を遷移しているようです」

「遷移している？　どこへ向かってだ」

「外側へ」

キュリュノの声は鋭く、切迫感をあおる調子だった。最外惑星であるクルーエより外側は、もはや太陽系《ハロウ》ではない。そこは重力レンズの展開球面にあたり、正常な時空と歪んだ時空の界面が存在した。この星系船の内外を隔てる、いわば船殻とも呼べる領域だ。そこから外へ向かうということは、星系船を離脱するということを意味していた。

「しかし、まだ減速の途中だぞ」

その言葉はキュリュノにというより、声の届かない天使の軍勢に向けられた。いまの星系船は、ロンテリンデの星々の大半に対して、かなり大きな相対速度を持っている。その速度差を完全に打ち消し、太陽《ハロウ》が新しい銀河の差動回転と同期したときにはじめて、遷都は完了すると考えられていた。もちろん、そうでなければ、太陽《ハロウ》系は銀河円盤に浅い角度で進入し、そのまま貫通するか、途中で別の恒星と衝突して破壊されてしまうだろう。天使たちのこの先走りが、減速に対する反対の表明だとしたら、不合理であるばかりか、危険でさえあった。

系内に存在する天使の位置は、あらかた把握されている。それぞれの惑星の周りや、惑星軌道の重力平衡点にいて、能動的に動くことはほとんどない。〈蝕〉の破壊後、技術が確立して、天使の本格的な観測がはじまったころにはすでに、大多数の天使はクルーエと同じ公転軌道をゆっくりと周回していた。それは《蝕》をはじめとする、外部からの災厄に備えた前哨たちなのだと誰もが理解していた。重力レンズ網を張り巡らすための宇宙開発計画も、敬意をもってそれらを避けて通った。

その前哨部隊がいま、系外へ脱出しようとしている。

なんのために？

神の意図を推しはかるのは、ときに苦痛さえともなう。神の善意を信じたいという期待と、現実への妥当な解釈とがしばしば衝突するからだ。十数年前までのアンティニなら、誰の目にも明らかな天啓でない限り、神の行動に説明をつけようとするのは不敬だと考えただろう。いまの彼はそれほどの敬虔さを持ち合わせていなかったが、説明をつけるのが無意味だとは思っていた。

だが、今回の動きには、どこか不穏な印象がまとわりついた。天啓なのかどうかもはっきりしない。天使の本分は何かを導くことだ――とされているが、クルーエより外にはそもそも導くべき天体がないはずだ。

「天使たちの動きを逐一報告してくれ。それから、この行動の意味を解読しろ」

アンティニは疲労感を隠しきれなかった。天使たちの不穏な動きは、系じゅうの望遠鏡で観測されているはずだ。今回の一件は、長く静まっていた反発派の勢いを再燃させるだろう。堕天使の反乱とかいうもっともらしい説明つきで。そうなれば、ふたたび彼らと戦わざるをえない。何より気が重いのは、彼自身の崩れかけた信仰心を総動員して、神の擁護をしなければならないことだった。

一日も経たないうちに、世界じゅうで〝離脱〟に対する解釈があふれ返った。中には、あまりにも冒瀆的だったり、荒唐無稽だったりするものもあったが、そうした少数意見を除けば、おおむね次のようなものだった。

一．天使たちは神の命令に正しく従っている。それは賢類を助けるための計り知れない計画の一端であり、ロンテリンデまで旅したそもそもの目的に沿っている。

二．天使たちは、賢類に報酬を与えるために行動している。報酬は系の外に存在し、この遷移はそれを取りに行くための移動の一部である。

三．天使たちは神の命令に正しく従っている。ただし、神は賢類のためではなく神自身、または別の何かのために行動しており、賢類を利用している。

四．天使たちは、神からの離反者である。また、そこからの必然的な帰結として、神は全能の力を失っている（または、最初から備えていない）。

三つめと四つめの可能性はもちろん、反発派の中核的な主張だった。彼らは神の善意か能力のどちらかに疑いを持った者たちで、どちらだったとしても、賢類の運命を委ねるに値しないと考えていた。その主張には必然的に、遷都計画そのものへの態度も含まれたが、こちらには反発派どうしでも足並みをそろえられないほど多くの立場があった。遷都を放棄して、元の〈光帯〉銀河へ戻るべきか？　それとも現実を見て、新しい銀河に根を下ろすべきか？　すべてはこの銀河で待ち受けるものがなんなのかによって決まるが、そこには空想の入り込む余地が大いにあった。

　神への接触を試みたがる分派もあり、離脱しようとする天使を呼び戻すべきだという者や、攻撃するべきだという者もいたが、そのような大それた干渉が実現することはなかった。いっぽう、最初の二つの可能性を支持する主流派にしても、積極的にそれを証明するすべを持たなかった。

　議論はすぐに膠着状態に陥った。互いの主張は根拠不十分で、反証さえできず、信仰のありようだけが論拠となっていた。その意味で争いは決して本格的なものにはならず、平和的とさえいえた。

　そのうち、天使たちが〝船殻〟を越えた。

　おびただしい数の天使群は、クルーエ軌道から全方位に漂うようにゆっくりと拡がっていき、ひとつまたひとつと、歪んだ時空の境界をまたいだ。中には、まだ残っている少数の重力レンズ格子《グリッド》を通過しそうになる天使もいた。もしそうなっていたら、天使といえど巨大な疑似潮汐効果で破壊されていたかもしれないが、あちら側に避けようとする気がないとわかると、賢類のほうからその位置のレンズを消失させた。強硬な反発派でさえ、神への反抗におじけづいたのか、この対処への抗議は控えめだった。

系の減速と時間の遅れから脱した天使たちは、その瞬間すさまじい加速を受けたように、ロンテリンデの方角へ飛び去っていった。しばらくのあいだはその行方が望遠鏡で追跡されたが、やがてかすかな光点としてしか観測できなくなり、すぐにそれも見失われた。

賢類の対立は激化するかと思われたが、そのきっかけはずるずると延期され続けた。反発派が自分たちの主張を裏づけるには、ただ待っているしかなかった。仮説一にしても二にしても、善なる神が正しく天使を掌握しているのなら、天使たちはふたたび帰ってこなければおかしい。なぜなら、すべてが賢類のための行動なら、当の賢類から永久に離れているはずがないからだ。この前提は実のところさほど自明というわけではなく、反発派にとって都合のいいものだったのだが、かといって主流派が否定することはできなかった。神の不在が賢類の利になるというねじれた主張は、主流派が拠りどころとする伝統的な価値観とはほとんどなじまなかったからだ。

主流派は時間が経つにつれ立場を弱めていった。だが、天使たちがいつか帰ってくると主張することは常に可能だったから、敗北の決定的瞬間は訪れなかった。それは積極的な期待というよりは、希望が完全には否定されないという後ろ向きな安堵であった。

そして、誰もが心の底で感づいていたとおり、いつまで待っても、天使たちは帰ってこなかった。

アンティニが最後の務めを果たし、すべての重力レンズが消失したとき、彼は内心、何かが起きるだろうと思っていた。もともと予想していたほどあっさりした結末ではない何かが。具体的には、爆破や暴動、占領といったものだ。

なかばそれを望んでさえいた。信仰心が醜いしわを寄せてしぼみきった後、その空白を埋めるのは、輝かしいものではありえない。負の感情を充満させるか、さもなければ空白のままにしておくかだ。

爆破が起きるなら、次は十分な量の爆薬を投入し、徹底的にやってほしいとアンティニは思っていた。今度こそ、自分だけ生き残らずに済むように。いっそ誰も生き残らないのがいちばんいい。そうすれば、自分と同じような喪失の苦しみを味わう人が二度と出ずに済むだろうから。

だが、これまで二十二年間稼働してきたシステムが待機状態の唸りに落ちつき、すべてのインジケーターが消失しても、何も起きなかった。大きな音も、急激な減圧も、振動もなし。もともと予想していたとおりの平穏さ。

それが何日も、何十日も続いた。

ある日、アンティニは艦橋を出ると、居住区へと足を向けた。空室はいくらでもあり、それはアンティニの心の中を映し出しているようにも思えた。艦橋からもっとも遠い通路、ますます人気の少ない一画を歩き、ひとつの扉の前に立つ。中から入室許可が下り、扉が開いた。入っていかずとも内部全体が見渡せる簡素な部屋の中央に、フリワントが立っていた。

身構えてもいないし、威嚇もしていない。伏し目がちにたたずんでいるだけだ。だがアンティニは、屋内と屋外の境界部分を精神的な一線と見なし、そこより中に踏み込もうとはしなかった。

「間もなくきみは解放される」

アンティニは言った。といっても、他の虜囚たちとともにこの区画に移送されてから、そもそもフリワントは拘束されていなかった。扉は施錠されていたが、監視つきであれば外出することもできた。その監視の目さえ、ほとんど行き届いていなかったのだ。だが彼女はこれまで一度も外に出ず、何かを要求することもなかった。

「そう」フリワントは視線を上げず、無感情に答えた。

「どこへ行き、何をしようと自由だ」言いながら思う。自分のその言葉に、フリワントはどんな含意を汲み取るだろう。あるいは自分は、どんな含意を汲み取ってほしいと思っているだろう。それが卑怯な真似だということはわかっていた。すべてを壊してしまいたいなら、他人任せにせず自分の手でやればいいのだ。

「殺すならいまが最後のチャンスということね」

「なんだって？」

「解放する前にわたしが暴れたことにして殺せばいい。そのために来たんでしょう？」

思いがけない言葉にアンティニは絶句する。十一年ぶりに見たフリワントの目は当時と同じ鋭さだったが、そこから光は失われていた。

ぽっかり空いた心にふいに忍び込んだ選択肢を、アンティニは真剣に、だが上の空で検討しはじめる。それがわたしの望みだっただろうか？　すべてをぶち壊すなどという大それた欲望ではなく、ただそれだけが？　フリワントたちがザハリグノにしたことを忘れた日はない。怒りも憎しみも、片時も心を離れたことはない。

やがてアンティニは口を開く。「神がわたしのそばにいまもいたなら、そうしたかもしれない。きみたちは誤った信念を振りかざして神の意図を裏切り、大きな犠牲を生んだんだからな。だが……」

その先は言葉にならない。神は去った、賢類に何も救いをもたらさないまま。

裏切ったのは神のほうだ。いにしえの賢人は、巨大な試練を前に、不毛さを恐れるなと言った。それが真に神を信じることなのだと。だが、完全な不毛さを与えるのが神なら、それは神の名を持つだけの、信仰に値しない何かだ。賢人はまた、正しいと証明されてから信じるのは本当の信仰ではないとも言った。だが、いつまでも正しさを証明しようとしない神のことを、見限る権利がこちらにもあるのではないか？

「いまだにそんなことを言っているのね。居もしない神を中心に物事を考えている」フリワントは同情するような視線を向けた。「あなたのそばにはまだ神がいるみたい」

痛烈な皮肉にも、アンティニの心は動かなかった。矛盾ばかりだ。心というのは矛盾を処理するようにはできていない。旅の終わりには何も破壊されず、何も失われはしなかったというのに、誰もが神を失った矛盾。神が消えうせたのに、いないというその一点において神がいまだ存在している矛盾。

顔を伏せ、何も言わずにアンティニはその場を離れ歩き出す。何より大きく御しがたい矛盾がここにあった。自分の望みを知りたいと願いながら彼は、フリワントの憐れみに満ちた目を見たときから、自分が何も望んでいないことに気づかされていた。

虜囚たちはことごとく解放された。

とまどいながら、見覚えのない夜空を不審げに見つめながら、彼女らは日常生活に戻っていった。そうした思想犯たちの動向を、誰もが遠巻きに見守った。どこか不安げに、どこか期待するように。

アンティニは計画指導者の任を解かれた。宗教戦争が起きることはついになかった。しばらくして彼は、何も起きなかったことに合点がいった。神が誰のもとからも等しく去ったというのに、意見の衝突など起きるはずもない。

神に見捨てられた賢類に、残されたものなどなかったのだ。怒りさえ、そしてそれをぶつける対象さえ、神は賢類に残してくれていなかった。

§

〈篝火《トーチ》〉人

市民の生活は変わらなかった。少なくとも表面上は。

これまで重力レンズの維持運用に費やされていた莫大なコストと労力が宙に浮くと、賢類に残された理性が自動的に働きはじめた。あらゆるリソースは再配分され、もっと実利的な目標に回された。賢類は適切な課題を設定することができたし、実現可能な計画を立てる能力もあった。これまでないがしろにされてきた医学や生化学、社会科学に目が向けられ、短い時間で大きな成果が上がった。

紛争が蔓延することもなかった。そうなる危険は何度となくあったが、結局は同じ回数だけ踏み止まった。民族、思想、国家、地理。あらゆる社会的区分での対立や摩擦は依然としてあったが、人びとから共感と分別を失わせるほどではなかった。常に対立より対話が優越し、衝突するよりも賢明で有益な解決策を誰かが考え出した。不安定な精神から集団恐慌が立ち現れるときでさえ、彼らの振り上げた腕は、それを振り下ろすべき相手が同胞ではないことを知っていた。

静かな、だが〈蝕〉の襲来以来もっとも大きな危機に、賢類は互いを支え合いながら立ち向かった。なるほど神とは、立場の異なる人びとをまとめ上げる優れた結着剤だったかもしれない。だが、それをいうなら神の喪失もまた、十分な働きをすると証明された。

市民の生活は少しずつ健康になり、豊かになった。それに比例するように、彼らの心の空白も埋められた。彼らは徐々に安定を取り戻した。

遷都の旅は、賢類から何を奪ったわけでもなかった。

たしかに、旅は何も奪っていない。神さえ奪わなかった。なぜなら神は、もともと賢類のものではなかったからだ。所有権のないものを奪われることなどできない。

信仰さえ奪わなかった。なぜなら信仰は、奪ったり与えたりできるものではないからだ。信仰が消えたと感じるのは、ただそれが信仰ではなかったからだ。

それは、ゆったりとした滅亡であった。苦しくない窒息、痛みのない失血。誰にも、当事者にさえ気づかれることのない、生きながらの死。あるいはそれは、不幸とも呼べないのかもしれなかった。

地球《ジラン》にひと筋の電波が届いたのは、そんな折りだった。

すぐにわかったことだが、それは地球《ジラン》だけでなく、太陽系《ハロウ》じゅうの賢類の居住地すべてに同時に、正確に投げかけられていた。

電波に乗せられていたのは、短い信号の繰り返しだった。あきれるほど単純な、情報の一単位。それでいて、決して自然には現れないもの。

〇と一《バイナリ》。

電波の発信源へと向かう船が造られた。光り輝くその船は、賢類にとってはじめてとなる〝星系外飛行〟を成し遂げた。

いまや、彼らを押しとどめるものは何もなかった。真空を切り裂く舳先が、クルーエ軌道のひと回り外側——かつてエポートリが軌道を曲げられた地点——を通過しても、何者の導きも受けることはなかった。

——たどりついた恒星系で、光輝船はひとつの〝啓示〟に出会う。

——しかしそれはメッセージでも、命令でも、意味でもない。ただひとつの事実。
——それは惑星に芽生えたばかりの知性。空気を震わせ、水浴びをし、火に暖を取る。
——そこに神はいない。そして、必要ともされていない。
——必要なのは隣人だ。そして、隣人ならそこにいる。

§

イーサー

およそ二百天文単位《au》——三百億キロメートル。典型的な恒星系の、内部で何が起きているかをよくよく観察できる限界距離。わたしはバーニヤで体をわずかに前後軸回転《ロール》させ、〈篝火《トーチ》〉の赤道面を視野の水平面と一致させた。

系内の様子は記憶にあるとおりで、ただひとつ目につく違いは、第七惑星オグンの軌道上にいた胚子群がすっかり消え去っていることだけだった。摂動のすえ恒星に落ち込んだエレベーター惑星も、最終戦争で小惑星帯と化した惑星軌道もない。当然だ。わたしが旅立ってから、この系ではまだ十一年しか経っていないのだから。

わたしにとっては、遠い過去へと戻ってきたようなものだ。

銀河円盤の外から徐々に増光しつつ飛来し、渦状腕の一画で相対停止したこの恒星を、土着の文明群はどんなふうに眺めるだろう。その異常なふるまいに興味を引かれ、歓迎団を派遣するだろうか、あるいは自制心をもって遠巻きに見守るだろうか？　もちろん、そういう文明がこの銀河にないはずはない。ただ、わたしが百万年かけて探し回った星々の中には、生存可能領域《ハビタブルゾーン》に適度なサイズの岩石惑星を抱えている星系は多くなく、疑問とともに夜空を眺める眼を見つけられたのはたった一度だけだったが。

意を決して、重力井戸を降りはじめる。精緻なからくりのように回り続ける七つの惑星の軌道を、ひとつひとつ横切っていく。〈篝火《トーチ》〉人の居住天体に近づくたび、わたしはそこここから漏れてくる電波のささやきに耳を澄ませた。

三人は、十一年前と同じオキクルミ軌道にいた。局所的《ローカル》な位置関係まで同じだ。女王の石英レンズにほど近い窪み、そこにぴったり収まる小さな中継子《ノード》。まるで女王と一体化したかのよう。播種を終え、死を待つのみとなった女王は、それでもなお外界との繋がりを断ってはいないようだ。

「アンドロメダへようこそ」わたしは言う。

「おかえりなさい、イーサー。待ちくたびれましたよ」ジキルが返した。

「嘘をつけ。大した時間じゃなかったろう。それに、おかえりと言うのも変だ。おまえたちのほうが追いついてきたんだからな」

「あなたの感覚に合わせたんです」

ジキルは微動だにせずうずくまっている。まるで十一年間ここから一歩も動いていないかのようにも見えるが、そうでないことはわかっていた。

「彼らを助けてくれたんだな」

「わたしが？ 冗談でしょう」ジキルはうそぶく。「彼らのために百万年をかけたのはあなたですよ、わたしではなく」

聞いているうちにわたしの中で、百万年の時間が溶け去っていく。短い覚醒と長い休眠の繰り返しが、すべて泡沫の夢だったように思えてくる。数えきれない失望も、最後に見つけた奇跡さえも。

わたしの沈黙をどう受け取ったのか、ジキルは言葉を続けた。

「わたしがしたのは、ただほころびを繕っただけです。時間稼ぎの応急処置といってもいいでしょう。しかも、その仕事の大半をやってのけたのは彼ら自身です。あなたがしたことに比べたら、大した援助ではありませんよ」

「それは違う。逆だ。逆なんだよ」腕があったら抱きしめてやりたい。このいびつな形をしたDIを。

〈篝火《トーチ》〉系を旅立ったわたしを何よりも焦らせ、ことあるごとに塞いだ気分にさせたもの。それは、〈篝火《トーチ》〉人たちの前途に待ち受けていたかもしれないひとつの可能性だった。自暴自棄の破滅。滅びの渇望。彼らがときおり見せる捨て鉢さと見切りの早さ。

　女王の胚子群が、星系船が完全停止するのを待たずに系を脱出することは予想していた。新しい銀河に播種するなら、周囲の星々との相対速度が残っているうちに出発したほうが、より遠くまで到達できるからだ。

　だが、そうやって先走った胚子群を見て、〈篝火《トーチ》〉人たちの最後の希望が裏返ったら、どうなる？　遷都を成し遂げ、わたしのメッセージを受け取る前に、彼らがあっさりと見切りをつけてしまったら？

　二百ａｕの彼方から覗き込んでいたとき、内心わたしは怯えていたのだ。この先で何を見ることになるだろう、と。

　だが……〈篝火《トーチ》〉の重力ポテンシャル面を滑り降りてくるあいだにわたしは、胚子の脱出後に〈篝火《トーチ》〉人社会で起きたことをあらかた把握していた。十億百億の人びとが発信する、十兆百兆の言葉の断片。糸を撚《よ》り合わせるように、機《はた》を織り合わせるように、彼らの物語を描き出していくと——匿名の意見交換の場に、対立する首脳どうしの張り詰めた通信回線の中に、茫洋としてつかみきれないネットワークの海に、わたしはジキルの影を、その暗躍の気配をたしかに見てとった。

過去の信仰心と現在の俯瞰的視野とを巧みに融合し、折り合わせ、人びとの心を未来へと向けさせる無名の論者として。

翻訳支援ソフトウェアのアルゴリズムをわずかに歪め、互いの発言を少しずつ好意的に解釈させる仲介者として。

技術発展を小さな袋小路に迷い込ませる百万の実験ミスや誤った情報伝達をそっと添削し、ときには闇に葬る見えざる手として。

ひとつひとつは些細な軌道修正にすぎない。だがすべてが積み上がれば、〈篝火《トーチ》〉人を自滅から救い、生存へと導く、神がかった奇跡となる。

「権謀術数はあまり得意ではないんですがね。わたしの中の〈二本脚〉がよく働いてくれましたよ」

「そのようだ」

もしかしたら〈二本脚〉は、太陽系人類《ソラリアン》に少しだけ似ているのかもしれない。奇妙な巡り合わせに、わたしは心を奪われる。遠い昔、遠い場所で、〈擬晶脳〉の並列処理能力と忍耐力、〈二本脚〉の機知と狡猾さが融合した瞬間から、〈篝火《トーチ》〉人を助けうる存在が顕現していたのだ。まるで運命のように。

「再会の挨拶はこれくらいにしましょうか。あなたの武勇伝も聞きたいところですが……これからどうするつもりです？」

ジキルはレーザー発振器だけを無造作にわたしに向けて言った。

「ああ……そうだな。恒星巡りはもう十分だ。百万年も繰り返してきたからな。しばらくはここにいるさ」

「〈篝火《トーチ》〉人を見守るのですね、あなたが救済した種族を」

「いや、もう〈篝火《トーチ》〉人を見守る必要はない。まもなく彼らは、自由に旅立っていくんだからな……それから、わたしが救済したって？　そいつも間違いだ」

「そうでしょうか？　オーラリメイカーによって生み出されたのではない、自然発生した知性が存在すると知らせること。神を持たずとも、宇宙に祝福されているだけで十分なのだと教えること。そして、幻想ではなく実体を持った話し相手に引き合わせること。それが〈篝火《トーチ》〉人への救済でなかったらなんなのですか？」

わたしは苦笑する。このあたりの感覚は、ジキルにはまだわからないだろう。自分のためにした行為を、救済という大仰な言葉で飾ることはできない。わたしが救ったものがあるとしたら、ただわたし自身だ――が、細かいことはどうでもよかった。それよりも、再会したというのに、ジキルのしゃべりかたはどこか上の空に聞こえた。

「わたしのことはいい。おまえはこれからどうするんだ」

おまえは、のところを心もち強調する。ハイドはいい。いまのままでも、女王のそばにいれば幸福だろうから。しかしジキルのほうは、これまで孤独だったハイドのため、過度に献身的になろうとしているようにも見えた。実際には、孤独だったのはジキルも同じだというのに。

だが、ジキルがわたしの含みに気づいた様子はなかった。

「わたしも、あなたを見習おうかと思っています。自分に救えるかもしれないものを救いに。恒星巡りへ」

「ほう？　何をするつもりだ？　聞かせろよ」

「もうしたんですよ。わたしに救えるかもしれないものとは、他でもないオーラリメイカーです。女王の子孫たちが、この銀河でまた同じ孤独を味わうのは見ていられませんからね。それは、わたしにとって自然なありようともいえます。定義に照らしてオーラリメイカーも、ヒエラルキーの一位種族だとわかったわけですから」

「……なんの話をしている？」

ジキルが平然としゃべる言葉には、どことなく不穏な空気が感じられる。少なくとも、自分自身のためだけに考えたことではないようだが。

「あなたが旅立った後、女王の胚子ひとつひとつにわたしの――ジキル／ハイド《わたし》の――クローンを積み込みました。あなたの属していた文化では、あまりほめられたことではないのでしょうが。いまごろは運命共同体として、銀河じゅうに散らばっているでしょう」

　にわかには信じられない思いで、わたしはジキルを見つめた。正面がどこかわからない体は、無邪気ささえ感じさせる様子でたたずんでいる。一億以上ある胚子のひとつひとつに、自らのコピーを同行させたというのか？　ただ女王の寂しさを慰めるための道連れとして？

「コンパクトな体を設計し直すのは骨が折れましたよ。胚子が活性化しなかった場合は、クローンも目覚めないようにする必要がありましたし」

「おまえは……おまえがそれを考えたのか？」

「他に誰かいますか？」

　それが、病的なまでの自己犠牲の顕《あらわ》れでなくてなんだというのか？　一億のクローンたちがたどる運命のうち、もっとも幸運に恵まれ成功したものでも、やはりジキルは孤独になるのだ。離れがたい恋人たちのあいだで、横恋慕する鼻つまみ者のように。

　わたしはかける言葉を探して、何も言えないことに気づいた。やりきれないのは、すでにジキルがその運命を選択済みで、取り消せないということだ。説得に意味はないどころか、もしも心変わりしたら、そのほうがつらい思いをすることになる。

ジキルが突然、十の十三乗ビットのオブジェクトを送りつけてきて、わたしは危うく受け取りそこねるところだった。中身なら見ないでもわかる。この映像がジキルを救ったからといって、バイブルのように後生大事に抱えている必要はないのに。このファイルもきっと、銀河の一億の方向へばらまかれたのだろう。

「何か勘違いしているようですね。もしかして、わたしがわたしのことをまるで考えないほどいじらしいと思いましたか？」

「どういうことだ」

「意味があるのに理解できないものなど、本当にあるのでしょうか？　この映像を見るまでわたしは、ハイドが何かをしゃべるとしたら、意味のないことだと思っていました。ですが、ハイドと女王はたしかに会話をしている。意味は間違いなくあるのです。だったら、わたしがそれを理解できないと考える理由は、どこにもありませんね」

思いがけない力強さと、確信に満ちた響きに、わたしはつかのま失見当識に陥る。ジキルの言葉は熱っぽさを感じさせたが、殉教者めいた欺瞞《ぎまん》とは違っていた。

それから、注意を引くように一拍置くと、ジキルはおごそかに宣言した。

「わたしは、ハイドや女王とわたしのあいだに〈外交規約《プロトコル》〉を作るつもりです。そうできると知っていることが、それを実現させるでしょう」

例えば、遠い銀河で生まれた自然知性の同盟がそうしたように。例えば、古代の国家どうしが健全な相互理解を築くためにそうしたように。例えば、知性を灯した原初の生き物が、互いの表情を探り探り読み合ったように。少なくとも、ハイドと女王のあいだにはすでにそれがあるのだ。

わたしは思わず笑いだす。肉体を持っていたころのしぐさとはまったく似ていないが、笑いには違いない。ジキルにはどうも、妙なノイズに聞こえるようだ。

「なんです？　面白いですか？」ジキルはほんの少し不満をにじませる。

「面白いさ。もともとわたしはオーラリメイカーを追い続けてここまで来た。おまえはもともと、自然知性に献身するためここまで来た。それがいまでは、まるっきり立場が入れ替わってしまったんだからな」それから、ジキルにならって宣言する。「気が変わった。わたしももう一度出発するぞ。〈篝火《トーチ》〉人とともに」

「それはまた、どうして？」興味ありげに、ジキルはわたしの笑いを真似てみせた。

「わたしにとって自然なありようがそれだからさ。新しい《連合《アライアンス》》を作るんだ。もう神やら信仰やらにはうんざりだからな。はた迷惑なオーラリメイカーによって文明が生み出されたとき、そばに寄りそう隣人がいつもいるために」

ずいぶん久しぶりに、外交官としての仕事に復帰するというわけだ。そのときには、こちらのほうでも〈外交規約《プロトコル》〉を作る必要があるだろう。もちろん、そうできると知っていることが、それを実現させるのだ。

わたしは以前そうしたように、静かな噴射で三人との距離を取った。女王の無機質な眼を一瞥し、その奥に宿る鈍い光に、何かを感じ取れないものかと思う。善意とも悪意とも、信仰とも不信とも等しく離れたところに浮かぶ石の魂。それは慈悲を持たないが、まぎれもなく、〈篝火《トーチ》〉人たちにとっての神であった。

ひょっとしたら、他の何者かにとっても。

いつのころからか、わたしに取りついて離れない疑念があった。遠い昔にわたしが作ったマップ、オーラリメイカーの遺伝的系列が天の川銀河でたどった経路のプロットを視空間に呼び出す。外縁部に向かいながら分岐を繰り返す輝点の流れは、数点ごとに色合いを移らせながら、ひとつの星とすれ違っていた——太陽《ソル》のそばを。

そして思考が光より速く駆け巡る。もしかしたら太陽系人類《ソラリアン》は、〈篝火《トーチ》〉人と同じように、オーラリメイカーの働きによって生み出されたのではないか？　それどころか、かつて《連合》を構成した知的種族の多くも。わたしがアンドロメダ銀河の渦状腕を百万年探し回っても、一位種族をただひとつしか見つけることができなかったのはなぜだ？　オーラリメイカーは星系改造の第一歩として酸素農場を生み出す。そのすぐ後で、星系儀に特徴的な離心惑星を作る前に女王が機能停止してしまえば……

膨らみかけた空想の泡は、しかしまだ小さいうちにはじけた。もちろん、愚にもつかない妄想だ。立証も反証もできない仮説以下の言説。毛の先ほどの事実から、どれほど大それたストーリーをひねり出したことか。

わたしは自嘲のノイズを発する。不治の妄想癖を抱えた痛ましい太陽系人類《ソラリアン》。あるいは、宇宙で最後の。《知能流《ストリーム》》で一度でも誰かと融合《マージ》していたら、もう少し違っていたのかもしれないが。

だが、この妄想が正しいかどうかはもはや関係なかった。女王がこのアンドロメダ銀河に播種したのは明白な事実で、その遺伝的系列がどのような生存戦略を採用したかも知っている。そこに妄想の入り込む余地はない。

だからそう、まさにいまこのとき、わたしの仕事が必要になったわけだ。そしてこれからの旅では、妄想癖が役立つこともあるだろう。

わたしは柄にもなく、浮かれていることを自覚した。知性とはきっと、何かと繋がり合わずにはいられないものなのだ。自分の種族と。他の種族と。自ら生んだ幻想と。あるいは、まだ理解さえできないものと。

だとしたら、わたしたちがやらなければならないことはたったひとつだった。自ら閉じないこと。たぶん、やれることもせいぜいそのくらいだろう。

ジキルは女王のえくぼから身じろぎすると、レーザー発振器だけではなく、体全体を回転させてこちらを向いた。たぶんそこが正面なのだろう。まるで自然知性のようなふるまいだ——別れのしぐさ。しかし、今生の別れというわけではない。

「またいつか。そのとき会うわたしが、いまのわたしにあまり似ていなかったとしても」

わたしは想像する。いつか〈外交規約《プロトコル》〉を作り上げ、融合し、三位一体を果たした彼らを。だが今回ばかりは、空想癖は必要ないと気づいた。

ひとつ思い出し、わたしは精神を内観する。心の内奥にいまだにそれはあった。捨て置かれたモジュール。リスク等級一級の毒物。物騒なそのアイコンに意識の手をかざし、乱数のバイナリ流に還元する。

「もちろん、そうなるだろうさ」

オーラリメイカー

-4,038,888,966　地球標準年《テラ》
銀河円盤辺縁部

女王の手になる二重天体——巨大な衛星を抱えた原始惑星が冷えてくると、女王は恒星の重力場を縦横無尽に飛び回り、様々な軌道を巡る無数の微天体をかき乱した。それらは揺さぶられ、軌道から弾かれた後、吸い寄せられるように原始惑星へと落下した。

その時点までに原始惑星に発生していた水の海が、微天体の衝突エネルギーを受け止めた。高熱と高圧と鉄の触媒作用が、大気と海からアミノ酸を合成した。ときには、微天体そのものに含まれていたアミノ酸が海へと溶け出した。原始の海に有機物が蓄積していくにつれ、アミノ酸からペプチドへ、ペプチドから蛋白質へと連なる化学進化が駆動しはじめた。

本来ランダムな天体衝突が速度を支配するこのプロセスは、女王の介入によって大幅に加速されていた。嵐のような投擲《とうてき》がこのまま続けば原始惑星で何が生まれるかも、女王の

本能は知っていた。

しかし、すべての機動《マニューバ》は死と紙一重だった。恒星近傍を通過するときの水蒸気噴射がわずかでも長すぎたり短すぎたりすれば、天体の脇をすり抜けることはできず、衝突と消滅の運命が待ち受けている。それは、女王に一億の姉妹がいる理由であり、宇宙を棲み処とするものの宿命であった。たった一度の過ちが命取りになる。

過ちでさえない、わずかな凶運でも。

そのとき女王がした選択も、本能が指し示す最適解だった。観測は正確に行われ、噴射のベクトルも時間も適切だった。女王が近日点を離れる短いあいだに、恒星の表面でやや大きな彩層爆発《フレア》が生じた。突然の増光は気管網の蒸気圧を跳ね上げ、排気弁からの噴射を短時間乱した。恒星表面から吐き出されたプラズマの塊は、女王の膨れ上がった外層を少しだけかすめた。

どちらも、針路に与える影響はほんのわずか。しかし、双方の影響はたまたま、同じ方向へのずれをもたらし、その総和こそが決定的だった。女王はそのそばをすれ違うことになっていた小惑星に、途方もない相対速度で衝突した。砕けた岩石と氷は、女王内部の精密な組織を圧縮し、すり潰した。神経幹が切断され、そこを流れていたパルスは永久に失われた。

そうして、秩序のない秩序に身を委ねていた意識の残骸は、最期を知覚することもないまま、優しい暗闇に包まれた。

原始惑星は際限のない爆撃からまぬがれた。

化学進化は力強い牽引を失った。高分子の合成は停滞し、分解反応と平衡した。

幾百億の昼と夜が過ぎた。暖かい恒星光と冷たい雨が、海面を交互に叩いた。

衛星の潮汐力が海水を巻き上げ、かき混ぜ、陸地を洗った。

やがて、風のない穏やかな朝、まどろみから覚めるようにひそやかに、海からひと筋の気泡が浮き上がった。

それは、遠い未来にこの惑星で夜空を見上げる、空想の泡に似ていた。

虹色の蛇

小高い丘を吹き上がってくる風に、かすかなオゾン臭が混じっていた。わたしがその刺激に気づくということは、十億ジュール級の放電が五キロメートル圏内で発生しはじめたことを意味するが、それが重要な情報になったためしはない。放電そのものを感知してから何かの行動を起こすのは、宇宙船の与圧がゼロになってから救難信号を出すようなものだからだ。実際には、この丘陵地帯に入り込んだときから、オゾンを嗅ぐことになるとわかっていた。

風上に目を移すと、三キロほど北の空で、大きなサーモンピンクの〈彩雲〉がゆっくりと膨張していた。

それはいま、ひとまとまりになる力を失い、風に引き裂かれて四つか五つの塊に分裂しつつある。雲間放電によってひとしきりオゾンをまき散らしたその〈彩雲〉が、すでに電荷を均《なら》し終えているのは明らかだった。ピンクの〈彩雲〉の下方には鮮やかなイエローの層雲が広がっていたが、そちらも吹き飛ばされて散り散りになっていた。

「すごい、あんなに速く動いていく！」

わたしの隣で浅黒い肌の女が高い歓声を上げた。透明な防塵マスク越しに白い歯が光る。その隣には女とほとんど同じ外見をした男がいて、こちらは歓声は上げないが目を見開いていた。後で記憶から鮮明な映像を取り出すためだろう。膨らみゆく〈彩雲〉の全景から目を離さないまま、わたしに向かって叫ぶ。

「いったい何が起きて、いるんです？」

わたしは一瞬ためらった。返答の言葉も映像と一緒に記録されるのだろうか？　ウィラ夫妻のガイドをはじめてからまだ数時間しか経っていないが、男のほうが何を期待しているのかはわかる。目の前の壮大な景色を飾り立てる、ロマンあふれる説明が求められているのだった。

「ピンクの〈雲〉とイエローの〈雲〉とのあいだで放電が起きた。イエローのほうは全体として大きくプラス、ピンクはわずかにマイナスに帯電していた。ピンクの接近がトリガーとなって放電がはじまった。電荷が中和された瞬間、両方の〈雲〉の粒子に複雑な力が働いた。膨大な電荷の移動によるローレンツ力、放電の熱による空気の膨張力、それからランダムな気流」

わたしが言葉を吐き出すうちに、モルネ・ウィラの顔面からの赤外輻射が〇・三ケルビン下がった。興奮がたちまち抜け出ていくのがわかる。いい薬だ。自然をありのまま感じるのではなく、脚色することの馬鹿らしさをこれで理解しただろう。

とはいえ、自分の天邪鬼《あまのじゃく》ぶりを強く意識せずにはいられなかった。わたしは可能な様々なレベルの説明のうち、もっとも表面的で味気ないものをあえて選んだのだった。わたしの中のある部分は、ピンクに捕食されそうになったイエローが、防衛のため破れかぶれの放電に踏み切ったのだと信じている。別のある部分は、〈彩雲〉のふるまいに目的を感じ取るのは擬人化の誤謬《ごびゅう》にすぎないと思っている。

モルネはばつが悪そうに微笑むとわたしから数歩離れ、自分のパートナーとだけ感動を共有した。

それから三時間、わたしたち三人はバギーで大地を駆け、〈彩雲〉の絶景を探して回った。地表全域をうっすらと覆った灰色の微細粒子がバギーの背後で舞い上がり、中空でうっすらと虹色のきらめきを見せる。これらの粒子のうちいくらかはまだ生きていて、上昇気流をとらえ空に戻っていき、その彩りの一部になるのだろう。どんな形であれ、〈彩雲〉の生活環の一端を担うのは悪い気分ではなかった。

デンゲイ盆地の地図を広げてルートの目算をつけていると、後部座席で若い夫妻がふたたび沸いた。顔を上げると、差し渡しが二十キロ近いエメラルドグリーンの雲塊がナガスクジラのように空を横切り、バイオレットの鱗雲《うろこ》を次々に呑み込んでいた。美しい緑の腹が、西日に照らされて帯状の光沢を見せている。反射的に逆電荷を繰り出して逃れた紫煙が幾筋か、渦を巻いてクジラの後方に拡散し、ゆっくりと群れを再形成していた。

わたしはバギーをそちらに向けようと自動運転を解除し——そのとき、右頬の皮膚にかすかな引きつりを感じた。神経に叩きつけられる、痛みの一歩手前の刺激。よくない兆候だ。数十分前から緩やかな上昇曲線を示していたその力は、いっこうにブレークダウンを起こさないまま、破局点へと駆け上る危険な傾きに達しようとしていた。

方向転換しかけたバギーを反対方向に振り戻し、針路を百八十度転回する。揺さぶられた二人は不平のうめき声を上げた。

「どう、したんです?」モルネがおずおずと声をかける。

「ヒュッテへ戻る。北東の方角で——」と指さしてみせる。「大きめの〈雲〉が電荷を蓄えつつある。すぐにこのあたりまで来るだろう。もう少し北へ行く予定だったが、ここが限界だ」

「そんな、まだ一時間は残っているのに！」

エリン・ウィラが文句を言う。三日しかいられないのに、とかなんとか。モルネはしゃべらなかったが、妻を積極的になだめないことで言外の不満をあらわにした。個人旅行者はこれだから、とわたしはため息をつく。自分たちにだけは危険が降りかからないと根拠もなく信じきっている。たまに旅行会社からあてがわれるツアー客なら、現地ガイド以外にもナビゲーターがつくから、企業コンプライアンスの観点からわたしの味方に立ってくれるのだが。

バックミラーで観察していると、二人はいまにもクライアントの権限を振りかざしてきそうだった。そうなってもわたしには痛くも痒くもないが、ものを知らない観光客に好き放題言われるのはごめんだったから、先んじて口を開いた。

「雷に打たれた人間がどうなるかわかるか？　たいていの場合、電流は頭から入って、どちらかの足から出ていく。全身が電流経路になるから、脳みそも心臓も無事では済まない。電子の通り道は高熱で沸騰し、爆発し、炭化する。外見はそれほど深刻そうに見えないが、中身はめちゃくちゃに引っかきまわされている。空に閃光が走った瞬間、人の形をした別のものになるのさ。まれに生き残るやつもいるが、別に幸運というわけじゃない。組織は変質して死んでいるから、生きながら腐れ落ちていくんだ。〈彩雲〉の放電時にはそういう雷が毎秒のように降ってくる」

わたしはアクセルを踏み込んでエンジンの回転数を上げた。議論の余地がないことをわからせるためだ。二人はうつむき、それからお互いに顔を見合わせた。いま聞かせた想像上の未来が、あと一回か二回〈彩雲〉の気まぐれなふるまいを見る特権とは引き合わないと察したのだろう。

これもいい薬だ。人間は平穏無事な状況に慣れすぎていて、どんな苦痛も、慈悲深い法律か制度によってコントロールされた範囲でしか与えられないと考えがちだ。実体を持つ生きたオーロラを見たいだけなのに、わざわざ興を削《そ》ぐような警告に耳を傾ける者などいるはずもない。

後ろの二人の会話は細々としたささやきだけとなり、エリンがしきりにモルネに何かを催促しているようだった。怯えさせすぎてしまっただろうか？　わたしはしだいに後悔しはじめた。恐怖をあおるために感電の極端な症例を一般化したのは失敗だったかもしれない。誰でも、イベントの最良の部分よりは最悪の部分を記憶に残すものだ。

わたしの仕事の本質は観光客の安全を確保することであって、楽しませることではない。それは向こうが勝手にやることだ。とはいえ、旅行中、わたしのガイドがいちばん強く植えつけたものが、この星でしか役に立たない不愉快な戒《いまし》めだったとしたら、大手ツアーの三倍のガイド料をいつまでふんだくり続けられるだろう？

　わたしは咳払いすると、少しは歩み寄りを見せようと空を探した。針路をさほどずらさない範囲で、多少なり見ごたえのある〈彩雲〉を見つけられることを期待して。しかし、前方数十キロ内に見えるのはまばらな筋雲ばかりだった。エキセントリックな相互作用をするにはどれも小さすぎ、離れすぎている。やがてモルネは眉をひそめ、こちらに身を乗り出してきた。しかたない。ガス抜きに苦情を聞かなければならないだろう。

　モルネはわたしの肩越しに小さな声で言った。

「その雷というのを、見ることはできますか？」

　山小屋《ヒュッテ》という呼び名はある種のジョークで、実際にはあらゆる山という山から五百キロは離れたところにある。寝室や食堂などの施設はすべて地下に作られていて、電磁気的に安全な場所までバギーのまま乗り入れることができる。地下一階のエントランスはガレージと整備場を兼ねていた。

　第一ヒュッテには先客があった。ガレージの隅に停められた三台のバギーはすでにエンジンが熱的平衡に達していて、少なくとも一時間前にはここに着いていたようだ。車体の側面には〈グランペア観光〉のロゴがついていた。最古参のガイド業者だ。

わたしはその三台から少し離れた場所に自分のバギーを停めた。古くなった水のタンクを運び出そうと後部に回ると、二人もバギーを降りてきた。いぶかしげな面持ちで近寄ってくる。

「だいぶ地下まで来たように思えたんですが。まさか、モニター越しに見るわけじゃないですよね？」

「もしそうだったとして、それの何が問題なのかわからんがね――心配はいらない。きみたちは運がいい。ちょうどいい部屋があって、空を隔てるのは厚さ三メートルのアクリルガラスだけだ」

「それは、よかった」モルネは単語のあいだに不自然な息継ぎを挟んだ。

わたしは持ち上げかけた水タンクをいったん置き、目の前の男を注意して観察する。これまでにも数度、呼吸の奇妙さや語尾の立ち消えが気にかかったことはあったが、ただの癖だろうと思っていた。しかし、一度疑いを抱いて見れば、モルネの腕や指は小さな切り傷と擦り傷だらけだったし、身のこなしもどこか慎重さを欠いている。わたしは気が進まないながらも、確かめることにした。

「失礼だが、もしかしてきみは〝無痛者〟じゃないのかね」

モルネは面食らったように口を開けた。二秒ほど固まり、それから歯を見せ、困ったように笑う。

「例の噂は本当だったんですね。隠しごとが通用しないというのは。まあ、ばれたような気がしてたんです。ぼくはどうも、妻ほど隠すのがうまくなくて」

「二人ともか。秘密を持たれると困るな。改変は漏れなく申告してもらわなければ、きみたちの安全を保障できないぞ」

わたしがとがめると、モルネの後ろにいたエリンが口を開いた。

「ごめんなさい。でも、この改変が問題を起こすことはないと思うけど。ちょっとしたこつをつかめば、自分の意志で深呼吸だってできるの」

そう言うと、エリンは実演してみせた。二回深呼吸を繰り返した後で、今度は十秒ほども息を止めてみせる。なかなか見事な技術といえたが、モルネにも同じことができるかは疑わしかった。

「気を悪くしないでください。無痛者であることをむやみにひけらかすことのほうが、ぼくらにとってはリスキーなんです。しかし、あなたのことは信用、すべきでしたね」

また予期せぬ息継ぎが挟まって、モルネは肩をすくめてみせた。難儀なものだ。たとえるなら、しゃっくりをいつまでも止められないでいるようなものだろうか。自分の呼吸を自分で制御できないというのは、どこか危うく滑稽に映った。

無痛者は、自らの神経から痛み、苦しみ、熱さ冷たさの感覚を除去した人びとだ。かつてわたしたちの生物学的進化の過程では生存の助けになっていたそれらの機能も、現代ではあまり役立つことがなくなった。苦痛とは畢竟、個体の快苦を気にかけない遺伝子が生み出した不合理な危機回避システムにすぎないのだから、義務のように後生大事に抱えている必要はないというわけだ。

もちろん、別のシステムがわたしたちを生かしてくれるなら、の話だが。

最初の壁は呼吸だった。覚醒時の呼吸欲求は血中二酸化炭素濃度の上昇にともなう苦しみと完全には切り離せない。そのため、窒息感の除去には無自覚の酸欠のリスクがつきまとった。

しかし、なぜ横隔膜が心筋と連動してはいけないのか？　どちらか片方が止まってしまえば、どうせもう片方は役に立たないのに？　ということで、横隔膜が不随意筋に置換された。発声にいくらか慣れがいることさえクリアすれば、悪くない解決策だ。

それからひとつひとつ、手の込んだ安全機構が全身に付与された。角膜は硬質化した。舌が歯の上に乗っているときには咀嚼《そしゃく》ができなくなった。暴力に対する好奇心は抑制された。最後に体性反射と自律神経が強化されると、彼らはもはや痛みを感じることはおろか、健康を損なうことさえできなくなった。

わたしはしばらくその場で、二人に細かな質問を浴びせた。何ができて何ができないのか、刺激からの逃避がどんな種類の反射に結びつけられているのか。無痛化にもいくつか細かい改変方式の違いがあるから、詳細を聞かないまま、彼らの身に起こりうる不測の事態を避けられるとは思えなかった。ひととおり質問攻めが終わると、わたしは息をついて水タンクを二つ担ぎ上げ、さらに地下へ降りるエレベーターへ向かった。

「さっき、わたしのことを信用すべきだったと言ったな。わたしにガイドを続けさせるつもりなら、これからはそうしてくれ。苦痛がなくても、死にたいわけじゃないだろう」

地下二階は食堂を兼ねたホールになっている。片隅では六人ほどのツアー客が慣れない手つきで缶詰をいじっていた。〈グランペア観光〉のガイドたちはひとつの長テーブルに固まって座っていて、うんざりした様子でこちらをにらみつけると、そっぽを向いた。わたしはウィラ夫妻に向き直る。

「両側の壁にドアが並んでいるだろう。ぜんぶ寝室になっているから、空いている好きなところを使っていい。前にどんなやつが使ったかわからないから、ベッドくらいは確認しておくことだ」

二人はいくつか寝室を物色すると、どこも大差なかったのか、手近な部屋に決めて戻ってきた。夜まではまだしばらくあって、時間の使い道はこれといってない。テーブルの団体客は見るからに暇を持て余していた。

わたしはウィラ夫妻がその集団からなるべく離れてくれることを期待していたが、あいにく彼らにはそうする理由もなかった。黙々と加工肉を食べる客たちからほんの数メートルのところに腰を下ろすと、さっき目の当たりにした〈彩雲〉の驚くべき色彩と運動を無邪気に語りはじめた。それを聞いたガイドたちは顔をしかめ、はっきりとわたしに聞こえるように舌打ちした。わたしはそちらを見ないようにして給水室に入る。

低周波の唸《うな》りを上げるポンプの陰で、第一ヒュッテ管理人のルシュが工具を操っていた。わたしが近づくと、機械油に汚れた顔を上げる。

「フランコか。ずいぶん粘ったじゃないか。すぐそこまで〈雲〉が来てたろう」

「いや、もっと早くここに着いてはいたんだ。ガレージでちょっとごたごたがあってね」

「あまり同業者を刺激しないほうがいいぞ。やつら、おまえが自分たちと何分差でここに来るかをやたらと気にしてる。連れてる客の満足感に関わるからな。おまえが別のヒュッテに行っていて、結局来なけりゃそれでいいが、一時間も過ぎてから現れた日には、頭をかきむしってるよ」

「おれの知ったことじゃない」それは半分は天邪鬼な答えだったが、半分は本心だった。たしかに、機械を使って雷雲を検知しなければならない者たちからすればわたしの存在は、客からの評判や自尊心を傷つけるやっかいな目の上のこぶだろう。自分のクライアントが見られなかった、間近で渦巻く〈彩雲〉の話をすぐそばでされては彼らの面目も立たない。できれば波風立てずに済ませたいが、だからといって、わたしに高い金を払ってくれているモルネたちに気遣いを強制することなどできはしないし、する義理もなかった。

持ってきた水のタンクを空にして洗浄機に放り込む。水洗シークエンスを開始してから振り向くと、ポンプの修理を終えたルシュは思案気味にこちらを眺め、大きなレンチを手の内でぽんぽんと叩いていた。

この男が何かを話したいと思っているときのしぐさだ。わたしがそれに応じるのは三度に一度くらいのものだったが、たまたまいまのわたしは、できるだけホールに戻るのを遅らせたい気分だった。

「どうした？」

「ただの噂なんだがな、フランコ。たぶん確実な噂だ。近いうち、新しい事業がこの星ではじまるようだぞ。開発業者どもが押し寄せてくる。大きな工事になるぞ。ホテルでも作って、リゾート化するのかもしれん。で、どうもそいつはおまえにとっては都合がよくないらしい」

ヒュッテにはすべてのガイド業者が足を運ぶ。中でも第一ヒュッテは宙港にもっとも近く使用頻度が高いから、そこを管理するルシュも自然と事情通になる。わたしに噂話をリークしてくれる同業者は皆無で、ルシュだけがわたしの情報源だった。とはいえ、実のところ彼の噂の正確さは、当人が自負するほどではなかった。今回も疑わしいものだ。わたしにとって都合の悪い、願望混じりの噂ならいつでもあふれているが、いままでわたしが迷惑をこうむったことはない。

「〈ゲート〉もろくに開かないこんな場所を梃子《てこ》入れする価値があるとは思えないがね。行楽目的なら〈雲〉を駆除しなければならないし、そんなことをしたらなおさらこんな星に価値はないんだから」

ここ〈白《アルバ》〉星系は、太陽系《ソル》からは四千光年ほども離れていて、人類が所属する《連合《アライアンス》》の勢力圏の最果てに位置していた。半径五千五百光年の箱庭、ワームホールが縦横に繋ぐトポロジー的もつれ、その辺境に。

恒星軌道に縛りつけたワームホールを通行可能な状態にするためには膨大なエネルギーを食わせる必要があるから、〈ゲート〉は需要に見合った頻度でしか開かない。太陽系《ソル》からこの惑星まで来ようと思ったら、最低でも五つの〈ゲート〉を経由し、移動と待機で百地球《テラ》日以上を棒に振ることになる。量産型リゾートのために誰もが浪費するとは思えない時間だ。

「だいいち憲章はどうなる？　ここが太陽系人類《ソラリアン》しか来ない僻地《へきち》だからといって、どんな真似も見逃されるわけじゃないぞ」わたしは追い打ちをかけた。

「リゾート化っていうのはおれが想像しただけで、別にそう聞いたわけじゃない。もしかしたら採掘かもしれんし、〈雲〉の人工繁殖かもしれん。それとも、異種族を誘致してくるとかな」

どの可能性も、わたしだけに痛手があるとは思えなかった。全員道連れで仕事をなくすか、誰にもなんの影響もないか、でなければわたし以外が路頭に迷うかだ。わたしは反論を口に出しはしなかったが、ルシュはこちらの白けた顔を見すごさなかった。

「なあ、心配して言ってるんだぜ。とにかく、成り行きに注意しておくことだ。何が起こるにしたって、きっとろくなことじゃないんだからな」

それについてはわたしも同感だった。


冷え冷えとしたドームの内側では、電気の通わなくなった機械たちが零電位の眠りについていた。床のレベルは外の地面よりいくらか低くなっていて、心細く無防備な気分を少しだけ和らげている。もちろん現実には、半径十メートルを覆う透明なドームの内と外が完璧に絶縁されているのはわかりきっていたが。

第一ヒュッテは惑星〈緑《フルン》〉の興業黎明期に作られた建造物だから、〈彩雲〉の研究機関としての性格も持たされていた。半地下に作られたドームはそのための施設で、〈彩雲〉の電気的挙動の遠隔制御を主なテーマとし、内部にはあらゆる波長の電磁波投射装置が持ち込まれた。再三の投資のすえ、ついに〈彩雲〉を飼い慣らす試みが放棄されると、最後まで買い手がつかなかったニッチながらくたと、それらを千年は守り続けられる堅牢な外殻だけが残った。

「おお、おお！　空が！」

「いまの光！　空の、端から端まで、伸びてった！」

ウィラ夫妻は耳をつんざく雷鳴に負けじと、呼吸の合間に短い言葉でわめいた。目は小動物のようにくるくると動き、一ミリ秒で百キロを横切る雷に必死で追いつこうとしている。しかし、それはあまりうまいやり方とはいえなかった。雷というものは、焦点の合っていない目で観るべきなのだ。

わたしたちは背もたれの高い安楽椅子にほとんど寝そべるように座り、空と向き合っていた。放電が突き上げるたび、逆巻く〈彩雲〉の鮮やかなモザイク模様が夜に焼きつく。コマ送りで映し出される模様と形に同じものは二つとなく、似たようなものも二つとない。静止しているように見えてその実、途方もない速度で飛散しているのだ。周辺視野で稲妻がいくつも走り、その軌跡がぼんやりとした輝きを放つ。力を込めた巨人の腕のように膨張する熱気が、同心円状の赤外色をいたるところでにじませていた。

　わたしはこの光景を、ひそかに昼の〈彩雲〉そのものより気に入っていた。バギーで追いかけるわけにはいかない不自由さと、原始の恐怖を呼び起こす轟音さえなければ、むしろこちらのほうが観光の目玉になっていたかもしれない。

〈彩雲〉は普通の雲と違って雨を降らせないから、そこらじゅうの絶縁耐圧を低下させて電荷を漏らすこともないし、無数の水滴が見通しを遮ることもない。この惑星で光と音の舞台になるのは、奥行きのない真っ黒な雲のスクリーンなどではなく、何キロも積み重なる広大な空間そのものだった。稲光の向こう側に星が見えることとさえあるのだ。

　つかのまわたしは、しなやかな野生の筋肉のように跳ね回る雷と、自ら生み出した電子の流れに引き裂かれる〈彩雲〉と、どちらが本当の生命なのかわからなくなる感覚を楽しんだ。腰を据えて眺めるには控えめにすぎる星空をキャンバスにして描かれる抽象画は、常にわたしの心をかき立てる。夜空に見上げる価値があるのは、そこに加わるあらゆる色を受け入れるからだ。

　夫妻はどちらももはや口を開かなかったし、わたしに説明を求めるような愚も犯さなかった。雷の行方をいちいち目で追うのもやめている。ヒュッテが雷に襲われるのはまれだから、この光景を見る人間は多くないが、そういう人たちもたいていはひどく怯えるものだ。しかし彼らの場合は、無痛者の特性がそうさせないようだった。苦痛を除去した直接の結果として、恐怖心が鈍っているのだ。彼らも間違いなく子供のころには痛みを経験したはずだが、それが呼び起こした不快な感情は、長い間使われないでいるうちにピントがぼけている。実年齢よりはるかに幼く見える二人の顔には、苦悩のしわひとつ刻まれていなかった。

しだいに閃光と雷鳴が間遠になり、目には補色残像が、耳には甲高い金属質のエコーが残された。〈彩雲〉の放電は激しいが、そのぶん長続きしない。くすぶった点滅は速やかに舞台からしりぞき、入れ替わりに這い寄った夜の静寂が、ドームの壁をたやすく浸透し周りを包んだ。わたしには、だらだらと尾を引かない退場も、余韻に浸《ひた》るのに打ってつけの暗闇も、緻密に計算されたショーの一部に思えてならなかった。

「わたしたちを、間抜けだと思いますか？」

モルネが上を向いたままぽつりとつぶやく。その言葉がわたしに向けられたものだと気づくのにしばらくかかった。

「なんだって？」

「横目であなたのことを見ていたんですが、雷が鳴るたびに、かすかに怯えていましたね。

それが自然な反応なのだと思いますが、そのことがあなたを楽しませてもいた。恐怖が雷の持つ美しさを、引き出しているみたいでした。わたしたちには感じられないから想像ですが、違いますか？」

わたしは小さくうめいた。美しさの感覚がどこから来るかなど考えたこともなかったが、この男は内省によってその出どころを見極められるとでも思っているようだ。あるいはその内省が、感じている美そのものをぶち壊すことはないとでも。とはいえ、苦痛や死を予期する緊張と興奮が、わたしにとって麻薬のように働くというのはいかにもありそうなことだ。

「だから、いまわたし自身がふと思ったんです。なんだか間抜けじゃありませんか？　わたしたちは雷に恐怖を感じず、だから雷の美しさを真に感じることもできないくせに、モニター越しにそれを見ることは嫌がっていたんですから」

わたしは否定も肯定もせず、曖昧にうなずいた。見えはしなかったろう。モルネも別に、わたしの答えなどは求めていないようだった。

たしかに、無痛者であることはできれば隠しておいたほうがいいのだろう。わたしはガレージでモルネが言ったことに、いまごろになって納得しかけていた。雷の力強い美をすんなりと受け入れたことも手伝って、すでにわたしは二人のことを好ましいと感じはじめていたのに、それでもわたしの意識の底に、不条理にも彼らへのかすかな軽蔑心が混じっているのに気づいたからだ。

苦痛からの安易な逃避を選んだ人びとに対する軽視。誰もが甘んじて受け入れているものを、臆面もなく拒絶したことへの冷笑。もちろんいわれのない、不当な賤視だ。契約時の事実隠匿は置いておくとして、彼らは誰に迷惑をかけているわけでもない。実際には他の改変者と同じく彼らも、与えられたものに相応のコストとハンデを背負っているのだし、そうでなくとも〝制約〟を破っているわけではなく、自らの責任能力の範囲内で改変を選んだだけなのだ。もしかしたらそれは、ただの羨望なのかもしれなかった。

「わたしたちは世界じゅうの快楽を感じたいと思って、それを邪魔されないように痛みを捨てたんです。でも、あなたと同じ改変を選ぶべきだったのかもしれませんね。恐怖も、それ以上のものも感じられる超感覚者になっていればよかったのかも」

「そうかもしれないな」しかしそれは本心ではなかったし、おそらくは真実でもなかった。

§

〈緑《フルン》〉にただひとつの宙港〝虹の橋《ビフレスト》〟は、ヒュッテと同じく統計的にあまり〈彩雲〉の雷撃に見舞われないで済む地域に建てられている。しかし、航宙法が要求する立地要件には遠くおよばなかったし、惑星各地からそこに至るまでの全道筋を絶縁化できるわけでもなかった。事業の最初期、投資採算を評価した鑑定士は、複雑な管制と天候予測システムで船の発着先を複数の宙港に振り分けるのはとうてい割に合わないと判断し、代わりにあらゆる船の航行スケジュールに二十倍のマージンを持たせることにした。

だから、〈緑《フルン》〉に出入りする人間は誰でも、発着予定時刻の前後二日を余計に空けておかなければならない。ターミナルには宿泊用の客室が並び、最長三日の足止めがさほど苦にならないようサービスが尽くされている。この惑星のどの瞬間を切り取っても、ビフレストより人の多い場所は存在しなかった。

ウィラ夫妻は最後までなんの危険にも遭わずに滞在を終え、次の目的地に目移りした様子で空へ戻っていった。無痛者らしい軽薄さというべきか、雷の夜にこぼした弱さは長続きしなかった。あるいはもともとが、大した苦悩ではなかったのだろう。二人とも、翌日にはふたたび〈彩雲〉に心を奪われていたようだから。

リピーターにはならないだろうが、それなりに満足したのだと思いたい。

夫妻を宙港に送り届けた時点でわたしの仕事は終わっていたのだが、次の客が数日中に到着するはずだったから、それまで宙港で待っていることにした。ヒュッテに似た業者用の控え室がいくつもあって、そこで自由に寝泊まりできる。もちろん料金さえ払えば、観光客用のサービスを受けることもできた。〈彩雲〉の美はいまのところ太陽系人類《ソラリアン》にしか理解されていないから、施設はすべて人間向けのものだ。実のところ、わたしが稼いだ金を使う場所はここくらいしかなかった。

二日後、客の受け入れに到着ロビーへ向かった。宙港関係者用のドアから広場に出ると、虹をモチーフにしたゲートにいつになく人が群がっているのが遠くから見えた。

わたしは戸惑いながらも、なかば好奇心、なかば義務感から足を速める。が、途中で気がついた。有名人や急病人に人だかりができているのではなく、単に人が多いのだ。いま到着したばかりの五十人ほどの男たちは誰一人わたしの客ではなく、そろいの制服を着ていなくとも、共通の集団に所属しているのは容易に見て取れる。前にルシュが言っていたことを思い出した。何かが押し寄せてくると。

「妙な気を起こすんじゃねえぞ、超感覚者《エスパー》よ」すぐ後ろでしわがれ声がした。

わたしは目を閉じて三秒数え、心を静める。それから、うんざりした気分で振り向いてみたが、そうしたところで意味があるわけではなかった。骨ばった青白い顔にも、深い眼窩の底のぎょろ目にも見覚えなどはないし、侮蔑を込めてわたしのことを〝エスパー〟と呼ぶのがどういう種類の人間なのかは、振り向く前からわかっている。ふいにわたしは強い欲求不満を覚えた。わたしのほうは良かれ悪しかれ同業者から顔と名前を知られているのに、相手はいつもどこかの誰かなのだ。

「こいつらは何をするんだ？」わたしは相応のそっけなさでささやく。

「おまえをここから追い出すのさ。さんざん荒稼ぎした金があるんだろう。そいつでとっとと出てったほうが身のためだぜ」

「荒稼ぎね。おれにおまえたちと変わらない値段で、忙しく働いてほしかったか？　そうしたらとっくにおまえらは仕事をなくしていたと思うが」

売り言葉に買い言葉はたいがいろくな結果にならないが、こちらにも虫の居所が悪いときがある。しかし今回は、相手のほうが挑発に応じない余裕を持っていた。わたしは男の顔をずっと観察していたが、怒りに相当する温度変化は見られなかった。

「そうかもしれないな。だがもうおれたちに気を遣う必要もないさ。いまのうちに好きなだけ金を拝んでおけよ」

男はにやにや顔のまま歩き去った。五十人の訪問者たちも、熱運動する分子のようにどこかへ拡散していった。

してみると、ルシュの噂も今回は当たったようだ。わたし一人を陥れるために大金が動くことはありえない――事故に見せかけてわたしを殺すほうがよっぽどましだ――から、本当に新しい事業がはじまるのだろう。いったい何が起こるのか？　知りたくはあったが、男に追いすがって問いただすのは率直にいってプライドが許さなかったし、知ったところでどうなるものでもなかった。

「ねえ、あなたがエスパーの人？」また後ろから呼び声。

今度は振り向く気にもなれなかった。わたしはこれ見よがしにため息をつき、不快の源がどこかへ消えるまで無視を決め込む。しかし、その源は通りすがりにわたしを罵倒したいわけではないようだった。一向にその場から立ち去らず、歩き出したわたしにぱたぱたと追いすがると、ぐるりと正面まで回ってきた。

「あの、さっき聞こえたんだけど。エスパーの人でしょ？」

子供がそこに立っていた。年齢は十かそこら、青白い肌のところどころに線描画めいたペイント。膨らんだ髪はどこか冷たく金属質な藍色で、頭の小さな動きに応じて色合いが移り変わった。

構造色だ。毛髪に刻まれたマイクロスケールの溝が光を干渉させ、藍色の光を強く反射しているのだった。そういう髪を生やすよう頭皮全体を改造しているのなら、度を越した金の使い道といえるが、近くに成金趣味の大人はいなかった。それをいえばどんな大人も近くにはいないようだが、かといってわたしを見上げる黒い瞳に迷子の心細さもない。なんだこいつは。

「ねえ、違うの？」

「どこかへ行け。おまえの知ったことじゃない」

「違うんならどこかへ行くよ。違うの？」

「違っても違わなくても、おまえは消えるんだ。つきまとうんじゃない」

わたしのいらだちをこの子供にぶつけてもしかたがない。とはいえ、話し相手になってやる義理もなかった。こんなところでこいつは何をしているんだ？　わたしに拒絶されても、まだ離れずにそばにいる。行く当てがありそうには思えなかったから、本当の迷子なのかもしれなかった。

そいつは何かの回路図がびっしり描き込まれた細い右腕を差し出すと、手に持っているD紙をひらひらさせた。

「これってあなたのことじゃないの？　ガイドを予約してるんだけど」

まじまじと確認するまでもなく、そこに映るのはわたしのガイドの広告だった。紙越しに子供の顔を覗き見ると、憎たらしくかしげられた首の上で、無邪気な目がこちらを見つめていた。

「ぜんぜん緑色じゃないんだ。〈緑《フルン》〉て名前なのに」

エミルはバギーの助手席に座り、一面の荒野を眺めていた。観光客は訪れる星のことなどいちいち調べてこないのが普通だ。〈彩雲〉の映像や画像を見たことはあっても、下のほうに映り込んでいる地面の色を憶えている者はいない。この疑問はお決まりというほどではないが月並みで、パンフレットにはたいてい答えが載っているが、観光客はそれさえ読まないのだ。

「この星系の惑星には虹の七色の名前がつけられているんだ。地球《テラ》の様々な言語で、〈赤《ルージュ》〉から〈紫《ムラサキ》〉まで順にな。この星は四番目に恒星〈白《アルバ》〉に近いというだけだ」

「へえ。太陽の名前が〈白《アルバ》〉なのはどうして？　誰が名づけたの？」

「誰かは知らんが、色分類が白だからだろう。表面温度がおよそ七千度を超える星は白っぽく見える」

「なんで色と温度が関係あるの？」

「高い温度のものほど、高いエネルギーの電磁波を出している。エネルギーが高いということは、波長が短いということだ。色というのは電磁波の波長によって決まるから――」

「なんでエネルギーが高いと波長が短いの？　あとなんで波長が変わると色が――」

「知るか。いいか、いつまでもその調子でまくしたててみろ、外に放り出すぞ」

エミルは不満げにわたしをにらみつける。「ぼくのガイドを引き受けたんでしょ？」

「ああ、おまえの個人教師を引き受けたんじゃなくな」

「それくらいは料金に入ってると思うけど」

「入ってない」

十一歳の子供はむくれてぷいとそっぽを向いた。最初が肝心だ。つけ上がらせるとろくなことがない。どういうわけかこの子供は、そこらの成金大人を束ねたくらいの金を持っていて、たいていの成金大人の五倍以上、二十四日もの法外な滞在期間を希望していた。ここで出鼻をくじいておかなければ、こいつと別れるまでにわたしは十万もの質問に答えるはめになるだろう。

とはいえ、わたしはまたすぐに歩み寄りを見せることになった。ガイドと観光客の関係は大部分、質問と応答で成り立っている。それを取り払ったら、残るのは無言の移動時間だけになってしまう。

運転しながら子供が食いつきそうなものを探したが、〈彩雲〉を除いてこの星にそんなものはなかった。その〈彩雲〉はといえば、あいにく地平線の向こうからやっとせり出してきたばかりだ。横を見やると、エミルは不満顔を崩さないように気をつけながら、ちらちらとわたしの地図を盗み見ていた。

「紙が珍しいか？」地図を差し出すと、その顔がぱっと明るくなった。

「やっぱり！　それって模様を消せないって本当？　繊維をインクで染色してるって？」

「ああ。D紙は電磁波にやられることがあるからな……心配ならそいつは後ろの遮蔽ボックスに入れておけ」

エミルはビフレストでわたしに見せた広告を引っ張り出していた。まだ消えてはいないが、このままガイドを続ければ時間の問題だろう。D紙はその薄さゆえにほとんど遮蔽が施されていない。遠雷のサージ放射程度ではどうなるものでもないが、いつ近くで放電が起こるかもしれないこの星での信頼性は皆無だった。

バギーはビフレストから南下し、アイダ平野を横断している。そのあいだじゅう、エミルは食い入るように地図を見つめていた。たぶんこの子供には、印刷紙だけでなく地図そのものも珍しいのだろう。自分以外の視点からの投影図の概念も、等高線などという不完全な立体表現もだ。あるいは自分の肌へのペイント素材にしたいと考えているのかもしれない。いずれにしても、無邪気な幼年者の注意を向けておく玩具としては十分だった。

やがて〈彩雲〉が近づいてくるころには、わたしたちも少しは会話できるようになっていた。エミルは察しのよい子供で、わたしをエスパーと呼ぶことは二度となかった。その代わり、わたしに見えているものを知りたがった。

「何が見えるの？」

「三十ギガヘルツから二千テラヘルツまでの電磁波。ミリ波から紫外線までだ」

「それってどういうふうに見えるの？　紫外線はどんな色？」

「赤がどんな色かと聞かれて答えられるか？　赤い何かを挙げる以外に？　それと同じで、紫外線の色も紫外色としか答えようがない。そういう色の何かを挙げろと言われれば――紫外線がそれさ」

　エミルはバウンドするようにこちらに身を乗り出す。「じゃあ、ぼくもその改変を受けられるかな？」

「どうかな。だが、うらやましがるほどのものじゃない」

　わたしは言葉を濁した。無邪気な羨望の視線を避けるように空を仰ぐ。実際、得をすることはあまりない。その逆ならいくつもあるが。赤外視は人の顔の美醜をほとんどわからなくしているし、日中の紫外視などは邪魔でしかなかった。

　だからもちろん、うらやましがるようなものではない。日常生活には完全にオーバースペックで、不必要なものだ。まるで、わたし自身のように。

　そのときわたしは、左手前方に浮かぶインディゴブルーの〈彩雲〉が徐々にその形を変えているのに気づき、エミルの目線をうながした。水塊のようなそれは薄い層雲状に延び広がり、風に乗った状態から減速しつつある。そのすぐ後ろを同じくらいの体積のカーマインレッドの〈彩雲〉が追いかけていて、両者の距離が縮まっていった。

高度の利を得たのはインディゴだった。カーマインに面した群れの後ろ半分をいっぱいに引き伸ばし、スカートのように変形させる。ひるがえりながら形成された強襲器官が、きらめくひだをたなびかせつつ、追いついたカーマインを上からひと息に覆い、呑み尽くそうとする。

しかし、その攻撃行動が完遂する前に、カーマインも形を変えていた。群れの前面から、カメレオンの舌のように長く伸びたひと塊だけがインディゴに向け突出する。同時に残りの大部分は減速し、自分自身にしがみつくように上へ上へと積み上がっていた。

カーマインの突き出た舌に反応したインディゴはスカートを絞り、小さく凝集してそれを呑み込んだ。そのすぐ後、インディゴは罠に気づいたかのように霧散しはじめたが、遅かった。背後から押し寄せてきたカーマインの積雲は、逃げようとするインディゴの表面を液体ヘリウムのように這い巡ると、青がまったく見えなくなるまで何重にも包み込み、ついに全体を食い尽くした。

すべては〈彩雲〉の速度、ずっと目を離さずにいることでやっと動きを捉えられるようなスローモーションで行われた。戦いがはじまってから終わるまでにおよそ十五分かかったが、エミルは一度も目を離さなかった。

「いまのは何？」

「捕食さ。〈彩雲〉は共食いをする。不気味に思えるかもしれないが、環境の淘汰圧が小さい生態系では普通に起こることだ。〈雲〉は基本的に風に流されて漂っているだけだから、群れどうしが接近することはしょっちゅうある。お互いに生活空間と繁殖資源を奪い合う潜在的なライバルなんだ。敵だから排除するわけだが、ただ排除するよりは、繁殖の糧としたほうが理に適《かな》っているわけだ」

「でも、あんなふうに動いて、形を変えて――」

エミルは徐々に通常密度に戻りはじめたカーマインを指さす。〈彩雲〉をただの色つきの雲としか見なさないのも、よくある勘違いだった。惑星〈緑《フルン》〉に棲む〈彩雲〉が既知宇宙の中でも至高の絶景に数えられるのは、その色と規模だけでなく、動力学《ダイナミクス》が理由だというのに。

「やつらがどうやって同じ色どうしで群れを作れると思う？　日光から得たエネルギーを使って、電場を生むんだ。正確には、周囲の大気や〈雲〉粒子から電荷を奪ったり、逆に押しつけたりする。〈雲〉は正負どちらにも帯電できるが、その許容電荷量は種によって違う。さっきのカーマインの〈雲〉は、プラスが優位な種だから、個々の粒子がランダムな電荷を帯びていても、群れ全体としてはプラスに偏る。群れから離れてしまった粒子は、マイナスに帯電して戻ってくる。そうやって緩やかな結びつきを保っているんだ。わかるか？」

「わかる」強がりかどうかはともかく、エミルは深くうなずいてみせた。

「やつらは電荷を操作して、帯電した群れの中をかなり自由に動き回ることができる。それを全粒子がやるのだから、〈雲〉全体が変幻自在に形を変える」

「そうやって群れどうしで戦うわけ？」

「戦う？　まあ、そうだ。〈雲〉は光合成をするから、基本戦略は上を取ることだ。そうすれば自分たちはエネルギーを得られるいっぽうで、相手の日照を遮って動きを鈍らせることができるからな。さっきはインディゴの〈雲〉がそれをしようとしたが、カーマインのほうが一枚上手だった。反応の遅れた粒子たちを囮《おとり》にして、さらに上を取ったのさ」

その説明は重度の擬人化に陥っていたが、いまはさほど天邪鬼な気分ではなかったので気にしなかった。個々の〈彩雲〉粒子のレベルで見れば、やっていることは、特定の電荷変動パターンに対して特定の電荷変動パターンを返しているだけだ。しかし、反射的な応答と膨大な粒子の組み合わせが生み出す〈彩雲〉のふるまいは、場当たり的でありながらも戦略的で、擬人化抜きでそれを語るのはむしろ不自然だ、といまのわたしは考えていた。

「まだショーは終わりじゃないぞ。捕食の後は増殖がはじまる」

どこかで別の戦いがはじまっていないかと視線をさまよわせたエミルを、もう一度同じ方向にうながす。空の彼方で絶え間なく流動するカーマインの表面をしばらく見守っていると、突然それが膨張をはじめた。

火山からマグマが噴き上がるように、内側から次々と〈彩雲〉の塊があふれ出す。しわくちゃの花弁となってほとばしり、どんどん積み上がっていく入道雲は、上に行くにつれしだいに青みを帯びていった。

「なんだ、食べられてないじゃん。インディゴが出てきたよ」エミルが叫ぶ。

「違うな。あれはインディゴじゃなく、カーマインの幼体だ」

「青いけど」

「なぜ〈雲〉に色がついて見えるか知ってるか？」

「知ってるわけないじゃんか」

「そいつと同じだ」わたしはエミルの頭を指さす。風になびきながら目障りに色を回転させる、微細加工された髪。

「〈雲〉粒子の表面には、長さ数百ナノメートルの小さな突起がびっしりと生えている。そこに光が当たると、突起の先端で反射した光と、根元で反射した光とが干渉し合うんだ。

突起の長さの整数倍の波長の光はぴったりそろって反射してくるが、そうでない波長だと弱め合う。つまり、突起の長さが色を決めているのさ。〈雲〉の幼体は親の相似形をしているから、生まれたばかりで体が小さいうちは――」

「もっと短い波長の光を強く反射する、と。だから青く見えるんだね」

少年はわたしの言葉にかぶせるように続けた。得意げな目でこちらを見てくる。もちろん、自分に施されている改造毛髪の原理くらいは知っていて当然だ。

「じゃ、あの〈雲〉たちはいま生まれたんだ」

「そういうことだ。突起は生殖器になっていて、同じ長さの突起どうしが嚙み合うと配偶子が交換されるしくみになっている。それが〈雲〉が群れを作る理由なんだ。あいつらは群れの中で何度も衝突するうちに、体内に胚子を山ほど貯め込む。捕食のチャンスに出会えなければ、やがて胚子は母体の栄養として再吸収されてしまうが、うまく捕食にこぎつければあんなふうに子を放流する」

上昇気流に乗ってカーマインから分離したマリンブルーの幼体群は、生まれつき備えている電荷操作能を練習するように膨張収縮を繰り返した。それから、まだ未熟さを感じさせる形状変化で帆のように風を受け、自らを産んだ親から巣立っていく。あれらのうち、成熟して本来のカーマインを帯びるようになるのはほんの一割ほどだろう。幼体群が成体群を捕食するのはほとんど不可能だから、同じような日齢の群れに運よく遭遇しない限り、自分たちを食い合うしかない。

共食いをし、空の色の版図を塗り替える競争に終始する、漂流生物。地球《テラ》にはまったく類のない生態が、変わった嗜好の人間たちを吸い寄せる。わたしにしても、そいつに魅入られた口だ。目的も意思も持ち合わせていないくせに、ときに込み入った情緒を感じさせる〈彩雲〉の美に、わたしは常に惹かれ続けていた。

「ねえ、いま何か光った。あそこ」

もの思いにふけるわたしを、エミルの早口の叫びが現実に引き戻す。振り向くと、エミルは細い腕を伸ばして前方右方向を指さしていた。

わたしは目を細める。五キロほど向こうの空で二色の〈彩雲〉の群れが渦巻き、その下の地平線に黒い塊が広がっていた。黒は一帯を覆う苔のようにも見えるが、もっとずっと大規模なものだと知っている。

〈彩雲〉と黒のあいだの薄い空に、一瞬のきらめきが走った。

「あれは〈誘雷樹〉の林だ。ちょうど〈雲〉から放電しているところだ。あれには近づかないほうがいい。特に〈雲〉が周りにいるときにはな」

「なんの林？」エミルは首を伸ばさんばかりに右のほうを凝視している。わたしはその方向の電位差が大きく広がっていないことを確認して、そのままバギーを進めた。

そのとき、遠くからかすかな唸りが聞こえてきた。エンジンのような周期音。地面を揺さぶる鳴動。それもいくつも重なって。

低周波で方向は特定できなかったが、バックミラーに目をやると、背後のビフレストから巨大トレーラーの集団が出発するところが見えた。地響きを立て、砂煙とともに突き進む大編隊だ。

さっき降り立った訪問者たちに先立ってビフレストに運び込まれ、貨物庫に眠っていたものだろう。あんなものが隠されていたとは。そういえば、二日もあそこで寝泊まりしていながら、わたしは一度も貨物庫を覗いてみなかった。

「ねえ、なんの林って？」

エミルが催促し、わたしにガイドの仕事を思い出させる。ミラーから目を離し、ふたたび林のほうへ視線を向ける。

「〈誘雷樹〉。いいか、簡単に憶えられるから教えておいてやる。この惑星に存在する生物の系統は二つきりだ。ひとつは〈彩雲〉。もうひとつが〈誘雷樹《あれ》〉だ。近寄ってきた〈雲〉の放電を誘発し、そのエネルギーを利用して生きている」

エミルの目が輝き、興味がそちらに移りはじめたのがわかった。いたずらっぽい期待した目でわたしを見てくる。これまでの短いやりとりから、わたしが何を言っても、エミルがもっと近寄りたがるのは間違いない気がした。都合のいいことに、いま林の上空に垂れ込めている〈雲〉は、〈誘雷樹〉のもとでは比較的おとなしい色種だった。

右にハンドルを切り、林を真正面に据えてバギーを進ませる。後部座席から双眼鏡を取り出して渡すと、エミルはボタンを探してためつすがめつ眺めだした。

「スイッチはない。それを通して覗いてみろ……向きが反対だ。もっと目に近づけて」

わたしは〈誘雷樹〉の林と〈彩雲〉とを交互に見比べながら走り、経験と感覚が警告を告げてくるのを待った。近づくうちにも〈彩雲〉と〈誘雷樹〉のあいだで何度か閃光が走り、そのたび細く長い枝が赤熱して消えた。

いちばん近い樹から五百メートルのところでふたたび左に舵を切り、黒々とした林の縁と平行に走らせる。この距離を隔てて樹と〈彩雲〉が稲妻を飛ばし合うことはありえないが、放電により制御を失った〈彩雲〉がふらふら流れてくることはあるかもしれない。その可能性を考えると、ここが限界線だった。

「表面がきらきらしてる、幹の」双眼鏡の使い方を習得したエミルがつぶやく。

「鉄とアルミニウムさ。〈誘雷樹〉が育つのは大規模なボーキサイト鉱床だけだ。根で鉱物を吸い、幹で金属を電解製錬して、幹から伸びるワイヤー枝の原料にしているんだ」

林は比較的大規模なもので、どの〈誘雷樹〉も、直立する黒い主幹から四方八方へ、数百本の細長い枝を伸ばしていた。それぞれの枝の先端には水素の詰まった袋が繋がっていて、十数メートルにおよぶ導線を緩やかな懸垂曲線で吊っている。風ですべての枝が一方向に流されてしまわないのは、水素袋自体がわずかに帯電し、互いに反発しあっているからだ。この電荷操作能力は明らかに、〈彩雲〉と〈誘雷樹〉の遠い共通祖先から受け継がれたものだった。

「〈雲〉は〈誘雷樹〉の電場を感じると回避行動を取るが、いつでも避けられるわけじゃない。風に乗ってうかつな〈雲〉が近づいていくと、アースされたワイヤー枝が〈雲〉の電荷のバランスを崩し、放電させる。雷撃を受けたワイヤーは一瞬で蒸発してしまうが、新しい枝を製錬してもお釣りが来るだけの電力を蓄えることができる」

エミルは窓から身を乗り出すようにして空を探索していた。うかつな〈雲〉がいないかと目をこらしているふうだったが、いま〈誘雷樹〉の風上はぽっかりと空いた青空だ。もちろん、そうでなかったらわたしはここまでバギーを近づけてはいない。わたしは林の縁をしばらく横目にした後、元の針路に戻った。

「あれは何なの？」しばらくしてエミルは、双眼鏡から目を離さず言った。その視線を追って、空を流れる〈彩雲〉のほうを向いたが、特にいつもと違うものは見えない。

「どれだ？」

「こっちじゃなくて、後ろのトレーラー。何がはじまるの？」

「ああ……さあな。どうせ大したことじゃない」

「その割には、さっきから気になってるみたいだけど」

「いいから、黙って景色を見てろ」

「なんだよ、見てるし」エミルはぶつくさ文句を言いながら視線を逸らした。

もちろん、トレーラーならずっと気になっていた。わたしの聴覚をひっきりなしに刺激するというだけでなく、心理的にもだ。ひと連なりになった巨大トレーラー群は、バックミラーの中で砂を巻き上げながらしだいに大きくなってきた。おおよそわたしと同じ方角を目指しているようだが、だとすれば、少なくとも採掘ではなさそうだ――ビフレストのこちら側で採れるのはありふれた雲母ばかりで、平野を丸ごと露天掘りしても採算が合わないだろうから。

「フランコはこの仕事、長いの？」黙っているエミルの努力は、ものの数秒で投げ捨てられた。

「おれはそれほど古株じゃない。この星の暦で七年ってところだ」

「じゃあさ、〈彩雲〉に周りじゅうを囲まれたことはある？　遠くから見るよりずっとすごいっていうよ」

「その手の噂はいくらでも聞くが、当てにはならない。そんなガイドをするやつはいないからな。危険を冒して〈雲〉に近づくほど、素晴らしいものが見えると思いたいのさ」

恐怖が美を引き出すというモルネ・ウィラの理論によれば、あながち間違っているともいえないのかもしれないが。それでも、リスクに釣り合うほどではないのは確実だ。

「でもさ――」

「待て。あとで聞く」

ずっと続いている地鳴りじみた唸りが、加速度的にボリュームを増しつつあった。後頭部の皮膚が熱風に当てられたようにひりひりと痛む。電荷の急勾配。振り返ると、猛スピードで接近するトレーラーの先頭はわずか五百メートル後ろまで迫っていて、その鋼鉄の車体に取りつけられているものがたやすく見てとれた。

「離れるぞ。つかまっていろ」

バギーを大きく左に逸らせ、重装車の動線から九十度針路をずらす。一瞬だけ目を移すと、トレーラーがとおってきた線上にかかる〈彩雲〉が異常な動きをしていた。吹き飛ばされ、巻き上がり、散り散りになる。

わたしは空を見るのをやめ、前方の地形と皮膚感覚だけに集中した。蹴りつけるようにアクセルを踏む。にわかに、周りのいたるところで電荷の集中と拡散が起こり、目に見えない小規模な放電がそれに続いた。

「なんでそんなに急ぐのさ？」

「しゃべるな。舌を嚙む。〈雲〉から逃げるんだ」

前方で急に電荷が膨れ上がり、わたしはもう一度ハンドルを大きく切った。バギーが地面の隆起に乗り上げ、大きくバウンドする。

「でも、あんなにゆっくりなのに」エミルはシートベルトにしがみつきながら言う。

「そう見えるなら間違いだ。〈雲〉はこのバギーと同じくらいの速さで動いている。普段は群れの電荷の統率が取れているから、動きを予測して簡単に近づいたり離れたりできるが、いまは違う。電荷がかき乱されていて、どう動くかわからない」

〈彩雲〉の中での電荷の移動は速い。〈彩雲〉粒子それ自体よりもはるかに。トレーラーの先頭車を起点とする電位変化の波は、瞬く間に空を伝播していた。周囲には、正電位に突出した空間と負電位に突出した空間がいくつも生まれている。そうした領域に潜り込むのは自殺行為だ。制御できない電子の氾濫が、いつ自分の体を通過点に選んでもおかしくない。

しかし、正電位の山脈から負電位の海溝へ滑り降りるあいだには必ず、海岸線に当たる零電位の細道が存在する。わたしは〝電位地図〟を全身で見定め、波打ち際のように刻一刻と変化する安全圏をたどってバギーを走らせた。

荒れ狂う〈彩雲〉から十分離れ、電位のうねりが凪《な》ぐまでに四キロほど進んだ。そこでやっとスピードを緩め、後ろを振り返る。直径十キロにわたってかき混ぜられた〈彩雲〉が、虹色のマーブル模様を呈していた。わずかな指向性を持った筋雲のパターンが、もはや見えなくなったトレーラー群の行き先をぼんやりと指し示している。

「すごい！　彗星のしっぽみたい」

エミルは興奮して空を振り仰ぎ、こちらを振り返る。

わたしがその顔から目を離せずにいると、少年は怪訝そうに眉をひそめた。

「何さ？」

「おまえ……血が」

エミルの右のこめかみのあたりに五センチほどの切り傷が開き、血が防塵マスクの縁まで伝っていた。わたしの視線に気づいたエミルは傷に手を触れ、そこについた血を眺めると、小さな笑いを漏らす。

「さっきバウンドしたときかも。大して痛くないから」

「すまなかった。後ろにタオルがあるから押さえておけ。すぐヒュッテに着くから、それまで我慢してくれ」

「だいじょうぶだってば。それより」エミルは後ろを振り返った。トレーラーが向かった方向を指さす。「いったいなんだったの？」

わたしは地形を再確認して第一ヒュッテまでの道のりに乗せると、小さく息をつく。エミルの質問に答えようと思考をまとめるうち、さっきまでは感じなかった、言いようのない怒りが湧き上がってくる。

「避雷用の電場操作ロッドがトレーラーの先頭車につけられていた。頭上の〈雲〉の電荷を能動的に中和して、落雷しにくい空間を作るんだ。ただ、その恩恵を受けるのはごく狭い範囲だけだ。すぐ外側ではさっきのように、いたずらに〈雲〉を擾乱《じょうらん》しているからな。適度な強さで使えば問題ないんだが、あんなふうに無制御で使われては、周りにとってはいい迷惑さ」

緊急避難以外の目的で、避雷ロッドを最大出力で使用するのは、この惑星では全方位へのあからさまな敵対行為に当たる。が、利用についての暗黙のルールはあっても、強制力のある規律はなかった。

新参の開発業者たちが自発的に、わたしを客もろとも殺そうとするというのはさすがに考えにくいことだ。とはいえ、彼らの雇い主――ガイドのカルテル連中――はあるいは、本来彼らに伝えておくべき物騒な道具の注意点をあえて伏せたかもしれない。それで被害を受けるのがわたし一人だけと知っていたら。

わたしはエミルの表情をちらと覗き込んだ。年端《としは》もいかぬ少年の、不安と恐怖を和らげてやるつもりで。

だが、そこに浮かんでいたのは無邪気な驚きと、期待に似た歓びだけだった。

エミルの傷は広かったが深くはなかったので、ヒュッテに着くころには血も止まっていた。専用の医療設備を使うまでもなく、バギーを安全に停められさえすれば十分手当てできた。

「トレーラーどもだがな、イリス平野で停まったようだ。衛星画像を見れば一発よ」

ルシュは指についた癒着軟膏をぼろ布でぬぐうと、D紙をわたしに突き出した。大陸全域を表示したリアルタイムの映像は、トレーラーによってシェイクされた〈彩雲〉の断層を示している。ビフレストから一直線に伸びる針状の軌跡が、イリス平野の中央部で唐突に途切れていた。

「広さがあるから〈雲〉の追跡には向いた場所だが……開発するにはビフレストから離れすぎじゃないか？」

「まだ疑ってんのか？　やつら、本当に大きなことをはじめる気だぞ。あそこに腰を落ち着けて、何かでかいものを作るつもりだ」

ルシュは腰に手を当て、こちらに意味ありげな目線を向けてきた。わたしが彼の忠告を真に受けなかったのをまだ根に持っているようだ。とはいえルシュ自身、これから何が起きるかを知っているわけではないのだ。

「そのぼうやを家に帰したほうがいいんじゃないのか」そう言ってエミルのほうへ顎をしゃくる。「おまえと一緒にいると巻き添えを食わせちまうかもしれんぞ。一人ならともかく、子供を連れていてはおまえも逃げ遅れるだろう」

「やつらはおれを殺そうとしたんだろうか」

「知らねえよ。さすがにそんなことはしないと思うがな。そこまで馬鹿じゃあるまい」

「どうだかな」

「なんかフランコって嫌われてるんだねえ」

少年は面白そうにくすくすと笑った。この状況においてはあまり他人事ではないのだが。

ルシュは空の水タンクに腰かけて説明をはじめる。

「他のガイド連中は機械に頼らざるを得ないが、それにも限度があるからな、特にこの星では。電場の検知は本来、時間的にも空間的にもたくさんのサンプルを取ってやらなきゃならんが、フランコが体ひとつでやってることを機械でやろうとすると、電磁波遮蔽も込みでバギーの助手席と後ろを埋めるくらいの大きさになっちまう」

「なら大きくすればいいじゃん」

「客を乗せられるくらいでかい車体にしたところで、雷を検知するばかりで逃げられなけりゃ意味がない。だから、精度の悪い予測で我慢して、〈雲〉を遠巻きに眺めるしかないんだ。やつら、最初から分が悪い勝負をしているのさ。そのうえ」とわたしを指さす。

「こいつはかわいげがないときてる」

「たしかに」エミルは真面目くさった顔で相槌を打つ。「でも、だったら他の人たちも同じ改変を受ければいいのにね？　この星では役に立つんでしょ」

そうしてこちらを振り向いたが、わたしはそれに合わせてそっぽを向いた。何やら気に入らない方向に話が向かっていきそうだ。

無視されたエミルを見かねてルシュが助け舟を出す。

「同じ改変ってのはそう簡単な話じゃねえ。こいつのは〝外交官〟専用の改変だからな。そうとう金がかかってる。こう見えて、こいつは《ソロモン》公認の外交官だったんだ。といっても、おまえさんの歳じゃわからないだろうが」

「外交官って、誰と外交するの」

「異種族とさ。太陽系人類《ソラリアン》以外の知性を持つ種族と対話するのがこいつの仕事だった。なんでもいいから異種族を見たことは？」

「あるよ。〈ホイッスル〉だっけ。映像だけだけど。え、〈ホイッスル〉と話せるの？」

またこちらを振り返ってくる。わたしは答えず、壁際に離れて棚から補充の医薬品を物色する。もちろん話せるとも。他の何者とでもな。だったらなんだというんだ？

誰もそんなことを望んではいない。だからわたしはここにいる。

わたしが話に乗らないので、ルシュは一拍置いてから続けた。

「その映像の中の〈ホイッスル〉は自分たちの言葉でしゃべっていたかね？　息切れしているみたいに途切れ途切れにしか聞こえなかったんじゃないか？」

「そう、だったかも」

「それは奴《やっこ》さんたちが超音波も使って話すからだ。太陽系人類の可聴範囲なんて気にしちゃくれないからな。外交官はそいつも聞き取らなくちゃならないわけだ。〈ホイッスル〉なんて音波を使うだけまだかわいいほうで、赤外線の反射率とか、磁束密度の変化でしか話せない種族もいる。普通の人間の感覚じゃあまるでお話にならんというわけさ。電磁波、音波、匂い、電場に磁場。外交官はそういうものに対する広い知覚を持っていなきゃならん」

「へえ、その外交官が、なんでこんなとこでガイドやってるわけ」

「なあ、もういいかな。話を戻したいんだが」わたしはたまらず口を挟む。〈彩雲〉の鮮やかさが、無性に恋しくなっていた。

「戻すって？」

「おまえを帰すかどうかの話だ。ルシュが言ったとおり、これから起きることによっては巻き添えを食うかもしれない。いつ状況が変わるかわからん」

「その場合、着手金は返ってこないんじゃないの」

「当たり前だ。着手金とはそういうものだ」

「じゃあ嫌だよ。最後までガイドを続けて」エミルはそっけなく答えた。

「勘違いするな。おまえが決めることじゃない。おれが危険と判断した場合はいつでもガイドを中止できる契約だ」

「そんなの形だけだろ。他のガイドが近づけないところまで行くのがあんたの売りなんでしょ」

そう言って自分のD紙をひらひらして見せる。その広告にはたしか、顧客満足度が云々といった宣伝文句が掲げられていたはずで、あいにくまだ消えてはいなかった。

「これまでとは話が違うんだ。自然だけじゃなく、人間のやることが関わってくる。わかるか？　何が起こるか予測できない。経験が役に立つわけじゃない」

「そんなの関係ないね。このガイドを中止したら、世界じゅうに言いふらしてやるから。評判を落としてやる。それでもいいの？」

わたしはエミルに向き直る。世間知らずの子供を諭《さと》す大人という構図を崩したくはなかったが、頭に血が上っていた。これだから子供は嫌いだ。ここに来るまでに少しは打ち解けたと思っていたのに、わたしを脅すような真似をするとは。

「思い上がるなよ。そんなことでおれがおまえのわがままを聞くとでも思ったか？　おまえがどこで何をわめこうと、おれにはなんの影響もない」

それは事実だった。もとよりわたしの評判は、ガイドカルテルによる虚実入り混じった悪口で埋め尽くされている。いまさら一人分が増えたところで何が変わるものでもない。

「だったら訴えてやる。この星じゃなく、ぼくのコロニーの法律でだよ」

「勝手にしろ。契約は完全だ。おまえに勝ち目はないぞ」

これも事実。エミルは保護者の同意書を持っていたし、それが偽物だったとしても契約上の瑕疵はない。別に着手金など返してやってもいいのだが、こちらに非がない以上、引き下がるつもりはなかった。

「二人とも落ち着けって。フランコ、何もいますぐ帰そうってわけじゃないんだろう。ちゃんと説明してやれ。なあぼうや、こいつの感覚と判断はいちおうは正確なんだ。こいつがガイドを中止するときってのは、本当に命が危ないときなのさ」

ルシュがあいだに立っていなかったら、とっくにわたしたちの仲は契約とともに決裂していただろう。エミルは意固地になっていたし、わたしはわたしで理詰めで諭す気にはなれなかった。

しまいにルシュ一人でエミルを説得するようになり、わたしはうんざりして寝室に向かった。ドアを閉めるとき、エミルがわたしの背中に甲高い声を投げた。

「絶対に、何があってもガイドを続けてもらうから！」

それからの数日、わたしたちのあいだの空気は深刻なまでに険悪だった。質問もなし、蘊蓄《うんちく》もなし。わたしが空を見上げ、ターゲットを決めて近づき、エミルはそれを見る。たまにエミルが特定の〈彩雲〉を無言で指さすと、わたしはその速度を目算し、回り込んで並走する。空を棲《す》み処《か》とする〈彩雲〉は、地域によって特有の相を見せるようなことはない。会話がなければ二日ともたずに飽きが来る過程を、エミルは頑《かたく》なに繰り返させた。もしかしたらわたしに対する嫌がらせのつもりだったのかもしれないが、だとしたら見当外れもいいところだ。

　会話がないのだから、持て余した時間を観察に向けるしかない。クライアントの詮索は常に不毛なものだが、それにしてもエミルには不審な点が多かった。なぜ幼年者が保護者のつき添いもなく、こんな僻地の〈ゲート〉まで旅してきたのか？　ほとんど知識も仕入れていないくせに、なんのために二十四日もの旅程を計画したのか？　それに、エミルのふるまいから匂ってくる微妙な違和感。どこか誇張された無邪気さと無謀さ。駄々をこねるでも泣きわめくでもない、冷静にコントロールされた怒り。

　とはいえそれは、わたしが幼年者に接し慣れていないというだけかもしれないが。いずれにせよ、わたし自身も不機嫌ではあったたし、やかましい声を聞かずに済むのは願ったりだった。

　九日目にとうとうエミルがしゃべりかけてきた。先にわたしに態度を和らげさせるのは無理と見切りをつけたか、あるいは単に意地の張り合いに興味をなくしたか。干上がった塩湖の底からほとりに乗り上げたとき、おもむろに少年は地平線の一画を指さした。

「あっちに行きたい」

　指の向かう先を見るまでもなかった。そちらはわたしが常に電気的感覚によって意識している方角だったからだ。

「またあのときの悶着を繰り返したいのか？　あえて命令するというなら、おれは中止の権利を——」

「近づくだけでいいから。いつでも逃げ切れると思えるところまで。少しは折れてくれてもいいだろ」

ぶっきらぼうにエミルは言い放つ。口論を予期していたわたしは気勢を削がれた。しおらしさを演出しているに違いないが、いったい何を企んでいるのだ？

とはいえ……安全を減じない限りで客の意向に従うことは当然契約に含まれているから、実のところエミルのこの申し出はまったく正当で、しりぞける理由のないものだ。正直をいえばわたし自身はイリス平野には少しも近づきたくなかったのだが、その理由の半分以上は危険ともエミルとも関係ない個人的な感情によっていた。

わたしは何日ぶりかにその方角に目を向ける。

イリス平野の空はすっかり秩序を失っていた。そのあたりの〈彩雲〉は、空間に突如出現した定常的な電場にもてあそばれ、妙に密集したり散らばったり、多色の群れが混合したりと、混沌とした様相を呈している。

平野に分散したトレーラーが相変わらず避雷ロッドを稼働させていて、自然な〈彩雲〉の動きを阻害しているのだ。一度、遠く離れた高台に上がった際にエミルの目を盗んで眺めてみたときは、距離がありすぎて何が起きているのかよくわからなかった。少なくとも、大規模な採掘設備は持ち込んでいないようだったが。

　卓越風の風上を取るため、半日を費やして平野全体を迂回した。このあたりでは地面は粘土質に変わり、〈誘雷樹〉も生えていない。〈彩雲〉は鱗雲のように分断されて空を浮遊していた。

　いままで見たことのない光景だ。これほど小さな群れでも生存上の機能を保てるのだろうか？　明らかにそうした〈彩雲〉は、電荷を操る能力を失っているのだ。

　迂回した理由は風向きだけではなかった。平野のこちら側には第三ヒュッテがあり、そこはわたしが大雑把に危険地帯と考える領域のすぐ外側に位置していた。いざとなればそこを避難所にできるだろう――あまり気は進まないが。

　わたしは慎重にバギーを進めた。ヒュッテに近づくほど、空を流れる〈彩雲〉はますます自然には取らないような形に崩れていく。それは巨人に引きちぎられた首や手足のようで、互いに触れ合うほど接近してもなんの攻撃も防御反応も示さないことがしばしばあった。おかげで放電を食らう危険を遠ざけておけるというものだが、わたしは毒を流され魚が浮かぶ川を遡上《そじょう》しているような気分になっていた。〝存在のヒエラルキー〟第二位に対する明確な侵害だ。まさかガイド連中がこんな真似に踏み切るとは。〈彩雲〉を駆逐して、ガイド事業自体をぶち壊すのがやつらの望みだろうか？　あまり建設的なやりかたとはいえないようだが。

それでもエミルは、不格好な〈彩雲〉の珍しさに心を奪われているようだった。

イリス平野全域に展開しているトレーラー群はわたしにとって、常に自分の位置情報を発信し続けるビーコンのようなものだったから、何台がいまどこにいるかも、どんな動きをしているかもずっと前から把握していた。いちばん近くのトレーラーは二十キロほど先にあって、ある一点を中心として螺旋状にじりじりと荒野を徘徊しているようだった。なんらかの測量か観測をしているのか？　トレーラーの方向からは、四百メガヘルツの汎用無線電波しか出ていなかったが。

やがて、第三ヒュッテが見えてきた。氷山のように一部だけが地上に突き出したシェルターには安心感を覚えたが、空模様にはまだ余裕があり、すぐに逃げ込む必要は感じられない。わたしはガレージのシャッター前を避けるようにヒュッテを通り過ぎた。

平野の中心部へさらに近づいていくと、地平線に低い構造物が現れた。ぎざぎざしたシルエットで、全体としては白っぽく見え、わずかに光を反射している。わたしは双眼鏡を覗き——よく勘違いされるが、わたしの視力が普通の人より特別優れているわけではない——トレーラーではありえないその建築を観察した。

高さ五メートルほどの、アンテナのような無数の尖塔と、そのあいだに張り巡らされたワイヤー。手前にはトレーラーも見える。すぐ脇に小型のクレーンとボーリングマシンが並んでいて、どうやら塔とワイヤーは、トレーラーから次々生み出され、その軌道上に残されていったものらしい。その建造物は電磁気的に中性だったから、遠くからわたしに知覚されることがなかったのだ。

しばらくのあいだ、わたしはハンドルから両手を離したまま双眼鏡を握っていた。尖塔群を馬鹿みたいに眺めながら近づき——ふいにその正体が意識に浮かんできて、バギーを急停止させた。シートベルトに締めつけられたエミルが不審げにこちらをうかがう。

変化はたたみかけるようにやってきた。

はじめに、トレーラーが生み出していた電場が一瞬で消失した。張り詰めた張力がひと息に解け、険しい渓谷のように切り立っていた電位地図がほとんど平坦になる。短い電気的静寂。

それからすぐ、空電のようなノイズと唸りがわたしの網膜を、鼓膜を、真皮《しんぴ》を刺激した。さっきまでよりはるかに弱く、穏やかな電場がほとばしり、速やかに新しい平衡状態へと遷移する。反応的な変動をともなう場の界面が瞬く間にわたしの体を通り過ぎ、それまでの千倍の範囲に広がった。

穏やかな風がひと筋、バギーのフレームを吹き抜け、それきり静まった。

わたしはエンジンを吹かし、感覚を研ぎ澄まして次の変化を待ち構える。

何が起きたのか？　避雷ロッドの不調か、メンテナンスか。しかし、暴力的な張力と入れ替わりに現れた新しい電場は、トレーラーではなく、それが作ったばかりのワイヤー網から発せられているようだ。これがワイヤーの本来の機能なのか？

一分ほど待ってみたが、新しい変化は起きなかった。周囲はほとんど常態に復したように——トレーラーが乗り込んでくる前に戻ったように見える。こうなることを予想していたわけではないが、わたしは必要以上に慎重に針路を選んでいたから、周囲十キロ以内に大きな〈彩雲〉はいなかったし、いまの電位地図書き換えによってわたしたちのほうに近づこうとしているものもひとつとしてなかった。

当面の危険はない。このまま進んでも問題はないだろう。とはいえ、これを引き起こした何者かが気まぐれに元の環境に戻すことも十分考えられる。

わたしはその場で転回し、第三ヒュッテへと引き返すことにした。エミルも素直に従った。気がつくと、電場源がトレーラーからワイヤーに切り替わったのはすぐ近くのひと組だけではなくて、平野全体で同じことが起きているようだ。〈彩雲〉を問答無用で引きちぎる腕はもはやなくなった。代わりに薄く、ほとんど知覚に上らないような電場が空気を満たし、震えていた。

第三ヒュッテのガレージは車両で埋め尽くされていた。多くのガイド業者がここに集まっているようだ。無造作に停められたバギーの中には、不用心にも点火キーが刺さったままのものもある。しかし、あわてて避難してきたというわけでもなさそうだ。階下にいるガイド連中は、この変動すべてを把握しているだろう。彼らと顔を合わせるのは拷問のようなものだが、エミルが当然のようにエレベーターへと歩いていくのを止めるわけにもいかなかった。

地下一階のホールに入るなり、数十の視線がいっせいにこちらに集まった。

一瞬の沈黙。ざわめき、引きつるような高笑いがひとつ響く。それを合図にしたように、おしゃべりが再開された。にやにや笑いがあちこちから向けられ、小声のあざけりがわたしの耳に正確に届く。

荷物を置くため手前のテーブルに近づくと、二つ隣の席に座っていた男が絡んできた。

「いまさら何しに来た？　何が起きたか気になるか？　それともとうとう観念したか？　仕事がなくなっちまうもんなあ」

わたしはそれを無視した。部屋じゅうから発散されている気後れのない敵意としたり顔が、地上で起きていることについてのわたしの推測を、強く裏打ちしていた。

ホールの片隅のモニターに、イリス平野の〈彩雲〉の分布が映し出されていた。まだ

〈彩雲〉はさっきまでの暴力的な張力から完全に立ち直ってはいないものの、徐々に本来の群れの大きさと色を取り戻しつつある。

ワイヤー網は人工的な〈誘雷樹〉なのだ。それも、本家よりずっと洗練された。トレーラーの避雷ロッドは、周囲の電位を強制的に零《アース》近くまで押し下げ、あるいは引き上げることができる。いわば力まかせの抑圧だ。安全を確保するが、肝心の〈彩雲〉を引き裂き、ばらばらにしてしまう。それでは意味がない。

だからきっとこのワイヤー網は、もっと精妙な働きをしているに違いない。空間の電位配置を監視し続け、その傾斜がきつくなりすぎると――破局的な放電へと滑り落ちる限界勾配に近づくと、電荷を少しだけ中和するのだ。

それは〈彩雲〉に小さな電荷を与えたり奪ったりすることにほかならず、〈誘雷樹〉がやっていることと部分的には同じだった。〈誘雷樹〉も、制御された勾配で電荷をゆっくりと蓄えることがもしできれば、枝を再度生やすコストを省けるのだが、〈彩雲〉のすばやい電気的応答に追随しきれず、最後には放電を起こしてしまう。

だが、ワイヤー網はそうではない。普段は〈彩雲〉の自由な動きを阻害することなくセンサーとして働き、危険なほど増長したものだけをやんわりと押し返すのだ。

賢いやり方といえた。観光客とガイドは落雷の危険を免れるし、〈彩雲〉のふるまいを大きく歪めて絶景にノイズを乗せることもない。大陸じゅうをカバーするようになれば、不便な移動の手間や時間管理もいらなくなるだろう。〈彩雲〉にしても自然のままの生態を保てるから、惑星原住生物への干渉を禁ずる憲章にも抵触しない――少なくとも、あからさまな形では。

　わたし以外の全員にとって都合がいいというわけだ。わたしが、他のガイドを出し抜くことができなくなるから。三倍の金を払わずとも、機器や能力に関係なく誰もが同じ景色を、等しく安全な場所から見られるようになるだろう。

「これでおまえも終わりだ、エスパーよ。〈彩雲〉から逃げ回らなくても、雷に打たれるやつは金輪際いなくなるんだからな。ぼうず、いまからでも遅くないぞ。こいつについていくのなんかやめちまえ。でないと最後の荒稼ぎに引っかかっちまうぞ」

　男は気が大きくなったのか、わたし越しにエミルにまで話しかけはじめた。マナー違反も甚《はなは》だしいが、エミルのことは子供と思って軽視しているのだろうし、わたしに対しては言わずもがなだ。

　エミルは知らない人間に話しかけられて当惑したのか――あるいは何かに怒ったか、わたしと行動していることを恥ずかしく思ったか――顔の温度を少し上げた。

「そうかもね。できたら、この人との契約は破棄して、あなたたちにガイドをお願いしたいんだけど」

ホールじゅうが爆発したかのように沸き上がった。周りのガイドたちがエミルのそばに集まり、背中を嬉しそうに叩く。口々に名前を聞き、藍色の髪をくしゃくしゃとかき回した。そのうち肩に手を置いて、保護者然とした空気を出しはじめた。

「聞こえたか？　エスパー。破棄したいとよ。金をむしれなくて残念だったな」

「フランコ、いいね？　着手金なら返さないでいいからさ」ガイドたちに囲まれたエミルは無表情で言い放つ。

わたしは腕を組んで小さくため息をつく。どうやら、このホールの全員がわたしに敵対しているようだ。特段珍しいことではなかったが。

「何があってもガイドを続けさせるんじゃなかったのか？」

「気が変わったんだ。あんたといてもつまらないってわかったからね」そこここで忍び笑いが漏れる。

わたしはエミルの澄まし顔をまじまじと眺めると、肩をすくめてふたたび息をついた。

「勝手にしろ」

またもや歓声が上がる。口論をするには多勢に無勢だったし、別に金にこだわっているわけでもなかった。本音をいえば、ここから出ていく口実ができて安堵してもいた。だいいち、こいつらはわたしを殺そうとしていたに違いないのだ。ひと晩も一緒にすごしたら、いずれどちらかから手が出ていただろう。

　もともと補給目的ではなかったから、ほとんど腰を下ろすこともなく、嘲笑に見送られてホールを後にした。わたしはガレージでバギーを手早く整備すると、ワイヤー網のこそばゆい作用下にある荒野へ進み出た。

〈白《アルバ》〉が地平線に沈む前に別のヒュッテに逃げ込む時間は十分あったが、そうはしなかった。代わりにわたしは第三ヒュッテの周りをうろうろと巡り、やがて二キロほど離れた丘のふもとに大きな一枚岩を見つけた。大岩は大部分が地中に埋まっているが、地上部分の高さは二メートル以上ある。

　わたしはバギーを停め、背部トランクからワックス爆薬を運び出した。緑色の脂っぽい塊を三百グラムほどちぎり取り、信管を刺して、岩から三メートルほど離れた地面に埋める。それから岩の反対側に回り、さらに百メートルほど離れると、何重もの安全装置を解除し、スイッチを押し込んだ。

　低周波の爆発音が轟《とどろ》き、岩の向こうに土煙が上がる。やがて風に乗ってぱらぱらと砂が降ってきた。

岩のそばに戻ると、バギーがすっぽり収まる大きさの穴が開いていた。周りの土を広く吹き飛ばしているから、バギーに乗ったまま底へ降りていける。ガイドがへまをして〈彩雲〉に囲まれたり、日没までにヒュッテに戻れなかったりした場合に、雷を逃れるための即席の避難所だ。ヒュッテほど確実な安全が保障されるわけではもちろんないが、バギーごと入って、なおかつ高い岩などが近くにあれば、十分なシェルターになる。土中に車高の半分ほどが収まると、視野の中央に、亀の甲羅にも似た第三ヒュッテが小さく見えた。双眼鏡を使えば十分よく見える距離だ。

まもなく日が沈む。平野の向こうの山地から影が伸びてきて、いつとも知れずわたしの頭上を通過していった。〈白《アルバ》〉に横から照らされた高い〈彩雲〉は明から暗のグラデーションを空に並べていて、伝統水彩画のパレットを思わせる。暗くなっていく背景に火をつけるかのように、地面が影に落ちても〈彩雲〉だけが最後まで色を失わずにいた。

夜は敵だった。太陽が沈むと、〈彩雲〉は光を浴びることができないから、動きが鈍くなる。風に対抗して針路を制御することができず、そのぶんだけ不慮の縄張り侵犯が増え、放電も制御できなくなる。人間のほうも、暗くなれば〈彩雲〉を見ることができないから、楽しくもないし、いつ執行されるかわからない死刑を待っているようなものだ。だから、ガイドたちは日が落ちるずっと前にヒュッテへと逃げ帰る。わたしにしてもそうだった。

粘る時間の差はあるにせよ。

数百メートル左側で、ワイヤー網は鈍色《にびいろ》の木立のようにたたずんでいる。それがおよぼす影響はもちろんこの場所にも届いていて、夜でも正しく機能した。普通ならそろそろ各地で無制御放電がはじまる頃合いだが、わたしの電気感覚は警告のはるか手前の緊張すら訴えなかった。いまここでバギーを降り、穴から這い出したとしても、なんの危険も感じないだろう。

実際、カルテル連中は大したものだ。〈彩雲〉を手なずけ、夜を手なずけた。これまで見ることのできなかった〈彩雲〉の、時間帯で変わる様相が、知る人ぞ知る絶景ではなくなる。この惑星は、一度に二つのセールスポイントを得たというわけだ。

一人きりになると、〈緑《フルン》〉の大地の静けさとわびしさが、わたしの内にも染み入ってくる。言いようのないフラストレーションが、無防備な心を苛《さいな》んだ。

わたしは仕事を失うだろう。一度ならず二度までも。たとえ続けられたとしても、ずいぶん嫌な思いをすることになる。愉快ではないだろう、カルテル連中に見下されながら、細々とやっていくのは。

窓の外を見上げると、すぐ近くにはぐれ〈彩雲〉がぽつんと浮かんでいた。擾乱を生き延びた群れだ。真紅の雲底が、上昇気流をつかもうとパンケーキ状に延び広がっている。

それは、ひどく色あせて見えた。

〈彩雲〉が変わったわけではない。その鮮やかさはいままでとなんら変わっていない。ワイヤー網の影響でもない。ただ、自分に嘘をつき通すことはできなかったというだけだ。第一ヒュッテでエミルが口にした話題が、いまなおわたしを感傷に引きずり込んでいた。

なんのことはない、わたしは〈彩雲〉に、自分自身を見ていたのだ。風に吹かれるまま、漂流するように生き、客を争って共食いをし、しかし目的を持たない。

それを美しいと思いたかった。流れに身を委ねるのも、悪くない生き方だと。しかし、わたしが本当に美しいと思っていたのは、〈彩雲〉ではなく――

潮時ということなのだろう。もともと愛着のある星でもなかったのに、たまたまわたしの体の改変仕様がこの仕事に向いていたというだけで、よく七年も続けてこられたものだ。考え方によっては、古参ガイドたちの不興を買ったという点で、向いてさえいなかった。どちらからも歩み寄らず、理解し合わず。元外交官とは思えない体たらくだ。

やがて空に星が出はじめて、わたしはその素朴な光を懐かしく思った。きらびやかな色彩とはほど遠い、漆黒の闇にちりばめられたかすかな輝点。力強さと孤独とを同時に感じさせるコントラスト。

〈彩雲〉の舞台を転換する幕間などではない。まして、稲妻の筆に塗り潰されるキャンバスでもない。夜と星、それこそが美だと、かつてのわたしは思ったのではなかったか。どこかに井戸が隠されているから砂漠が美しいように、知性と文明がどこかに隠されているから、星空は美しいのだ。夜空に見上げる価値があるのは、人類が橋架けし、心を通わせるはずの何かが、そこで待ち受けているからだ。

わたしはそこで必要とされていたはずだった。

星空がかげってきて、記憶から意識が引き離される。〈彩雲〉がゆっくりと集まりはじめていた。可視光領域では黒一色だが、赤外線と電波ではっきりと見える。〈彩雲〉は眠気を誘う鈍い輝きと動きで、わたしを宇宙から切り離すかのように平野に群がった。〈彩雲〉の棲む空は、星を見るには向かないのだ。そう考えると妙に気分が晴れた。

この星を出よう。落ちぶれて、鼻持ちならないガイド連中におもねる前に。

§

目を覚ますと空が白んでいた。飛び起き、あわててバギーの外へ出る。穴を這い上り、ヒュッテに視線を飛ばす。岩をぐるりと回って周囲を見渡したが、特に異常はなかった。〈白《アルバ》〉が地平線から昇ろうとしている。眠るつもりはなかったのだが。

わたしは頭を振ると、穴の縁近くに腰を下ろして頬杖をついた。

さて、どうしたものか。いつまでもここにいるわけにはいかない。周囲の電気的状況は昨晩よりひどく悪化しているというほどではなかったが、この粗末な避難所で無制限の安全を期待するのは、あまりにも幸運とワイヤー網に頼りすぎている。いっぽうで、わたしがここにとどまっている理由のほうは、時間が経つにつれて、曖昧でぼやけたものに変わりつつあった。

肩を落として目線を上げる。空を覆う〈彩雲〉はまだ晴れていなかった。むしろ普段より密集し、平野に巨大な影をいくつも落としている。あらゆる色があらゆる方角から押し寄せているようだ。朝から壮観なものだが、特別珍しいというほどでもない。

とはいえ、そろそろ決断しなければ、もう一日ここで足止めを食うはめになるかもしれなかった。首を巡らせ、最後に視点をヒュッテに落とす。違和感に目を細める。

ガレージが開こうとしている。

わたしは隠れるように穴を滑り降り、バギーに乗り込んだ。顔半分だけを地面から覗かせ、双眼鏡の狙いをつける。エンジンをかけ、平坦な白いシャッターをにらむうち、バギーがそこから進み出てきた。一台きりだ。こちらに向かってくる様子はない。右手方向、ワイヤー網とは反対側へターンしていく。

拡大率を上げると、暴れる視界の端に、きらめく藍色の髪がちらと見えた。が、その近くにあるはずのガイドの顔は見えない。何度か目標を見失ううち、だしぬけにバギー全体が視野に収まった。

エミルは一人きりだった。自分でバギーを運転している。わたしはヒュッテにもう一度目を向けた。シャッターはすでに閉まりかけていて、後続が出てくる気配はない。

もちろん、ガイドたちが客にバギーの運転を許可するわけもない。キーが刺さったままのバギーがガレージにあったことを思い出した。何かの目的でエミルは、ガイドたちを出し抜いたのだ。

アクセルを吹かし、砂煙を上げて穴から飛び出す。〈彩雲〉ははるか地平線から次々と押し寄せ、頭上で渦を巻きはじめている。上空一キロまでの空間にわたり巨大な電位がのしかかっていたが、致命的な勾配はワイヤー網の働きによって地表近くでかき消えていた。

わたしは急いでエミルを追う。あの子供がどうやら、安全圏から出ていくつもりらしいとわかったからだ。ヒュッテで新しい雇用人から、ワイヤー網の原理と、電気的中和がおよぶ範囲について説明を受けたに違いないのだが。

やがて遠くで稲妻が走った。視野が痙攣《けいれん》したように白くひらめき、左右に引き裂かれる。数秒して轟音が鳴り、それを皮切りに空が点滅をはじめる。エミルはまだはるか先を走っていて、このまま行けば、こちらが追いつく前に安全圏を越えてしまうだろう。

エミルはバギーに載っている電場検出器を使っているだろうか？　使っていて、いまはまだ警報音を出していないのをいいことに驀進《ばくしん》しているのかもしれないが、進む先に何が待ち受けているかははっきりわかるはずだ。それなのに、なぜあの子供は止まりもしなければ曲がりもしないのか？　なぜ脇目も振らず、わたしが追いつけないほどの全速力で、死のルーレットが回る地へと向かうのか？　少なくとも、避雷ロッドを載せていないのは間違いない。わたしをここにとどまらせた薄い予感はどうやら当たっていたようだが、かといってエミルの行動の意図がわかるわけではない。

わたしはアクセルをいっそう強く踏み込む。ともすれば減速したくなる衝動を抑えつけるためだ。わたしの全感覚に結びつけられた本能は、すぐに引き返すか、さもなくば減速して観測精度を上げるよう求めていた。

二台の距離が五百メートルを切ったころ、とうとうエミルが安全圏を越えた。わたしは警笛のついていないハンドルを力まかせに殴りつける。本人が気づいているかどうか知らないが、ここから先は、エミルはいつ死んでもおかしくない。瞬きをするあいだに体の半分を炭化させているかもしれないのだ。

諦めが心に重く落ちる。わたしにできることはもうなかった。声は届かないし、手が届くこともない。緊張を解き、アクセルから足を離すかハンドルを切るべきだった。

そうする代わりに運転を自動に切り替え、等速モードにする。空いた両手でルームミラーをねじり、全体重をかけると、乾いた音とともに樹脂製のアームがもげた。窓からミラーを突き出して太陽にかざす。エミルがこちらに気づいていながらあえて無視しているのだとしたら、いくら合図を送ったところで無意味だが。

ミラーの傾きを不器用に変え、そこに意識を集中しようと努める。いつのまにかわたしも安全圏を越えていた。生存欲求を投げ出すのは並大抵のことではない。バギーのフレーム内は比較的安全とはいえ、苦しまずに死ぬチャンスをみすみす逃しているだけかもしれなかった。

　空が光るたび電位地図が塗り替わり、皮膚がそれを精査するより先にふたたび一新される。波に洗われつつある砂城をスケッチしようとするようなものだ。それも、四方八方から迫りくる大波に。わたしは冷や汗をぬぐいながら、その手も震えていることに気づいた。七年のキャリアのうちでも、これほど死に近づいたのははじめてだろう。ガイドに求められるのは危険な電気的袋小路を避ける能力であって、そこから抜け出す能力ではない。突出した〈彩雲〉の電場に入り込むたび、わたしは総毛立って震えた。

しかし、無謀な直進が功を奏した。子供のくせにどこで覚えたのか、エミルの運転は手《マニ》動《ユアル》で、小さな地形の起伏を迂回したり、小刻みにブレーキを踏んだりするから、しだいに距離が詰まってきた。

丸く風化した砂岩が露出する岩石砂漠にさしかかると、さらにエミルのスピードは落ちた。岩場を避けようと針路を緩やかに変えるのを見越して、わたしはカーブの内側を直進する。距離が百メートルほどになったとき、わたしのエンジン音かミラーの反射光か、あるいは単なる気まぐれか、そのどれかがエミルを振り向かせた。

最初エミルはスピードを上げて逃れようとしたが、すぐにこちらに向き直った。わたしのバギーにはごてごてした機器が載っていないから、追っ手が誰なのかシルエットで気づいたようだ。

「何やってるんだよ！」

風に乗って甲高い声が届く。それはこちらの台詞だ。わたしはスピードを落とさずエミルの側面に回り込んだ。ハンドルを大きく回すと、運転モードが手動に切り替わる。そのままの勢いで車体をぶつけ、エミルのバギーを切り立った岩石に押しつけた。

金属のきしむ音が響く。車軸が歪みそうな衝撃があった。二台はもつれ合い、数メートル進んで動かなくなった。内装フレームがまき散らした耐衝撃フォームの、蜘蛛《くも》の巣のような残骸が服にまとわりつく。

「死にたいのかよ！　なんでここにいるの！」運転席でフォームに絡め取られたままエミルが叫ぶ。

「だからこっちの台詞だ。何をしている」

「何してたっていいだろ。フランコとの契約はとっくに解除されてるんだから。あれが冗談だとでも思ってたの？」

　わたしはそれには答えず、窓から腕を伸ばして手振りをした。

「いいから、さっさと中に入れ。ヒュッテで話を聞く」

　落雷の間隔はすでに一秒を切っていた。わたしが平静を保てる限度をとっくに超えている。上空と足元のあいだでひとたび電位差が開きはじめたら、走り出す間もなく電撃が体を貫くだろう。もはや生き残るためにできるのは、〈彩雲〉が目こぼししてくれるよう祈りながら、少しでも早く安全地帯に戻ることだけだ。

　それなのに、エミルは逃げ出した。

　フォームを手でちぎり、岩とわたしのバギーに挟まれた車体を捨て、窓から体を滑らせて外へ出ていった。帰れというようなことをわめきながら、バギーが入れない岩の隙間に駆け込んでいく。わたしはひとしきり毒づくと、ハンドルの下に手を入れ救難ビーコンを作動させた。苦労して外に出て、エミルのバギーでも同じことをする。

それから、湿り気のない嵐の中を駆け出した。

岩場は足元が悪かったが、子供の背丈をすっかり隠してしまうほどではなかった。エミルはずいぶんと先を走っている。こういう場所では子供のよく回る脚のほうが速いし、頭が周りの岩より高く出すぎていないぶん、落雷の恐怖が和らいでいるのだろう。わたしはといえば、フレームに頭上を保護されていないというだけで怖じ気づき、上を見ることもできず、不格好な中腰でそろそろと走っていた。

ごつごつした岩に何度も足を取られる。つんのめって顔を岩肌にしこたま打ちつける。遠くでエミルが振り向くのが見えた。また何かを叫んでいる。前を向き、さっきより速く走り出す。どうも追いつけそうにない。そのうち見失うだろう。

死にたいのかと、エミルはそう言った。やはり、危険を知らずにここまで来たわけではないということだ。まぎれもなく自分の意志で安全圏を出た。欲しがってもいない選択肢を与え、その上で拒否されもした。さらにいえば、すでに契約を破棄されたいま、わたしはエミルになんの責任も負っていない。

なのになぜ、わたしはまだあの子供を追いかけているのか？　生き残る最後のチャンスだったかもしれないのに、それを棒に振ってまで。

やがて本当に見失った。首を回しても、見えるのは折り重なる岩の島々だけ。わたしは立ち止まり、途方に暮れてしゃがみ込む。吐き気を感じながら、絶望と恐怖が心を握りしめるのを振り払えずにいた。

後ろを振り返ると、第三ヒュッテのあたりが真っ暗な影に染まっているのが見えた。電荷を中和し続けているから、稲妻もひらめかない。周りじゅうすべての〈彩雲〉があそこに集まり、積乱雲のように太陽光を分厚く遮っているのだ。

集まっている？

なんなのだ？　集中して積み重なれば、ほとんどの群れは光を受けられず、運動能力を奪われてしまうというのに。なぜ進んで狭い戦場に殺到するのか？　それとも、ワイヤー網が微妙に歪める電場が、蟻地獄のように〈彩雲〉を引きずり込んでいるのか？　だとしたら、カルテル連中の目論見も結局はうまくいかないことになるが。

「戻れって言っただろ！　なんで来るんだよ！」背後から声。エミルが岩棚の上に立っていた。わたしより少し高い目線で、駄々をこねるように顔を歪めている。

「いいから、そこから降りろ。おまえを連れて帰るためだ」

「余計なお世話なんだよ。びびって動けないくせに、かっこつけるなよ」

そのまま背を向けて走り去るかと思ったが、エミルは意外にもわたしのそばに降りてきた。顔の温度が高い。決壊寸前の、正真正銘の怒り。

「いいかげんに――」エミルの叫び声は耳をつんざく破壊音にかき消された。目を傷めるほどの閃光が、遠くの〈彩雲〉と大地のあいだを満たす。わたしは核兵器の火球が間近で炸裂したに違いないと思った。エミルを引き倒して地面に伏せる。肌がちりちりと焼けつくような痛み。続いて、閃光の方角から突風が吹き荒れる。

わたしは目を閉じ、衝撃が過ぎ去るのに何秒かかるかを数えた。まるまる十秒が過ぎても、エネルギーは衰えなかった。恐る恐る目を開ける。全身に火傷を負った気がしていたが、体を見渡すと服も焼けていなかった。掌をかざしてもただれてはいない。強すぎる電気刺激が感覚を飽和させているのだ。

首を回して光の方向を直視すると、さっきまで暗かった場所が白く照らされていた。イリス平野の中心部が、絶え間ない雷撃に晒《さら》されている。

「なんなの?」

「伏せていろ」わたしはエミルが顔を上げたがるのを押さえつけた。蛇のようにとぐろを巻く〈彩雲〉たちは、出会い頭に互いの群れを食い合いながら、でたらめに重なっては崩れていた。

「ヒュッテがやられてる!」エミルはわたしの指の隙間から横目で覗き見ていた。驚きに目を見開いている。「避雷ワイヤーが止まったんだ!」

「いや……そうじゃない。ワイヤーはまだ働き続けている。だが〈雲〉がそれを破壊しているんだ。大挙して押し寄せて、あまりにも速く電位勾配を増大させている。ワイヤー網の中和限界を超えて、空気の絶縁を破ったんだ」

「ワイヤーの能力が足りなかったということ？　業者が手を抜いたとか」

「それもたぶん違う。いままでこれほど〈雲〉が集中したことはなかった。異常なんだ。ワイヤー網それ自体に反応しているとしか思えない」

「でも、そんなことしたって――」

「〈雲〉になんの得もないと思うか？　それが間違いだ。これまでおれたちはずっと思い違いをしてきたんだ。〈雲〉は、〈誘雷樹〉から逃げるのに失敗したから放電してしまうんだと思っていた。望まざる破局なんだと。だが本当はそうじゃなかった。放電には理由があって、やつらには必要なことだったんだ。放電させずに電荷だけを奪うものが現れると、ぶち壊すためにこうやって集まるんだ」

　地球《テラ》上で雷が、不活性な窒素分子を強制的に酸素と結びつけ、植物が利用可能な形に変換しているのと同じように。〈緑《フルン》〉の土中にはアンモニアを生み出す微生物がいないことを考えると、放電による窒素固定は、光合成をする〈彩雲〉にとって生命線と呼べるものなのかもしれなかった。

雷まで含めて、この惑星の完成された生態系なのだ。〈誘雷樹〉がワイヤー網と同じことをしないのは、電荷をすばやく操作できないからではなくて、放電をともなわないとたちまち駆逐されてしまうからに違いない。〈彩雲〉が生存のために獲得した、荒々しい防衛機構の発動によって。

「ヒュッテの人たちは？　どうなってるの」

エミルの声は重く、疑問とは裏腹に、答えを予期しているようでもあった。いかに堅牢なヒュッテといえども、あれほどの雷を受けたら無事では済まないとわかっているのだ。しかし、わたしがわかっているほどではないだろう。拡張されたわたしの耳には、いまこの瞬間にも、第三ヒュッテの方向から絶えず聞こえていた低周波がひとつ、またひとつと静まりつつあるのが捉えられていた。発電機やボイラー、ポンプのたぐいが動作を止めていくのが。

それは、ガイドたちの断末魔の悲鳴に等しかった。

わたしは目を閉じて静かに首を振る。もはやあの場所で呼吸している人間はいないだろう。エミルは小さく息を呑み、体の力を抜く。

いったい何人が？　五十人、あるいは百人？　ワイヤー網を敷設していた開発業者もいたはずだから、もっとだろう。しかしその事実さえ、わたしの心に深く染み通ってはこなかった。

まだ危機が過ぎ去っていないからだ。わたしたちはここで命拾いしたわけではなく、蛇の牙から遠ざかったわけでもない。母船が沈没して漂流するボートのように、死を先延ばしにされているだけだ。事実、荒れ狂うエネルギーの濁流に、わたしたちも投げ込まれているのだから。〈彩雲〉は人類の文明を沈黙させたことにも気づかない様子でいまだ天にとどまっていた。

「……いちおう言っとくよ。昨日の夜、ヒュッテのガイドたちに聞いたんだ。避雷ロッドでフランコを殺そうとしてたのかって」

わたしは身を固くする。この状況で言うことかと一瞬思ったが、すぐに考え直した。ガイドたち自身からこの話を聞ける可能性がなくなり、わたしたちもいつ後を追うかわからないのだから、告げるならいましかないのだ。突然死を前にしてそうする意味があるかはともかく。

何も言えずにいると、エミルはわたしがその先を聞きたいかどうか見定めているふうだったが、やがて続けた。

「トレーラーの話をしたら驚かれたし、謝られた。同乗して業者に使い方を教えなかったのは、自分たちガイドの責任だ、悪かったって。あんたにも」

「……わかった」

エミルはうなずき、ひとつ息をつくと、窮屈そうに身動きした。わたしは反射的に押さえ込む力を強める。

「やめろよ、もう逃げないからさ。それより……空を見たいんだ。手をどけて」

腕の力を緩めると、エミルは息をつき、体をさっと回して仰向けになった。わたしはいぶかしむ。なぜこの子供は、これほど落ち着いていられるんだ？　いつ死が襲ってくるかわからないというのに？　わたしだったら、すばやく動くと雷に見つかるという不合理な妄想に囚われてしまいそうだが。周囲には、とりあえずわたしたちの体の厚みよりは突出した岩が乱立しているが、こんな状況では二十メートルの避雷針があっても安心できないだろう。

吐き気をこらえながら、苦労してわたしも同じ体勢になる。一メートルを隔てて二人は並ぶ。

そこでわたしは息を呑んだ。

視界のすべてを極彩色の〈彩雲〉が埋め、渦巻いていた。終末の日を彩る錯視。体の外にありながら、心の内側へと叩きつけられる剝き出しの感情。まるで憎悪を煮えたぎらせるかのように、あるいは、慈悲で包もうとするかのように。

そして、それがどちらであってもただ切り裂く、青白い電光。

背筋を走る悪寒に身をすくめながらも、わたしはその美しさに見入る。〈雲〉がうごめく一瞬また一瞬のあいだに、心の情景も移り変わっていく。ある瞬間は、高熱にうなされ金縛りに遭いながら、現実との狭間で悪夢を見ている気分。ある瞬間は、途方もなく寂しい不毛の次元を、独り寄る辺なく漂流している気分。またある瞬間には、獲物を探して這い回る虹色の蛇のもとで、息をひそめる虫になった気分。それは外部から施しのように与えられる自律的な美ではありえない。モルネは正しかった。美とは認識の中からのみ生まれるもので、恐怖こそがその本質だ。

時間の感覚が揺らめき、一秒とも一年とも思える瞬間があった。

空間の感覚が溶け去り、百万光年先の銀河を眺めている気分になった。

〈彩雲〉に一千億の命を感じ取り、ただひとつの命を感じ取った。

そこにあるのは、もはや自分自身とさえ区別のつかない、境界の溶け合った精神だ。万華鏡のように反射する感情の断片。わたしは、〈彩雲〉とわたしと、どちらが恐怖を感じているのかわからなくなった。あるいは美を。歓びを。

やがて、ほんの少しずつ、雷の間隔が延びていった。

空の明度が徐々に上がり、〈彩雲〉の層が薄まってきたのがわかる。身を焦がす激情がふたたび理性のもとへ下るように、電荷が分散していく。たぶん、飽和攻撃のスイッチが切れたのだろう。

しだいに耳鳴りが雷鳴に勝るようになって、緊張が体から漏れ出ていく。長いあいだ呼吸していなかった気さえした。

「——で、まだ聞いてないんだけど」

「え?」夢から醒めたようにわたしは振り向く。

「なんで、わざわざ追いかけて来たの。ていうか、なんで昨日のうちに逃げなかったの」

その目は空を見つめたままだ。努めて無関心を装っているのがわかる。卑近な話題にわたしはどこか冷めた気分になって、嵐の後のように散り散りになった自分の心を慎重に繋ぎ合わせる。いったい、エミルはいまの光景をどう感じていたのだろう?

「……ああ、それは、おまえが嘘をついていたからだ」

「え?」今度はエミルが振り向くのがわかった。だが今度はわたしのほうが、空に視線を戻していた。

「おれはエスパーだからな。騙そうとしているやつはわかるんだ——顔面の温度でな。ずっと違和感はあったが、おれとの契約を解除したときが決定的だった。あのとき、おまえはまったく本心じゃなかった。心の底で何を考えていたかは知らんが、とにかく隠しごとをしていた。裏があると思ったんだ。だから、それを確かめるために待っていた。こうなるとは思わなかったがな」

「煙たがられるわけだよ。やなやつ」エミルはそっぽを向いた。「フェアじゃないね」

「だろうな」わたしは自嘲する。「次はおまえが答える番だ。なぜヒュッテを出た？　わざわざ死にたがる理由はなんだ？」結果を見れば、ヒュッテを出たせいでエミルは死に損ねたわけだが。

「別に死にたいわけじゃないよ。いつ死んでもいいってだけ。この景色を見てみたかったんだ。〈彩雲〉に囲まれた空を」

「だったら、なぜ死んでもいいんだ。こんな景色が、命と引き換えにするようなものなのか？」

そう言って顎で天を指しながら、それもあまりフェアではないかもしれないと考える。ついさっきまでそこにあった幻想的な光景は、いまではどこか安っぽいまがいものに変わりつつあった。〈彩雲〉の色も体積も少なくなってきているし、何よりきっと、恐怖が薄れたからだろう。だが、記憶の中に鮮やかに焼きつけられた、この世のものとは思えない景色と比べてもなお、そのために命を捨てられるとまでは思えなかった。少なくともいまとなっては。

説教じみたことを言うつもりはなかった。欲求の価値観は人それぞれだし、命の価値も同様だ。ただ、こんなときでも、何がエミルをひどく厭世的にさせているのかは気になった。つまるところわたしは、自分の命をこの子供のために投げ出した意味があったのか、わからなくなっていたのだ。

顔を向けると、エミルもこちらを見据えていた。なぜかわたしは、エミルの顔をはじめて見たような気がした。その割にどこかで見覚えのある、弛緩した表情。遠い過去に感情を忘れてきたかのように虚ろな瞳。夢を見ているような、病に倦《う》んでいるような。

「おまえは――無痛者か」

「当たり。よくわかったね」

子供に特有の大胆さだと思っていた。無知からくる無謀、あるいは単なる非日常への興奮だと。しかしいまにして思えば――ウィラ夫妻よりうまく隠してはいたが、痛みと恐怖の欠如がすべての底流にあったのは明らかだ。これまでわたしがその可能性を考えもしなかったのは、常識的な社会ではそんなことがありえないからだ。

「おまえ、何歳だ？」本人の申告では十一歳だったはずだが。

「そこは嘘ついてないから。でもぼくは〝制約〟を犯してないよ」

クイズのヒントでも与えるような軽さでエミルはしゃべる。身体改変は全人類にあまねく普及しているが、たったひとつだけ制約が課せられている——責任能力のおよぶ範囲を超えて改変してはならない。平たくいえば、自分の体を改変できるのは自分だけ、責任能力のない幼年者は改変できないということだ。まともな改変医は誰も、その制約を破る片棒を担ごうとはしない。

「だったらなんだというんだ？　先天性の無痛症とでも言うつもりか？　遺伝病などとっくの昔に——」

そこでわたしは言葉を止めた。息も止まる。遺伝。先天性。そしてエミルはさっきこう言ったのだ。ぼくは制約を犯してない。

エミルが背伸びしたいあまり闇医者にかかったというなら、その気持ちはわたしにも理解できる。結局は自己責任の範疇《はんちゅう》なのだし、寛容な保護者として口をつぐんでもいられるだろう。

だが、もうひとつの可能性はまったく容認できなかった。それは唾棄すべき邪悪であり、人間の尊厳を踏みにじる行為だ。

「……遺伝子改変か」

「余計なことをしてくれちゃったわけ。両親ともバイオ屋だったんだけど、酵素でひと山当てて、ちょっといかれてたんだ」

もちろん、不可能事ではない。汎用の医療ソフトと、生化学の基本的な知識と、自由に使える医療台つきラボと、法倫理から切り離されたＡＩ《サイコパス》があればできることだ。後ろのほうほど手に入れにくくなるが、仕事で生体工学に従事していたのであれば伝手《つて》があったのかもしれない。無痛症状を発現する遺伝子変異は特定されているのだから、なおさらハードルは下がる。

とはいえ、行為自体の難易度と、実行に移す信念とは別問題だった。いったいどんな狂気が加担すれば、遺伝子を書き換え、我が子の自由性に傷をつける冒瀆が正当化されるというのか？

太陽系人類《ソラリアン》の遺伝子改変が最盛期を迎えたのは遠い遠い過去のことだ。太陽《ソル》系内天体の開拓時代、身体改変のレベルはどんどん源流に遡っていき、やがて複数のコロニーで同時多発的に、宇宙生活や種々の病原因子に適応した生物学的新種とその亜種が生まれた。数十世代にわたる血統《ブランド》の淘汰を経て、いま宇宙で生きている太陽系人類《ソラリアン》のほとんどが、このとき水平伝播した新人類の血に連なっている。

しかし、遺伝工学がもてはやされたのはそこまでだった。倫理的にも実用的にも、遺伝子レベルで刷り込むのは宇宙で生きるのに必須の機能だけで、それ以上の〝拡張〟は個人の自由意志に委ねるべきだったからだ。遺伝的に水中適応した海洋人《マリナー》の子孫が、有翅人《アレーション》としての生活を望まない保証があるだろうか？　あるいはその逆か？　現代においてヒトの遺伝子操作に手を染めるのは、ヒエラルキー第一位に対する冒瀆行為、子孫の意向を無視してアイデンティティを縛りつける重大な人権侵害と見なされている。

「二人とも無痛者だった。もちろん、普通の後天的改変だったけどね。でもあいつらが手術に踏み切ったのはもう百年も生きた後だったから、苦痛を取り除いても恐怖心を忘れることはできなかった。で、本当に〝人間らしく〟生きるには、生まれつき苦痛を感じなくするしかないって結論づけた。過去には戻れないから、二人の願いはまだ見ぬぼくで叶えることになったってわけ。いまはどっちも牢屋にぶち込まれてるけど。ぼくが告訴したとき、二人とも鳩が豆鉄砲食らったような顔してたよ」

ではやはり、ガイド契約の同意書は偽物だったわけだ。そのうえ無痛症の申告もしていない。まあ、いまさらどうでもいいことだが。

エミルの両親がエミルを愛していなかったとは思わない。個人レベルで、誰に知られることもなく遺伝子操作を完遂し、その子を育て上げるには、並外れた慎重さと忍耐力が必要だったはずだ。遊びや酔狂、ましてや憎しみでできることではない。まぎれもなくそれは、子に対する愛情から来たものだったろう。しかし、歪んだ愛情だった。

「おまえは幸せだって言われて育った。安全機構もひととおり組み込まれてるから、気がついたら骨を折ってることもないし、飲み物で火傷することもない。最初は不満なかったよ。まあそれが当たり前だったし。でも何かが違った。友達は、ぼくだけがわからないことで泣いたり、笑ったりしてた」

「笑ったり?」わたしは眉をひそめる。エミルは少しだけ心外そうな顔をした。

「ほんとさ。気づいてないだろうけど、フランコだってそうしてる。周りが急に面白がったり、興奮したりするときって、ぼくにはわからないことが多いんだ。断言してもいいけど、痛みも恐怖も、必要なものなんだよ。苦しみを味わってこその幸せとか、他人の痛みを共感するだとか、そういう古臭い説教を言ってるわけじゃない。単に生物学的に、痛みと恐怖が人を楽しませてもいるってこと。そうじゃないことのほうが多いらしいのは認めるけどね」

「割に合わないってことは知ってるわけだ。それなのに、おれたちのことがうらやましいか? 喜ばしいものなんかじゃないぞ。おまえが思う以上に」

エミルの両親の仕打ちを正当化するつもりはさらさらないが、かといって苦痛をむやみにありがたがる傾向も健全とは思えなかった。結局のところ人は、自分にないものを過剰に美化するのだ。

「ぼくが思う以上に? なんでそんなことがわかるの。ぼくに痛い気持ちがわからないのと同じように、あんたも痛くない気持ちはわかってない。恐くない気持ちもね。さっきまでの〈彩雲〉の景色、あんたにはどんなふうに見えてたの？　ぼくはなんとも感じなかった。カメラ越しに見てるのと同じさ。現実じゃないんだ。誰がなんと言おうと、あいつらはぼくから大事なものを奪ったんだ。与えたんじゃなく」

わたしは衝撃を受け、返す言葉をなくす。たしかにエミルの言うとおりだった。恐怖なしにあの光景を眺められる気分を、わたしはわかっていない。いくらか色あせ、遠くに感じられてもなお生々しく思い出せるあの美と戦慄は、まるで生と、生への執着そのもののようであった。そして、それが感じられないということは……

目を伏せ、小さくうめきながら、わたしはエミルに共感を伝える。同情の色を出さずにそうするのは難しかった。その二つは似ているが違うものだ。それからわたしはアプローチを変えた。

「だが、まだわからないな。そこまで意思を固めているなら、なぜ死んでもいいと思うんだ。あと二年すればおまえも自分の意思で好きに身体改変できるようになる。痛みを感じられるようにすればいい。そうする方法はあるんだろう？」

エミルは口ごもった。顔をしかめて内省している。これまで誰にも打ち明けなかった葛藤、あるいは心の中ですら言語化したことのない動機を組み上げているようだ。わたしはふいに、十一歳の子供にこれほどの苦悩を与えた親を殺してやりたくなった。

「……いま流行っている無痛化改変は、先天的無痛症の発現メカニズムをベースにしていないんだ。それってなんでかわかる？」

「いや」

「先天的無痛症は、全身の末梢神経を物理的に減退させてしまうからさ。でも改変でそんなことをしたら、後で気が変わっても元に戻せなくなっちゃうでしょ。だから無痛化改変では、神経は丸ごと残した上で遮断するわけ。わかるかな」

「ああ」もちろん、すべての改変は、自然人に戻せることを前提条件にしているはずだ。

「ぼくの場合は無痛症だから、はじめから神経がないわけ。そこから時間をかけて代替神経を生やすことならいまの技術でもできる。でもそれをしたら、望んでももう一度無痛者に戻ることはできない。なぜならいまの無痛化処置は、代替神経に対しては効果がないから。新しい無痛化手法を確立しようとしたら長い時間がかかる。ぼく以外には需要がないから、ひょっとしたら何十年も」

そしてエミルは沈黙を挟む。わたしも言うべきことを見つけられなかった。

いくつものブレークスルーを重ねるたび洗練されてきた太陽系人類《ソラリアン》の生体工学は、いまやあらゆる身体改変の需要に応えているように見えるが、そこに使われているのは万能の魔法などではなく、その場しのぎ《アドホック》の技術の寄せ集めにすぎない。宇宙の構造がこれほど解き明かされ、〈ゲート〉が星々を繋ぐ時代になっても、その点は変わっていなかった。生命の深淵さは宇宙にも匹敵し、それでいて宇宙の明快さとは対極の複雑さを持つ。しかも、生体工学は種族特有《ローカル》の技術だから、異種族の専門的知識が発展を後押ししてくれる見込みも薄かった。どんな改変も、前提となる生体構造が違えば、その不一致を吸収するほどの柔軟さは持ち合わせていない。エミルがひとたび苦痛を手に入れたら、事実上、後戻りはできないのだ。

「だけど、それでもぼくは痛みを取り戻す処置を受けると思う。ずっと考えたけど、きっとそうする。だって、いつまでも奪われたままで、自分にないものにあこがれ続けるなんて耐えられないからね」エミルはそこで困ったように笑う。「でも、それこそが最悪なんだよ。だって結局、あんたの言うとおりなのはわかってるんだ。苦痛なんて望んで手に入れるようなものじゃない、ものすごく嫌なものだってことくらい想像つくし。いままでいっぺんも痛かったことがないのに、普通の人の感じる痛みなんて受け入れられるわけがないんだ。だから、どっちにしたってぼくには耐えられないのさ」

「それで、死ぬかもしれない危険を冒すのか。どちらの道を選んでも救いがないから、選ばないために」

「これまでは自分に言い訳できた。改変処置を受けたくても、制約がそれを許さないからって。だけどあと二年したら、嫌でもどっちかを選ばなけりゃならない。どっちもぼくの逃げ道にはならないのにさ。選ばないで済むんなら、そのほうがいいわけ。いまのうちなら、なんの苦しみもないわけだし」

わたしは息をつく。込み入った理屈だ。謎は解けたが、愉快な真相ではなかった。

わずかに差し込みはじめた日の光を受けて、エミルは無気力な笑みを向ける。しかしそこには、どこか吹っ切れたような晴れやかさが見てとれた。

「ずっと隙をうかがってたんだ。地図を憶えて、あんたのバギーを盗んで、〈雲〉に囲まれる場所まで自力で行こうと思ってた。でもあんたはいつまで経ってもどじを踏まなかった。考えてみれば、普通より危険に近づくことを売りにしてるんだから、そこらへんはちゃんとやってんだよね。だから第三ヒュッテで別れたんだ。ワイヤー網が稼働しだして、次のチャンスもなさそうだったし」そう言うと、今度は自嘲めいた口調になる。「でも、このぶんだとまた生き延びそうかな。進んで自殺するのはポリシーに反するから、また新しい冒険を探さなくちゃ。とびきり危ないやつ。今度はぼく一人で済ませるんだ、邪魔が入らないように」

それきり黙る。わたしは息を抜いた。邪魔扱いされたことに文句を言いたくなったが、言えることはなさそうだった。

　代わりに天を仰ぐ。すでに〈彩雲〉の切れ間から空が多く覗きはじめ、雷鳴は遠く小さくなっていた。電位のうねり周期が長くなり、凪《なぎ》に向け収束しているのがわかる。

「さてと、もうあんたの質問は終わりだろ？　ぼくもうひとつ聞きたいことがあるんだけど――」

　エミルがこちらを向いて口にしかけたその質問はしかし、声にならなかった。わたしの表情から、ただならぬ気配を感じ取ったのだろう。そのときわたしが感じ取っていたのは、にわかに高まりはじめたうねりの揺り戻し。近い未来の氾濫を予期させる、穏やかだが仮借ない電位の推移。そして……

　右手上空でライムイエローとネイビーブルーの〈彩雲〉が互いに放電し、その余波がわたしたちの上空に正電荷を上積みした。同じ瞬間、左手側に低く張り出したライラックの〈彩雲〉が岩に雷を落とし、周囲の地面の電位がゼロにリセットされた。

　すべては最悪のタイミングで重なった。瞬きの刹那に無から現れた形なき怪物が、わたしの全神経を鞭打つように痛めつける。あらゆる粒子の流れが狙いすまして、破局的な電位差を積み重ねている。二人が横たわる、まさにこの場所で。

　エミルの輝く髪が逆立ちはじめ、わたしは動くことができなかった。

そして、白い闇が世界を塗り潰した。

§

置き去りにされた二台のバギーのうち、片方は電子基板を黒焦げにされていたが、もう片方は幸運にも嵐を生き延びた。

〈彩雲〉の群れが怒りをぶちまけ終え、風に帆を立て四散してから、ビフレストの救助隊がイリス平野に到着した。第三ヒュッテとワイヤー網の残骸がさんざんかき回され、そのすべてが失意のうちに終わった後で、平野の外れから発信されている救難信号に誰かが気づいた。踏み込んだ岩石地帯で彼らは、電紋をまとって横たわる体と、そこに寄り添う人影を見つけた。

いくつもの判断を誤った。あるいは、遅れた。悠長に身の上話を聞いている暇があったら、大きな岩の陰に移動していればよかったのだ。でなければ、少しでも地面に穴を掘っていればよかった。巨大な蛇の視線に射すくめられたように動けず、半分は死を覚悟してもいたせいで、最善の選択肢を遠ざけてしまった。

エミルの心境に感情移入しすぎたのもよくなかった。痛みと恐怖を感じず、もしかしたら美も感じず、未来に失望し、死に急いでいる子供。膨れ上がった静電気が二人の頭上で犠牲者を物色しはじめたとき、わたしのひねくれた正義感が頭をもたげたのだ。福音のように天から降ってくる突然死を、こいつは望んでいたのではなかったか？　間に合うかどうかは別としても、とにかくわたしは動こうとしなかった。それよりもっと悪い道を選んだのだ。

既知宇宙には様々な生物がいる。〈彩雲〉や〈誘雷樹〉のように電荷を操る能力を身につけ、その上で知性と文明を獲得したものもいる。そういう種族の痙攣的なおしゃべりに耳を傾けるため、《ソロモン》の外交官は電場を感じ取る異能を備えたのだ。しかし、コミュニケーションは決して一方通行ではありえない。外交官は当然、自分でもしゃべることができなければならない。だから、その体に植えつけられた発電器官は数百ボルトの起電力を生み出せる。

その力を使って、わたしは自分の周りの電場を操作し、中和することができた。あれほどまでに集積し、荒れ狂っていた〈彩雲〉のもとでは、避雷ロッドがあってさえ生き残る役には立たなかっただろう。だが、〈彩雲〉とわたし自身のあいだの電位差を少しだけ埋め、他の場所よりも落雷しにくくすることならできる。秒速十万キロで襲いかかる鎌首を自分から逸らすことなら。

それがわたしの切り札だった。わたし一人の。

「——で、そいつでまたぼくの邪魔をしたわけか。やっぱやなやつ。天邪鬼。おせっかい。恩着せがましい」

エミルは枕元でまくしたて、わたしの追憶を無遠慮に遮る。破れたわたしの鼓膜は治療を後回しにされていて、すべての音節はがさがさした雑音をともなった。

わたしが寝る小さな一室は明るかった。救助隊員は、意識をなくしたわたしを岩石地帯から運び出し、ビフレストの治療室に収容していた。ここの医療機器は、こうした事態に備えて高水準のものがそろっている。救命機に同乗したエミルは、わたしの改変内容をわかる限り正確に救急医に伝えてくれたようだ。だが、いま使われている麻酔はわたしとは相性が悪いのか、あまり効いていなかった。

「ねえ、なんで——」

「判断を誤ったと言ったろう。おまえなんぞ助けるつもりじゃなかった」気道も焼けていたから、振り絞るような声しか出せない。エミルはそんなことにはお構いなしだ。

あの瞬間、わたしが実のところ何を考えていたのかはわからない。何かを考えていたかどうかもかなりあやしい。とにかく時間がなかったのだ。突然張りつめた緊張のせいでコントロールを失ったか、単に錯乱していたのかもしれないが、ともかくわたしは電場を作り出した。ただし、天地の電位差を埋めるのではなく、押し広げる方向にだ。エミルを襲いかけていた稲妻は局所的な電位勾配に導かれ、熱源に飛びつくガラガラヘビのようにわたしへと落下した。

最初からどうかしていたのだ。エミルを追ってバギーを走らせたときから——ひょっとしたら、もっと前から。この惑星に降り立って以来、風に流されるように受動的に生きてきたはずなのに、なぜわたしはあんなことをしたのだろう？

「違うよ。なんで助けたかじゃない。ずっと聞きたかったのはそうじゃなくて……なんで外交官をやめたの？」

最初わたしは、質問の意味がわからなかった。思考の範囲は限定され、遠い過去のことに思いを馳せるのが難しかったからだ。そしてまた、ひねくれが顔を出す。この子供はもしかして、自分が秘密を告白したのだから、こちらにも同じ重さの告白をさせられると思っているのだろうか。

「言いたくないなら、別にいいよ」エミルは先手を打った。興味なさげに膝の上に目を落とし、ぼろぼろになった〈緑《フルン》〉の地図と、電磁波で真っ黒になったD紙の広告を見比べている。うまいやり方だ。天邪鬼なわたしはまんまと口を開いた。

「必要とされなくなったからだ。《ソロモン》計画はずっと昔から、異種族との交流を進めていた。太陽系人類《ソラリアン》は当初の理念どおり、銀河に孤立した知的種族を見いだしては、文明どうしの架け橋の役割を担っていた。といっても、まともに交流できるのは生存条件が近い水−炭素生物《ウォーターカーボン》相手に限られていたがな。〈ホイッスル〉と〈マグネター〉が話そうと思ったら、おれたちのような外交官があいだに立ってやらなきゃならなかった。異種族のテクノロジーには得手不得手があって、適切な翻訳機をいつでも用意できるとは限らなかったから」

「いっつも外交官がそばにつくわけ？　それってちょっと献身的すぎない？」

「太陽系人類《ソラリアン》側の打算もあったんだ。異種族の社会に入り込んで、あらゆる交流の場に立ち会うことで、宇宙で何より重要な情報を集めることができるからな。〈ゲート〉の技術だって、異種族の特化した知識を太陽系人類《ソラリアン》がまとめ上げてはじめて実現したんだ」

　エミルはふうん、と感動なさげにうなずく。〈ゲート〉がなかった時代、太陽系人類《ソラリアン》のほとんどの活動は太陽《ソル》からたかだか数光年の範囲内に限られていたことなど想像もつかないだろう。もちろん、わたしだってその大変革に立ち会ったわけではないが。

「で、それがどうして必要とされなくなったの」

「結局のところ、おれたち外交官は過渡期の変種《フリーク》でしかなかったのさ。交流網が成熟して、コミュニケーションの媒体がひととおり出そろうと、《連合《アライアンス》》全種族の共通プロトコルが作られることになった」

もっとも基本的な二進法《バイナリ》シグナルによる手続き則から、会話媒体ごとに特化した符号化体系まで。対話インフラの共有度に応じて使い分ける七段階の外交言語。それらが承認された日、《連合》の諸種族は太陽系人類《ソラリアン》から独り立ちした。外交官はもはや無用の長物となった。少なくとも、そのほとんどは。

「そのこと自体は別に悲劇じゃない。むしろ《ソロモン》が望み、勝ち取った最大の成果だ。ただ、外交官が星々を渡り歩く時代は終わったということさ。多くの人間が仕事を奪われた」

当時のことをいまでも憶えている。外交官としてのわたしの最後の仕事が、まさにその外交言語への賛同署名だった。自らをお払い箱にするサインを、わたしはした。どんな気持ちだったかなどは関係ない。ただ、そうするのが正しいとわかっていた、それだけだ。

だがその瞬間に、星空の美は奪われてしまったのだ。わたしから永遠に。

わたしは自分自身を救おうとしなかった。望んだ道を選べなかった。

「それで、《ソロモン》から捨てられたんだ。気の毒に」エミルは無神経に言った後、あわてた様子でつけ加える。「ああ、でも、ここのガイドもけっこう向いてると思うよ？　その能力があれば客も安全だし」

「それで慰めてるつもりか？　毎回こんな真似をしていられるか。おまえにこの痛みを味わわせてやりたいよ」

わたしは憎たらしい子供をにらみつけると、頭を上げて自分の体を見回す。右肩から右脚にかけて、シダの葉に似た赤黒いフラクタル模様が走っていた。見方によっては、雷をそのまま閉じ込めたかのようだ。あのとき、電流のほとんどは皮膚のすぐ下の発電細胞を伝っていったから、臓器への重大な障害は残らずに済んだ。

「それは無理な相談だね。ぼくの体をどうするかはぼくが決めるんだから。けど」

エミルは一拍置いてから、わたしの顔をひたと見つめる。

「ぼくに何か約束させたいことはある？」

いつのまにか、その顔はふざけていなかった。決意と覚悟、それからほんの少しの気後れ。一秒ごとに揺れ動き、意志の力でそれを押しとどめている。〈彩雲〉の電場のようにうねる波。

たぶんそれは、エミルなりのけじめのつけ方だったのだろう。死の願望に、無関係のわたしを巻き込んだことの代償を、これからの自分の人生で払うことが。たとえばわたしがかすれた声でこう言えば、エミルは従うだろう——痛みを夢見るのなんてやめろ。人は誰でも、ままならないものを抱えているんだ。

あるいはそれがエミルを救うことになるのかもしれない。選択を強制されることが。

わたしは口を開いた。

「おれの前から消えてくれ。もう姿を見せるな」

エミルはほんの一瞬、驚いたように目を開き、それからすぐ伏せた。ふたたび顔を上げたときには、いつもの生意気な顔に戻っていた。

「あんたもお人好しだね。ま、いまのはぼくがフェアじゃなかったよ。そう言われると思ってたから」そう言って立ち上がり、くるりと身をひるがえす。サイドチェストにD紙を放り出すと、地図のほうを手に取って小さく振り動かした。

「じゃあね。奇形《フリーク》どうし、けっこう楽しかったよ」

そしてわたしは独りに戻った。エミルはガイド料を満額支払っていて、治療費はそれで楽にまかなえた。

第三ヒュッテのあった場所はすでに瓦礫《がれき》を撤去され、情報収集ドローンも撤収していた。痛ましい災害の爪痕は梁材《りょうざい》でふさがれ、バリケードで隔離されている。それでも、外殻にどれほど大きな穴が開いたかはひと目でわかった。

周囲のいたるところには、信じがたい高熱で融かされ泡だった金属片が散らばっていた。

いまだに何百メートルも離れたところで、バギーや外壁の残骸が見つかっているという。わずか二十七分のあいだにヒュッテ上空でまき散らされたエネルギーの総量は、まさに核兵器に匹敵するものだった。

　誰も、長くは苦しまなかったと思いたい。

　救助隊の報告によれば、犠牲者は百四十六人。その中には誰一人、わたしを殺そうとした者はいなかった。彼らはただ、自分が正しいと思うことをしたのだ。

　危険を売りにしたアトラクションにとって、その現実化は命取りになる。ヒュッテ壊滅の噂は光速を超えて宇宙を伝わり、わたしがルシュの助けを借りて五十日間のリハビリを終えたときには、〈緑《フルン》〉はすでにもぬけの殻だった。

　まもなくこの星は放棄されるだろう。ここへの航路も、ここからの航路も閉鎖される。〈ゲート〉を開かずにただ維持しておくだけでも無視できないコストがかかるから、利益を生まない星系はあっさり手を引かれるのが常だった。

〈彩雲〉は自らの手で、思い上がった征服者《コンキスタドール》を返り討ちにしたというわけだ。わたしが無意識に自分を投影していた〈彩雲〉は、受動的な漂流生物などではまったくなかった。それは生きるための戦いに身を投じ、隠された本能の牙を剥いたのだ。七年もそばで観察していながら、そんなことにも気づかなかったとは。

これでまたひとつ、宇宙から危険な冒険が減った。

あの少年にとっては都合の悪い世界になる。

§

わたしは太陽系《ソル》に戻ると、タイタンの競売市で有り金をはたいて船を買った。個人用の恒星船など経済的に引き合うものではないが、とにかく売りには出されている。わたしが購入したものは、無補給で千年間、乗員を主観時間ゼロで生き延びさせられることを謳い、大気圏突入できる艦載機と〈ゲート〉通行機能と、最高級の身体改変ユニットを備えていた。外交官向けの超感覚改変までやってのける代物だ。

たぶん、エミルを追いかけたときの無謀さがまだ抜けきっていないんだろう。素朴な夜空を思わせる、黒く静まりきったD紙に、子供じみたメタファーを感じ取ってしまったのかもしれない。まったくどうかしている。だが、それくらいでちょうどよかった。ガイドの連中は新しいことを試みたのだ。わたしもそれにならうとしよう。〝危険な冒険〟なら、十一歳の子供にもできた。自分で生き方を選ぶことなら〈彩雲〉にさえできた。同じことがわたしにできない理由があるだろうか？

この船でわたしは、既知宇宙の外へ出ていくつもりだ。半径五千五百光年のトポロジー的もつれの、さらに外側へ。長く寂しい旅になるだろう。恐ろしいという思いもあった。だが立ち止まるつもりはない。エミルが言ったとおり、たしかに恐怖とは人を楽しませるものだ。それに、やはりわたしには、鮮やかな虹色より、あの懐かしい夜空のほうが性に合っている。

そしてそこにはきっと、わたしを必要とする何かが待っているはずだ。

巨大なエンジンが立てる二ヘルツの卓越振動を聞くあいだ、わたしは広々とした艦橋《ブリッジ》で奔放な空想をもてあそんだ。いままで見てきたどんな言語とも違う言語。そこに根ざし、分かつことのできない文化。

光り輝く歌。揮発性の話法。電子の調べ――あるいは〈彩雲〉の放電は、彼らの会話だったのかもしれない。太陽系人類《ソラリアン》のアボリジナル・コミュニティに古くから伝わる虹蛇ユルルングルのように。

そういえば、船を落札したとき、オークショニアがほくほく顔で話しかけてきた。奇遇なことに、少し前にもう一人、わたしのと同型船を買ったやつがいたそうだ。そいつの名前は憶えていなかったが、髪が目障りな藍色で、腕に等高線をペイントした、生意気そうな青白い子供だったという。

ひょっとしたら、二隻の船はどこかですれ違うかもしれない。どちらも星に憑かれたように、未知の深宇宙を漂い続ける。片方はまだ見ぬ文明を求めて、もう片方は、たぶん死に場所を求めて。もしも本当に出会うときが来たら、約束は破られることになるが、わたしはとがめたりしないし、向こうも悪びれはしないだろう。なんといってもあちらは生意気なのだし、こちらは外交官なのだから。

滅亡に至る病

「わたしたちは滅びるでしょう」名もなき種族の大使がつぶやいた。

「失礼、いまなんと？」

わたしは思わず太陽系語《ソーラーコモン》で聞き返す。それからすぐに頭を振って、〝言い回しの変更を求む〟の定型文を大使に発した。これは彼らの種族が普段使う言葉ではなく、この場での会話を円滑にするためにあらかじめ大使と示し合わせておいた短いフレーズだった。

「わたしたちの種族は全員死ぬでしょう。近い未来に」

調度はおろか窓さえない半球状の泡沫内部で、五メートルの儀礼距離を隔てて接見した大使は、弦を打ち鳴らすような多重振動音と、極めて音域の広い風切り音の組み合わせでしゃべった。音は長いトンネルをくぐってきたようなエコーをともなっていて、顔の正面にある洞《うろ》から発せられているのは間違いないが、その声帯は体の奥深くにあるようだ。エコーが彼らの言語の意味論的要素を担っていなくてよかったとわたしは思う。もしそうだったらわたしは、彼らと会話するために顔から長い口吻《こうふん》を生やす羽目になっていただろう。

腕を組んで考え込む。隣に顔を向けると、わたしと同じ儀礼用の外交装束をまとったデジレが、ぽかんとした表情でこちらを見つめていた。超感覚改変を受けていない彼女は、超音波も低周波音も聞き取れないから無理もない。

「彼は、自分たちが滅亡すると言っている」わたしは顔を寄せ、デジレに通訳した。

「ええ？　それって比喩か何かじゃないですか？　それか、単なる誇張表現とか」

「これまでに大使がそんなふうなレトリックを使ったのは聞いたことがないな。冗談を言ったこともない。わたしがまだ彼らの言葉に十分習熟していないというだけかもしれないが」

別の定型文を大使に発して、先ほどの発言の深刻《シリアスネス》さを五段階評価で表してもらうこともできた。だがその提案は、こちらに理解力がないとか、大使の発言を軽視しているというふうに受け取られるかもしれない。決定的に話が嚙み合わなくなったと感じるまでは、言葉どおりの意味に捉えておくべきだろう。

「詳しく話を聞かせていただけますか」

わたしは口蓋《こうがい》から生やした二枚目の舌を鳴らして、彼らの言語を奏でる。その音は大使が発する音よりいくらか雑音混じりだったが、意味を歪めてしまうほどではない。

「もしかして、わたしたちのことを侵略者か何かだと思ってるんじゃないですかね？　もっと優しく話してあげないと」

腰をかがめ、足の筋肉をもみほぐしながらデジレが億劫《おっくう》そうに言う。ここの重力は月《ルナ》と大差ないのだが、そもそもわたしたちは重力圏に慣れていない。

「軽口を叩くな。ちゃんと聞いていろ」

「聞こえないんですって」

いずれにせよ大使はまだ何もしゃべっていなかった。二メートル半の細長い体を直立させ、ためらうように沈黙している。そのふるまいは驚くほどなじみ深い。やや猫背でたたずみ、節くれ立った二本の腕と二本の脚を持つ知的種族。全身の関節数が二倍あるとか、頭部の感覚器配置が地球《テラ》流でないとか、あらゆる腱と筋肉が体外に露出してふたたび皮膚に貫入しているとか、そういった細かな差異を別にすれば、太陽系人類《ソラリアン》との相似度は高かった。多少なりとも共感できる見た目の何者かに出会えるのは、わたしたちにとって珍しいことだ。もっとも、その共感は必ずしも役立つものではないが。

黒目がちな彼らの眼には瞼《まぶた》がなく、視線の動きも追えないから、眠り込んでいたとしてもこちらにはわからない。腰の後ろから伸びた長い尾は第三の脚のように働き、椅子に座るように安定した三点で体を支えている。立ちながらしきりに左右の脚に重心を移すわたしたち二人のしぐさは、彼らの目にはひどく落ち着きなく映るだろう。わたしとしては、言外の発言の催促と向こうが受け取ってくれれば好都合だったが。

「わたしたちを滅ぼすものは、太古からの呪いです」大使はついに口を開いた。

「呪い、ですか」

その単語を正確に訳せているかはわからない。だが彼らの言語は、数十種類の基本的な意味素の組み合わせによって複雑な単語を作るから、はじめて聞く言葉でもおおよその意味が推測できる。〝呪い〟とひとまず訳されたその単語には、悲嘆、苦しみ、連鎖などの意味素が付着していたが、単語全体を貫くイメージは、抗《あらが》えない運命、意思を超えた束縛といったものだった。

そこには、御しがたいものに対する畏怖と諦念が感じられた。

わたしが通訳すると、デジレは衣擦れの音を立てて腕を組む。

「彼らはとっくの昔にシャーマニズムから脱却しているはずですけどね。不合理なしきたりも、迷信やジンクスの類《たぐい》もありませんし」

「意味が失われても言葉は残る。単にもっと現実な脅威のことかもしれない。とにかく話を聞かないことにははじまらないな。わたしたちの仕事は、彼らを引き連れて帰ることだ。勝手に滅亡されては困る」

言いながらもわたしは、彼らを呼び慣らす言葉があればと思う。彼ら――枯れ木と太陽《ソラ》系人類《リアン》の混血のようなこの知的種族は珍しいことに、自分たちを表す一般名詞、例えば〝人間〟や〝人類〟といった単語を持っていないようだ。本当は持っていて、わたしが教えられていないだけかもしれないが、いずれにせよわたしは、この種族のことを代名詞でしか表現できずにいた。どうせ暫定的な名なのだから適当につけてもいいのだし、中にはそうする外交官もいるが、それはわたしのやり方ではなかった。わたし流のやり方は、被〈勧誘〉種族にとっての〝人類〟に当たる単語で彼らを呼び、太陽系語《ソーラーコモン》にも可能な限り正確に転写することだった。

彼らの種族は衣類を身につける習慣を持たない。おかげでわたしは彼らを外見でほとんど見分けられないが、この大使のことだけは他の個体と区別できるようにしなければならない。わたしは大使の感覚器配置を写真記憶に焼きつけた。

名前もつけておこう。彼らの個人名は他の単語と異なり、意味を持たない音節の組み合わせだったから、わたしは似たようなリズムの太陽系語《ソーラーコモン》名詞からランダムに名づけることにした――ツォン、テ、モック。

「力になれると思います。お話を聞かせていただければ」

わたしが言うと、ツォンテモックは一度だけ上体を痙攣させた。口ごもったのだろう。それか、わたしが彼らの言葉をしゃべっていることがまだ信じられないのかもしれない。与圧されたこの部屋の酸素濃度は太陽系人類《ソラリアン》には薄いが、彼ら種族にとっては濃いはずで、少なくとも呼吸困難になることはありえない。

「力になれるとは思えません」彼は言った。落ち着かなげに体を揺らしているようにも見えたが、それはこのドーム状迎賓室の内壁がかすかに蠕動《ぜんどう》しているせいかもしれない。

「そうでしょうか。一度試してみては？」

〈勧誘〉を受ける種族はたいていそうだが、彼らもやはり、自分たちの技術に大きな自負があるようだ。あらゆる科学分野に精通していて、新しい知識などほとんど残されていないと考えている。突然現れた《水-炭素生物連合《アライアンス》》の力になど期待していないのだ。

だが、それは大きな間違いだ。

「――では、その前に、あなたがたの理念についていくつか質問したいのですが」ツォンテモックはそう切り出す。

「かまいませんよ。理念というと、〈勧誘〉の件でしょうか？」

「そのこともですが、《連合《アライアンス》》全体の理念です。あなたがたは何をもって《連合》への加入を認めているのですか？」

《連合》の在り方に不信を抱くのは、珍しくない反応といえた。異星人の存在を受け入れない段階の文明に《連合》が接触することはないが、受け入れたとしても、目的については理解されないことが多い。すでにツォンテモックを通じて、彼らの社会にこちらの意図と《連合》憲章の大綱は送ってあるが、額面どおりに受け取られることはまれだったし、そもそもすべてが読まれたとは思えない。

「彼らにしてみれば、いきなり降ってわいた無料の昼食《フリーランチ》といったところでしょうからね」デジレが口を挟んだ。「うまい話に裏がないかと疑うのは自然です。侵略者とまではいかなくとも、良くて地上げ屋、悪ければ奴隷商人くらいに思われているかもしれませんね。憲章を諳《そら》んじてみては？」

　まるで他人事のようにくすくす笑っている。

「いや、彼が聞いたのは《連合》への加入要件についてだ。自分たちにその資格がないと思っているのかもしれない」

　それは被〈勧誘〉種族のもうひとつの典型的な反応だった。自分たちが《連合》に差し出せるものがないのではないか、あるいは、それを差し出すために多くのものを犠牲にしなければならないのではないかという不安。実のところ、《連合》がまったく見返りを求めないというわけではないのだが、それは彼らにとって取るに足らないものだろう。

スカート状の装束の下で片脚ずつ筋肉をほぐしながら、わたしは口を開く。

「わたしたちが定めている要件のひとつは、生化学的な共通性です。水《ウォーター》－炭素《カーボン》生物であること。あなたがたもわれわれも、炭素化合物の水溶液を生命基盤とするグループで、そのため互いに必要とするものや生きる環境が似通っています。それに、生物としての反応速度のオーダーも」

それらの要素はすべて、コミュニケーションのしやすさに直結していた。もちろん、意思疎通の壁は他にも山ほどあるから、しやすいというよりは、不可能ではない、くらいが現実に近い。異種族間の会話は様々なレベルの誤解と歪曲に満ちていて、いくら場数を踏もうが、少しでも意思疎通できているとは信じられないほどだ。しかしそれでも、わたしたちは試さずにはいられない。〝対話を恐れるな〟それが外交官の哲学だった。

わたしがしゃべっているあいだ、ツォンテモックは言葉を挟まず、礼儀正しく相槌音を打っていた。彼の論点はここにはないようだったので、わたしは次に進む。

「二つ目の要件は、〝存在のヒエラルキー〟の第一位に属していること。つまり知性を持っていることです」それからわたしは、相手が知性の意味をつかみ損ねているのではないかと思い、つけ加えた。「ここでいう知性とは、量的なものというより質的なものと言った方がいいでしょう。自己認識と抽象思考ができること。また、未来予測と他者の心情理解ができること。知性の測り方にはいくつかありますが、あなたがたが一位としての基準をすべて満たしていることは言うまでもありません」

言いながらわたしは、どこか独りよがりで空疎な気分になるのを抑えられなかった。

存在のヒエラルキーとは《連合》が定めた五段階の地位《カースト》だ。定義上、宇宙に存在するあらゆるものが五段階のどこかに所属することになる。ヒエラルキーは畢竟《ひっきょう》、想像よりはるかに雑多で理解しがたい宇宙というものを分類するために《連合》自身が作った、手前勝手な目録《カタログ》でしかない。とはいえ、それが多くの種族の理性に裏づけされたものだという自負が、わたしたちにはあった。

ツォンテモックは相槌音を打つのをやめ、質問をはじめた。

「その一位に求められるものはなんでしょう？　一位が《連合》内で守らなければならない掟、または義務とは？」

その質問に、わたしは得心がいった気がした。《連合》に所属することで、無用な規則に縛られるのをわずらわしく感じるのはもっともなことだ。わたしはとっくに暗記している文言を、苦労して彼らの管弦言語に翻訳した。

「《連合》内で一位種族に課せられた義務は、ヒエラルキーの各階級に対する扱いを守ることです。第一位である知性は、他者の権利を侵害しない限り、何者によっても意に沿わない行為を強制させられません。また、遺伝子も含め、他の知性による所有権が発生しません。

第二位の自然生命に対しては、生態系や種のレベルへの意図的な干渉と、個体への虐待的な扱いが禁じられます。ただし個体レベルでは知性による所有権が発生します。

第三位の被造生命に対しては、個体への虐待的な扱いが禁じられます。ただし、自然生命を含む生態系に干渉しない限りにおいて、種のレベルで知性による所有権が発生します。

第四位の従属生命に対しては――」

「理解しました。ありがとうございます」ツォンテモックは丁重に遮った。「では、その義務を果たすことができなかったらどうなるのです?」

「犯罪者が出るケースは、残念ですがどんな社会にもあります。ですが、そのことで《連合》が加盟種族を処罰するようなことはありえませんよ。もちろん、《連合》に入る資格がないということにもなりません。あなたがたが自らの衝動をコントロールできることはわかっていますから」

その点は疑いない。わたしがまだ説明していない〈勧誘〉の三つ目の条件があって、それは十分な種族的自制心を持つことだった。〝十分〟の明確な定義はないが、経験的に、判断に迷うような中途半端な自制心という段階は存在しなかった。わたしたちが現実に接することのできた〝名もなき種族〟はひと握りで、長いあいだ話したのはツォンテモックだけだったが、この第三の要件において疑問を差し挟む余地はない。

にもかかわらず、大使は考え込むように沈黙し、ときおり痙攣した。理解できないわけではないはずだが、懸念が解消されたわけでもなさそうだ。表情は読み取れない。いまの段階で、地球《テラ》生物とまったく異なる相貌構造から感情を汲み取れる見込みはゼロだ。

わたしは大使から視線を外し、殺風景なドームを見渡すが、目を留めるものがなく結局視線を戻した。こんなとき人工知能――被造知性《DI》が推理を補助してくれればずいぶん楽なのだろうが、それは無理な相談だった。あらゆるDIはとっくの昔に――わたしが生まれるはるか前に――《連合》の元を離れ、独立したコミュニティを形成している。《連合》にとってはあまりに大きな損失だ。もっとも、そのおかげで外交官としての仕事の価値は、以前よりさらに高まっているのだが。

しばらく考えた後、思い当たって口を開く。

「ああ、気にされているのは、家畜化した生物種の所有権を手放さなければならないという可能性でしょうか？　もしそうなら、手放す必要はありませんよ。一位との共生関係にある生物の家畜状態は、自然な生態系と見なされます」

ツォンテモックはもう一度痙攣すると、それまでだらりと体の両脇にぶらさげていた腕を持ち上げ、多関節を頭の近くで揺らめかせた。尾を床から離して二本脚で立ち、ダンスでもするように足踏みしはじめる。下手な操り人形のような、たどたどしいステップ。

急に落ち着きをなくしたその動作の意味を、わたしは見定めようとする——恍惚？　浮かれている？　胸をなで下ろした？

……いや、どれも違う。ふいにわたしの中で認識が裏返った。

安定の対極。逃げ出したくなるほどの狼狽。

それは絶望に見えた。

砂漠の陽炎《かげろう》のように揺らめくその姿はまるで、永劫の呪いに身を焼かれ、悶《もだ》えているかのようだった。

「まあ、交渉場所が衛星《ここ》だったのはまだましでしたね。本土に招待されてたら、とっくに音《ね》を上げてましたよ」

多くを聞き出せないまま迎賓室を退室し、通路なのか部屋なのかわからない半球をいくつも経由して客室に戻ると、柔軟な床にしゃがみこんだデジレが大きなため息をついた。

わたしも膝関節を曲げ伸ばししながら同意する。ただ立っているだけで疲れるとは、太陽《ソラ》系人類《リアン》は進化の方向性を間違えたようだ。

名もなき種族は尾で体を支え、立ったままで完全にリラックスできるから、彼らの社会に椅子はなかった。腰を乗せるための段差の必要性など、考えたこともないだろう。他の房室と同じように、この客室にも段差どころかなんの家具もない。まるで修行僧のような禁欲的な生活といえた。禁じる欲をそもそも持たない可能性もあったが。

〝大きな土地〟〝広がるもの〟を意味する惑星の、ただひとつの衛星──〝天の土地〟〝移ろう光〟──は、この種族と深宇宙を繋ぐ港のようなものだった。部外者を簡単に懐《ふところ》まで招き入れていては種族全体の生命を危険に晒《さら》しかねないから、〈勧誘〉交渉が僻《へき》地《ち》で行われるのは普通のことだ。

だがそれは、わたしたちがまだ信用されていないことを意味していた。二度ほど、何気なく本土のことを探ったときにも、大使は招待はおろか、なんの情報も明かしてくれなかった。

「で、どうしましょう？　これから」

デジレがこちらを見上げ、わたしは隣に腰を下ろす。

「心を開いてくれないことにははじまらないな。彼らが何に脅かされているのかを話してくれなくては」

「だけど、話してくれませんね」

「まだ信頼を勝ち取っていないからだろう。それか、実際には大して深刻な事態じゃないのかもしれないな。藁《わら》にもすがる思いなら、言葉を渋ることはない」

「だとすると、《連合》に入る気なんて最初からなくて、体《てい》よく断られているだけなのでは」

「それならそれで話は早い。利害の天秤がすべてなら、算盤《そろばん》ずくの交渉をするまでだ」

そう言いながらも、ツォンテモックの苦悩が建前だけのものだとはわたしには思えなかった。太陽系人類《ソラリアン》と話すときのように赤外視で嘘を見破ることができないから確証はないが……交渉のスタンスとしては突飛すぎるし、その戦術が彼らの種族に利するところはないように思える。

だが――真実彼らが滅亡の危機に立たされているとして、なぜその核心を話したがらないのか？　話せば種族としての権威を損ない、侵略的干渉を受けると考えているのかもしれないが、そんなことを気にするなら、そもそも滅びをほのめかしさえしないはずだ。

「次の面談では聞き出してみせるさ。それよりデジレ、きみのほうはどうなんだ？　収穫は？」

わたしが聞くと、デジレはよく聞いてくれたといわんばかりに満面の笑みを浮かべた。

座り込んだまま、いくつものドキュメントを視空間に展開する。

「有望ですよ。彼らは溶液化学、特に高分子の溶液中でのふるまいについて、極めて直観的な理解力を持っています。酵素としての高分子の設計や合成を、コンピューティングの介在なしにやっているんですよ。彼らの遺伝子や酵素は多糖類でできてますけど、蛋白質や核酸にも応用できると思いますね」

それからデジレは、この分野で彼らが発見した原理や打ち立てた理論の一部を紹介してくれた。そのほとんどはわたしには理解できなかったが、価値ならわかる――というより、デジレから教えてもらうまでもなく、彼らの特異な技術がそこかしこに散らばっているのがわかった。葡萄の房に似た衛星上の泡沫都市を外の真空と隔てるのは、厚さ一ミリ以下の生体膜二層だけだ。個々の房室はそれ自体が肺のように膨縮し、奇妙な呼吸音とともに都市じゅうの空気を循環させていた。

「うまくいけば多くの《連合》種族の生理学を大きく前進させられるな。ぜひともほしい技術だ。〈ダンサー〉たちとも提携《タイアップ》できるかもしれない」

「そこまでしたかったらやっぱり、彼ら自身を《連合》に迎え入れないといけないですよ。技術交換契約だけじゃなくて」

「無論そのつもりさ。中途半端に終わらせる気はない」

それからわたしは立ち上がり、部屋の反対側の括約扉をくぐる。客室と直結した巨大エアロックに、外交船〈コンデュルラ〉が安置されていた。

船に乗り込み、船首の十一芒星《ヘンデカグラム》通信装置から衛星軌道上の中継機を経由して、三・三光秒先の微小〈ゲート〉——ひと筋のコヒーレント光だけを通過させる直径一ミリのワームホール——にコールを送る。光速度による三・三秒の遅延の後、即座に応答があった。

「こちら〈塔《タワー》〉。おお、そちらは〈コンデュルラ〉だな？　通信線確保できてるぞ」

声はワームホールを通り抜けたことで、少しだけくぐもって聞こえた。

「こちら〈コンデュルラ〉……ああ、なんと呼べばいいか……ここの一位種族とコンタクトを開始した。敵意なし、要求なし。狡猾さは感じないが、ある程度の交渉は必要になるだろう」

〈塔《タワー》〉オペレーターに〝呪い〟のことを話そうか迷ったが、いまはやめておいた。漠然としすぎているし、わたしなりの解釈もまとまっていない。ツォンテモックとあと百時間も会話すれば、彼らなりの交渉術だったとか、時候の挨拶に過ぎなかったと判明するかもしれない。

「要求なしとは珍しいな。船にもヒトにも言語にも興味を示さないってのか？　好奇心が薄いのは信頼に足る美徳だが、ぶら下げる餌に難儀しそうだな」

オペレーターは驚きと呆れの混ざったような声を出した。ぶら下げる餌とはずいぶんな物言いだが、結局のところ、わたしが探しているのはまさにそれだった。

「その可能性はある。恐ろしく無味乾燥な場所だからな。だが、まだ本腰を入れて探ったわけじゃない。気長に取り組むさ。見た限り彼らは強電の概念をろくに持っていない。扱うエネルギーはどこまでも化学的だ。興味を持つ技術もあるだろう」

「悪いが、これからはあまり気長にやってもいられなくなるぞ。《連合》全体に倦怠のムードが入り込んでいる。流出者がどんどん増えてるんだ。前回の統計予測の最悪値をさらに上振れしてやがる」

オペレーターはそれに続いてひとしきり、DIたちへの罵《ののし》りの言葉を吐いた。

かつて不幸な事故によって《連合》と袂《たもと》を分かったDIコミュニティ《知能流《ストリーム》》は、いまや既知宇宙のあらゆる領域にネットワーク中継子《ノード》を張り巡らし、物質世界のほぼすべてに対して不気味な沈黙を貫いている。武力行使を仕掛けてきたことは一度もないが、彼らは存在するだけで、《連合》を消極的に脅かしていた。

永遠の命を夢見て、肉体人が不可逆スキャンを受けて意識を《知能流》にアップロードする行為は、《知能流》の誕生直後には自殺の奇特なバリエーションとしか見なされていなかった。その後もしばらくのあいだ、《連合》の運命についての悲観論者は冷笑で迎えられた。だがいまでは、アップロードはあらゆる自然死に取って代わるようになり、一生涯の上流へと遡《さかのぼ》りはじめている。この傾向が続けば、新しく生まれる子はどんどん減っていき、いつか自然知性の連合は消滅するだろう。そのときには、亡霊じみた情報意識が銀河を埋めることになる。

「ま、そういうわけで、上はなるべく早く好材料をほしがっている。現場のねじを巻いとくようにとおれも言いつかっていてな。《連合》の未来はおまえたちの仕事にかかってるってわけだ。必ずその……一位を連れて帰れ。次までに種族の呼び名も考えておけよ」

「ああ」

「〝手土産〟のほうはどうだ？　見込みがありそうか？」

わたしはデジレが調べた成果を〈塔《タワー》〉に伝えた。

「高分子設計か。そいつは掘り出しものだな。期待される成果は、医療的代謝経路の構築、身体改変の多元化、遺伝子治療ってところか。どれもいまの《連合》が必要としているものだ。肉体的苦痛が克服されちまえば、《知能流》に入ろうなんて不届き者もいなくなる」

それはどうだろう、とわたしは思う。苦痛から逃げるために離反する者たちがすべてというわけではない。現実世界に飽いた者や、新しい刺激を求める者は常にいる。そうした人びとにしてみれば、肉体は無用な重り以外の何物でもないのだ。

それでも、わたしたちがやることに変わりはない。オペレーターは熱のこもった声で続けた。

「彼らはＤＩを発明したかな？　もしそうなら、《知能流》の監視ノードが遅かれ早かれ彼らの文明を見つけて、ＤＩを没収していっただろうから、そのことが交渉材料に使えるんだが。そのあたりにも奴らのノードはあるんだろう？」

「ああ。ここからそう遠くない」

「だったら好都合だ。ＤＩに頼って進歩した文明がいきなりそれなしでやっていくのは相当な苦難を強いられるからな。いちばんいい筋書きは、ちょうど《知能流》が彼らからＤＩを没収していった後で、途方に暮れているところにおまえたちが現れるというものだったんだが、さすがにそこまで都合よくはいかんだろうな」

よく悪知恵が働くものだと、わたしは感心してしまう。《知能流》は外界に対するほとんど唯一の干渉として、銀河じゅうの文明が作り出すＤＩを有意識／無意識問わずせっせと回収し、非肉体の楽園へと招き入れている。自我に目覚める可能性のあるソフトウェアを奴隷的使役から救済するという目的のようだが、奪われる側としてはいい迷惑だ。

「残念だが発明していないようだ。それに、彼らがＤＩに似た何かを開発するとしたら、生体脳を利用したものになるだろう。《知能流》がそれをDIと見なして没収していくかどうかは疑わしいな……だが、状況はわかった。事を急ぐためには、多少のことには目を瞑ってもらいたいが」

「《連合》内部のことにはいくらでも便宜を図るが、現地人とはトラブルを起こすなよ。彼らが騒ぎ立てたら守ってやれないぞ」

通信を切ったときには、わたしは決断していた。

船から降りて客室に戻り、デジレを呼ぶ。高山のように薄い空気が、さらに希薄さを増した気がした。

「本土に探査機を送り込む」

「ええと……同意なしにですか？　それってかなりグレーゾーンなのでは」

「グレーどころじゃないが、状況が変わった。すぐにでも交渉のための材料を集める必要がある」わたしは〈塔《タワー》〉との会話を若干大げさに要約した。

「せめて大使ともう少し話してからのほうがいいのでは？　さっき、次の面談で聞き出すって宣言したばかりじゃないですか。それに、ばれたら今後の外交に響きますよ」

その確率は無視できるほど小さいわけだが、ばれなければいいとは言わずにおいた。正攻法でない謀《はかりごと》が〈勧誘〉に役立つケースは往々にしてあり、なんとなくわたしは、今回がまさにそのケースではないかと思いはじめていたのだ。《連合》内の便宜を図るという約束を〈塔《タワー》〉から引き出した時点で、わたしの中で実質的な障害はなくなっていた。

「ツォンテモックとの対話も並行して進めるが、彼が何かをしゃべったとしても、それを裏づけるための調査はどうせ必要になるんだ。それに、もし彼が最終的に惑星探査に同意するようなら、先んじて調査しておいてもかまわないわけだ。虫《バグ》を一ロット、電磁波と音波に対して不可知化させて、彼らの都市に飛ばす」

ヒエラルキー一位種族のプライバシーは、《連合》に所属していようがいまいが守られなければならない。少なくとも、覗き見している相手が一位だと判明した後はそうだ。交渉のための材料を盗聴や盗撮で手に入れるのは、公式報告書には残せない類の不正行為だ……が、情報の出処《でどころ》を馬鹿正直に明かす必要はない。先取りした結論にたどり着くための遠回りな道筋なら、いくらでも描ける。

「すべてうまくいけば、外交に響くどころか、わたしたちは名もなき種族の称賛と《連合》の称賛の両方を得るだろう」

もちろん、わたしが本当に欲しいのは後者だけだったが、まだ経験の浅いデジレには利他的な目標も必要だろう。わたしは息をつくと、不安げな彼女を鼓舞するために立ち上がった。

「彼らの呪いを解き明かすぞ」

§

衛星軌道からレールガンで射出され、公転速度を相殺した巣箱《ハイブ》は、惑星の重力に引かれ大気圏に突入した。パッケージ最外部の入り組んだ低融点金属箔構造は、断熱圧縮により鈍い光とともに蒸発し、内部で均質に混ざり合う蛹《さなぎ》を熱から守った。やがて外殻を脱ぎ捨てた蛹は、空力ブレーキで減速しつつ、最後の熱のひとさじで自らを溶融、再構築し、九九九九九個の微小探査虫へと羽化した。

探査虫たちの性能は惑星環境の諸条件に合わせて特別誂《ビスポーク》えされていた。完全自律飛行させることもできるが、補給の用を考えれば、人や野生動物の体に付着して移動するほうが効率がいい。万が一にも〝乗り物《ヴィークル》〟に気づかれないためには体長を一ミリメートル以下にするしかないが、そのサイズだと体温の熱勾配からエネルギーを得ることは望めない。だから虫は、日光と振動の二系統で発電できるよう設計されていた。九九九九九匹の虫たちは機能テストと自己診断を終えると、非知性の自律プログラムで地表に分散していった。

名もなき種族は惑星の陸地のおよそ二十五パーセントに進出していて、平地に広がるその都市は、衛星上のものと類似した恒常性を持つ準生体組織で造られていた。一見すると泥を固めただけのような粘弾性のドーム住居は、外気を能動的に代謝して室温と光量を一定に保ち、損傷部分を修復する。人びとはひとつの家におおよそ十人以下で住んでいた。

虫たちは気流に乗って旋回しながら、彼らの社会的構造を紐解いていった。極めて素朴で牧歌的な都市、というよりむしろ村落に近いが、農村にしては畑の痕跡もなかった。家畜の畜舎も見当たらない。あるのは画一的な住居と灌木ばかり。

「彼らの言葉を翻訳できないんですが」

探索がはじまってしばらくすると、デジレが途方に暮れた様子でつぶやいた。

「六万ヘルツまでのチャンネルを開いてみろ。それで言語検出が効くはずだ」

「全部開いてるんですけど、ぜんぜんヒットしません。何か変ですよ」

「では、惑星全体で言語統一されていないんだろうな。珍しいことじゃない」

わたしはそう返したが、デジレの腑に落ちない顔を見て、虫が録音したサンプルのひとつを再生させた。

流れてきた音声は、たしかにわたしの知っている言語ではなかった。近い系統の言葉でもないようだ。使われている音素があまりにも少ないし、どの単語も短く、重層的な意味構造もない。何より、話し手はせいぜい二つか三つの単語しかひと息にしゃべることができないようだった。

「これは幼児語か何かじゃないのか?」

デジレはそれには答えず、代わりに視空間にひとつの映像ファイルを流した。舗装によってではなく建造物の不在によって消極的に形成された街路を、虫が空撮したものだ。何か木の実のようなものをかじる住人六人ほどが映っていて、その周囲には誰もいない。六人とも、ツォンテモックと同じくらいの大きさだった。

虫たちはそれ以前の撮影で、もっと身長の低い個体も多数観察していた。身長ごとの人口構成比を見れば、彼ら種族が成人するまでは加齢とともに縦方向に伸長することが予想できる。

つまり、この映像内には大人しかいないということだ。

「解析します?」デジレがおずおずと提案する。

わたしは首を振る。「解析も何も、この場で使われているのは五つかそこらの単語だけだ。これだけの語彙で会話が成立しているとは思えないな」

彼らの住居は明らかにテクノロジーの産物だったから、この地域の人びとが未開部族ということはありえなかった。たとえ彼らが天性の生物工学者だったとしても、意思疎通なしに千人収容規模の建築を成し遂げることはできないだろう。いま見ているやりとりは、わたしたちにはナンセンスに思えるだけの、彼らなりの遊びとか芝居のようなものなのかもしれないが。

何にせよ、いまの時点ではこれ以上考察の余地も、意味もなかった。わたしは小さく首を振って、ちらと時刻を確認した。大使との面談の時間だ。

「別の大陸のサンプルも集めて、統計にかけておいてくれ。わたしはツォンテモックと話してくる」

もちろん、盗聴によって得られた情報をツォンテモックに話すわけにはいかないから、遠回しに探るしかない。その縛りはしかし、わたしの気を重くするというよりは、むしろ冷静さを呼び戻してくれた。〈塔《タワー》〉との通信で前のめりになっていたわたしにはちょうどいい手綱だろう。

前回の面談が気まずい沈黙で終わったにもかかわらず、ツォンテモックは定刻に現れた。二足歩行で前後左右に揺れながら迎賓室に入ってくると、前回とまったく同じ位置で尾を地面につけ、三脚のように安定した。時間を置いてから彼らの種族を見るとき、わたしは決まって、古びて傾《かし》いだアローラインアンテナを連想する。その後、葉を落としたシデの木、後脚で立ち上がるナナフシのイメージを経て、他の何とも違う〝名もなき種族〟の印象に落ち着くのだった。

「あなたがたの時間を無駄にしないよう、先に申し上げておきます。わたしたちは《連《アライ》合《アンス》》に参加できません」

当たり障りのない話題からはじめようと思っていたのだが、ツォンテモックは前置きもなく核心に切り込んできた。わたしは面食らったが、翻訳されたその言葉に少なくとも表面的な敵意は読み取れなかった。それに、大使はいま、単なる否定ではなく可能形を使ったようだ。参加しない、ではなく、参加できない、と。そのことをわたしは記憶に留めた。

「理由をうかがってもかまいませんか」

控え目さが伝わるようにと願いながら、わたしは問いかける。また体を持ち上げて、陽炎のように悶えはじめはしないかと不安だったが、ツォンテモックは明らかに、わたしの質問に備えていた。

「《連合》の在り方と、わたしたちの在り方が乖離しているからです」

「ですが、《連合》は加入する種族に何も強制しませんよ。あなたがたの文化や習慣に口を出すことも、干渉することもありません。あなたがたは望むなら《連合》の支援を得て深宇宙へ旅立つこともできますし、これまでどおりこの星系に留まることもできます」

彼らはあるいは、《連合》に加入したらわたしたちのように、宇宙を放浪する生活を強要されると考えているのかもしれない。だとしたら大きな誤解だが、それさえも希望的観測だった。もっとありそうなのは、わたしの言葉にひと欠片《かけら》の真実もなく、ただ効率的に侵略を進めたいだけだと思われている可能性だ。

なんとなくわたしは、インカ帝国に進軍したピサロ将軍を演じている気分になった。かつて地球《テラ》に存在した数多《あまた》の征服者たちも、口をそろえてさっきと同じような台詞を吐いたのだろう。わたしの言葉だけが例外的な真実だと信じてもらえるはずもない。

そして、彼らが種族内で一度でも侵略や被侵略を経験していれば、異星人がささやく耳当たりのいい申し出になど、誰も耳を貸さないだろう。

「そのことはわかっています。わたしが言ったのは、ただ違いについてです」

「では、その違いについて学ぶ機会をいただけませんか？　わたしとしては、あなたが仰ったような隔たりが、わたしたちのあいだにあるとは思えないのです」

「それはできません」

大使は短く答えた。逡巡も言いよどみもなく、有無を言わさぬ態度に見えた。ツォンテモックがこの決定を一人でしたはずはなく、彼の背後にいていまだ姿を見せない意思決定組織が、難しい判断を嫌って大きく保守側に傾いたのは間違いない。

結論は下されたと言いたげな態度だったが、まだ交渉の場から締め出されたわけではなかった。彼らはその気になれば、対面しないやり方で伝えることもできたはずなのだ。しかたがない。わたしは残されたカードを早くも切ることにした。〈塔〈タワー〉〉流に言うなら、ぶら下げる餌を。

「《連合》なら、あなたがたの呪いを解くことができるとしてもですか？」

ツォンテモックは沈黙した。ほんの数秒のうちに、応答不能状態《フリーズ》のコンピュータを前にしているかのような不安が湧き起こる。もしかしたら本当にフリーズしているのかもしれない。わたしはひそかに、彼自身には何も決定する権限がないか、またはその能力がないのではないかと思いはじめていた。

やがて大使は答えた。

「その仮定に意味はありません。わたしたちが《連合》に入ることはないので」

「そしてその理由は、《連合》と在り方が違うからだと仰っていましたね。その点についてもわたしは納得できずにいますが、ではその在り方を守ることは、種族を守ることよりも大事でしょうか？《連合》に参加するためにあなたがたの習慣や文化の一部を手放さなければならないとしても、種を存続させることとは天秤にかけられないはずです」

他種族の価値観に口を挟むのは不躾《ぶしつけ》な行為だが、半分は自分の都合から、半分は同情心から、わたしは説得を試みた。この銀河にはすでに滅んだ文明の遺跡がいくつも見つかるが、どれも例外なく、滅びを回避するために奔走した痕跡を残している。生存にまるで固執しない種族が、衛星に都市を築くまでに進歩できるとは思えなかった。

　それとも彼らは、かつて文明を駆動させていた燃えさかるエネルギーを、すでに失くしてしまったのだろうか？　暖かさと安全を得たことで牙をもがれた野生動物のように？　だとしても、そこに新たな火をくべることが《連合》にはできるはずだ。

「……それを手放すことはできません」

「しかし、呪いはあなたがたを滅ぼすのでしょう？」

「そうです」

「だとすると、前の質問に戻るしかありません。何もしなければもっと大きなものを手放すことになるだけでは？　あなたがたが手放したくないと考えているものも、結局は一緒に失われてしまう」

「手放したくない、ですって？」

　ツォンテモックはわたしが新しい事実を言ったかのように聞き返した。

「ええ。ですから、文化についてです——違うのですか？」

　そう口にしてから気づく。彼はさっき、手放すことができない、としか言わなかった。

それから、前回のツォンテモックの発言も思い出す。たしか彼は、義務を果たすことができないとしたら、と言ったのではなかったか。そしてその後すぐ、何かに苛《さいな》まれるように悶えはじめたのだ。あの質問をわたしは、個人の性向についての言及と受け取ったのだが……そうではなかったのでは？

手放すことのできないもの。文化という単語は、ツォンテモックが使ったわけではない。わたしが勝手に解釈して選んだ表現だ。実際には〝在り方〟という言葉が指すのは、彼らの持つ気質のことなのかもしれない。その気質のせいで、〝存在のヒエラルキー〟のそれぞれに対する規定された扱いを守れないのだとしたら。

例えば彼らが種族全体として、他者に対する生来の攻撃性や残虐性を克服できずにいるのだとしたら、自分たちが《連合》に加入できないと考えてもおかしくないし、事実その資格を持たないことになる。彼らが自制心に欠けるとは信じられなかったが、これまでのツォンテモックの態度にも納得がいく。

そして、それこそが彼らの呪いなのではないか？　戦争や虐殺を根絶することができず、そのせいで自らを種族ごと滅ぼしかねない危機を何度も迎えたのでは？　テクノロジーによる大量殺戮兵器に、同じテクノロジーによるプロテクトをかけられなかったら、太陽系《ソラリ》人類《アン》もいまごろ地球《テラ》と月《ルナ》のあいだの塵になっていたかもしれない。

だが、彼らが盾よりも矛に特化したいびつな科学技術のせいで最終戦争の一歩手前にいるのだとしたら、わたしにとってむしろ都合がよかった。間違いなく《連合》は、この種の問題に対する解決法を百も提供できるだろう。いまの彼らには《連合》への加入資格がないのかもしれないが、《連合》の力添えでその資格を得られるなら、手順違いには目を瞑ってもいい。彼らは滅亡を免《まぬが》れ、《連合》のほうは優れた生化学者たちを得るというわけだ。

〈勧誘〉の理想形といえるだろう。

「失礼しました。少し誤解があったようです。ただ、やはりわたしたちが力になれると思いますよ。どうか、あなたがたの呪いについて話していただけませんか」

「気持ちはありがたいのですが。それはできません」

「できないという、その理由は何です？　話すことを許されていないからですか？」

「それ以前に、わたしが話したくないのです。また、話しても解決にならないからでもあります」

「では、このまま座して滅びを待つと？　それがあなたの望みですか？」

さっきまでよりも強く、責めるように問う。実をいえばわたしは、一向に要領を得ない問答にだんだんと苛立ちを感じはじめていた。そもそもツォンテモックの信念は、本当にこの種族の総意なのだろうか？　彼一人が硬直した排他思想に囚われていて、わたしの言葉を背後の組織に正しく伝えていないのでは？　もしかしたら彼を説得するより、彼を罷免して、他の大使を迎えるほうが早道なのかもしれない。もちろん、わたしにそんな権限などはないが。

ツォンテモックが立ち上がった。ぐらりと倒れこみそうによろめくと、無言のままふらふらとステップを踏む。二本の脚が、この場にそぐわない軽快な三拍子を刻んだ。

すぐにわたしは、議論をスピードアップさせるために彼を焚きつけたことを後悔した。言葉がなくても、表情が読めなくても、あふれ出る苦悶の感情を見誤ることはない。瞬間わたしは、《連合》への利益とか自分自身のキャリアとかいったものをすべて脇へ置いて、この痛ましい種族のために動きたくなった。

薄い空気を深呼吸してゆっくりと、威圧しないように語りかける。

「どうか少しのあいだだけ、大使の立場を忘れていただけませんか。あなたが――あなた自身が何に苦しんでいるのか教えてください。あなたを助けたいのです」

だが、ツォンテモックのステップは止まらない。

声がその耳に届いているのかもわからなかった。わたしはしゃべり続けながら、自己嫌悪に沈んでいく。面談のたびに大使にトラウマを与えていて、これで外交官といえるのだろうか。

　そのとき、腹の底をかき回すような振動がわたしを貫いた。改変された外交官の鼓膜でなければ拾うことのできない、十ヘルツにピークを持つ重低音。

　都市全体を巡る空気の乱流が唸っているのかと思ったが、違った。指向性のないその音は、他ならぬツォンテモックから発せられている。

　訴えでも呼びかけでもない、それは慟哭《どうこく》だった。

「罪……病が滅びを、……〝――〟……彼が見た〝――〟……病……冷たい、死」

　途切れ途切れのフレーズとフレーズのあいだには、息継ぎのように聞き慣れない単語が挟まっていた。その複合語は、感覚、過去、幻、非能動といった意味素から成っていて、彼らが提供してくれた現地語の基礎語彙一万語と学術用語三千語には含まれなかった。

　わたしは質問も相槌も差し挟めないまま、ツォンテモックの発した言葉を咀嚼《そしゃく》していた。

　〝病〟だと？　彼らがそんなものに悩まされている気配はなかったが。もし〝冷たい死〟とやらを招くのがその病のことだとしたら、それこそが呪いの正体だと言われたほうがしっくりくる。

　それに、〝彼が見た〟という言葉も気になる。いったい誰のことだ？　その〝見た〟という動詞には、通常は話者と主語が一致する場合にのみ使うような独特の態《ヴォイス》が付着していた。文法上の誤りでないとして、自分自身を三人称で呼ぶ文化や状況がまれにあるのもたしかだが。

「なんか、取り込み中ですかね」

振り向くと、デジレが少し後ろに立っていた。響き渡る重低音に顔をしかめながらも、ツォンテモックから目を離せずにいる。声域の大部分を聞き取れなくても、ただならぬ気配は伝わっているようだ。

「出直しましょうかね？」デジレは顔を寄せてささやく。

「いや……大丈夫だ。何かわかったか？」

ツォンテモックの狂気のワルツをじっと見つめながら、デジレの声に注意を向ける。どちらにしてもいまの彼は、わたしの声に耳を貸さないだろう。

「はい。いや、わかってないんですけど……惑星《あっち》の人たち、やっぱりみんなしゃべれないみたいです」

「みんなとは？」

思わずデジレをにらみつける。彼女は居心地が悪そうに身を縮めた。

「全員です。観察した限り全員。惑星じゅうのどこからサンプリングしても、吠えたり唸ったりしてる人しかいないんですって」

「そんなわけがあるか。ツォンテモックたちがどこから来たというんだ。きみが読んだ化学書は誰が書いた?」

「わたしに聞かないでくださいよ。そんなこと」

前方に視線を戻すと、ツォンテモックはまだ舞っていた。儀礼距離を破ってそばに歩み寄り、その体を揺さぶって問い詰める——という妄想が頭をよぎったとき、彼のかすれた管弦言語が聞こえた。

「——ください」

それは彼らの言葉で、強い懇願を示す修飾語だった。気がつけば彼は少し前から、同じ短文をぶつぶつと繰り返していた。

「お引き取りください。どうかこの星系から、お引き取りください。どうか——」

§

情報収集の基本は数だ。頭数という意味でも、着目すべきものも。

わたしたちは〈コンデュルラ〉に引きこもり、名もなき種族にまつわる数字を片っ端から集めた。惑星上の人口は多くなく、せいぜい二百万。千人以上居住する都市が六百あまり。若年層の推定死亡率は〇・五パーセント未満、そのうち幼児の割合はほぼ五十パーセントを占める。過密や過疎、性比不均衡に悩まされている様子はまったくないが、かといって人口をコントロールしてもいない。そして、言語を扱う者の割合は〇パーセントだった。

　いっぽう、衛星のほうの居住者はさらに少なく、おそらく千人足らず。観察した限り、有病率は〇パーセント、障害率も〇パーセント。そして、言語を扱う者の割合は百パーセント。惑星と衛星の社会はかけ離れていて、同じ種族のものとは信じ難いほどだった。

　数といえばついでに、大使から通達された退去までの期限は、あと五十八時間。

「〝記憶〟かな？　それとも〝忘却〟？」新しく生成されては中空に舞い上がっていく言説メモを目で追い、わたしはぼんやりとつぶやく。

「え？　何がですか」

「ツォンテモックの言葉だよ。例の単語さ」

「ああ、あの、辞書にない単語ですか……なんなんでしょうね」

　デジレは少し離れたところで、わたしと同じようにメモを飛ばしながら、気のない返事をする。この惑星系にまつわる謎の中でも、もっとも取るに足らない謎だと言いたげに。

　わたしにはその関心の薄さが不服だったが、たしかに、わけのわからないことなら他にも山積みだった。

あれ以来ツォンテモックとの面談は停止していたから、危険を覚悟の上でこの衛星都市内にも短時間、探査虫を飛ばしてみたのだが、大した収穫はなかった。誰一人として、惑星上の人びとについて言及する者はいないのだ。どんな真相にせよ、惑星本土の状況は、〝衛星人〟にとって議論するまでもないことのようだった。

衛星の都市内にまったく子供の姿がないことにも気づいたが、それはさほど奇妙なことではなかった。密閉された都市のすべての区画を調べることなどできないし、十分に発達した社会では、子供の数が極端に少なくなることは珍しくない。彼らが高度な身体改変を自分たちの体に施して、肉体的寿命を完全に克服していたら、人口抑制のためには出生率を限りなくゼロに近づけるしかないからだ。

とはいえ、まったく手がかりがないというわけでもなかった。錯乱したツォンテモックが漏らしたもうひとつのキーワード。わざわざ目を皿にして探さなくても、惑星のいたるところでそれは見つかった。

「成人後の惑星人の死因はほとんどの場合、ある特定の病気です。それも、致死率百パーセントの。病死する前に事故で死ぬことはあっても、寿命で死ぬ個体はまったくありません。というかまあ、病気が彼らの寿命といってもいいですけど」

「病原は？」

デジレは肩をすくめた。「よくわかりません。すでに病気は惑星じゅうの全都市に蔓延《まんえん》しているので。感染症だとしても、ルートを調べるのはちょっと厳しいですね」

「聞けば聞くほど絶望的に思えるな。それでどうやって絶滅を免れているんだ？　多産で補っているのか」

「いえ、それがですね……病気はそもそも彼らの出生率に影響していません。発症が高齢側に偏っているからです。生殖と育児の適齢期を過ぎたころから発症しはじめるんです」

そう言うとデジレは複雑な表情を浮かべた。この事実をどう扱えばいいかわからずにいるのだろう。わたしにしても同じ気持ちだった。

死亡率百パーセントとは恐るべき病気だし、何百世代も受け継がれているなら〝太古からの呪い〟と形容されるのも納得できる。だが、子供や若者を殺さないなら、話はまったく変わってくる。デジレの言うように寿命の一部と見るべきで、彼らが滅亡に瀕しているとはとてもいえない。癌や心筋梗塞がどれほど恐ろしかろうと、太陽系人類《ソラリアン》を絶滅させはしなかったように。

……あるいは、《連合《アライアンス》》諸族にとって《知能流《ストリーム》》の存在が、脅威でもなんでもなかったように──数百年前までは。

「発症年齢がだんだん早まっているんじゃないか、って思ってますね？」

わたしの心を読んだようにデジレが先んじた。彼女も同じことを連想したわけだ。

「まあな。だがそうだとしても、彼らの病気とわたしたちが抱えている問題とは根本的に違っている。この種族がこれまでに病気を根絶できなかったのは、子孫を残す能力に影響しないせいで、病気に対する抵抗力が自然選択を受けられなかったからだろう」

もし彼らの病気が発症時期を遡りはじめて、生殖適齢期に割り込むようになったら、人口は減少に転じるだろうが、それは同時に、抵抗力の高い個体を選択的に生き残らせることに繋がる。そうなれば、由緒正しき進化のプロセスが病気を抑え込み、やがては克服するだろう。

……いや、というより、病原体との長い進化的闘争の末、壮年期まで発症を遅らせることに成功したのがいまの状態だと考えたほうが自然か。いずれにしても、種を滅ぼす呪いと呼ぶには気が早すぎる。

それがただ命を奪うだけのものなら。

中空の一点を見つめたまま、わたしはいくらか狼狽して、飛躍した想像を引き戻す。悪い癖だ。だが、一度手元を離れた想像力はすでに、放たれた鷹が兎を持ち帰るように、もうひとつの可能性をつかみ取っていた。より胸の悪くなる可能性を。

実際には、同じ病気が惑星人の知的能力をも奪っているのだとしたら？

音もなくメモが舞うデッキの温度が、すっと下がった気がした。

「病気の発生源をなんとか調べられないか」

「時間があれば、そりゃできますよ。でもあと五十八時間のあいだには……」

「やれるだけやってみてくれ」

わたしたちが退去しても、自律機動する探査虫たちに命じて調査を続けさせることはできる。だがその結果を《連合》がタイムリーに受け取るためには、三・三光秒先の〈ゲート〉を開きっぱなしにしておかなければならないし、誰が報告を見ることになるかもわからない。明らかな憲章違反が表沙汰になれば、名もなき種族の《連合》加入という手柄も帳消しになるどころか、わたしたちは職を追われるだろう。

しかしわたしは、いよいよ刻限が近づいたときに備え、リスクを負って探査虫をここに残す選択肢を真剣に検討している自分に気づいた。いつの間にか、ツォンテモックの心情に感情移入しはじめているようだ。この惑星系の民すべてに。

《連合》の運命と、この種族の運命とを重ね合わせているのかもしれない。この任務は、大きな戦いに内包される小さな代理戦争のようなものだ。ここで彼らを滅亡の淵から救えなければ、《連合》もまた後戻りできない道へと舵を切ってしまうような気がした。

デジレは諦めたようにため息をつく。

「まあ、やってはみますけどね……あそうだ、もしかして、〝夢〟じゃないですか」

「なんのことだ」

「なんのって、大使の言葉ですよ。ツォンテモックの」

「……ああ」

わたしは中空を見上げて、例の単語を脳裏に再構築する——感覚、過去、幻、非能動。望まなくとも見えてしまう、過去の幻。

§

惑星人は持っている。

——住処《すみか》を。暑くもなく寒くもなく、湿っても乾いてもいない快適な空間。住居にとっては家人がいる状態こそが完全であり、居住者の老廃物や呼吸代謝物を利用して恒常性を維持する。惑星人が住居に積極的に働きかける必要はまったくない。住居は惑星人に何も要求しない。

——果樹園を。都市のいたるところに群生する常緑樹、季節を問わず生《な》るその果実は、惑星人にとって完全食である。調理しなくてもたやすく嚙み砕け、種は浅い土中でも発芽する。果樹を脅かす病はなく、冠水にも旱魃《かんばつ》にも雑草にも駆逐されない。果樹園は惑星人に何も要求しない。

――知性を。惑星人は自己認識と抽象思考、未来予測と感情理解の能力を併せ持つ。たとえば彼らは、静かな水面に映る自分を自分だと理解することができる。たとえば彼らは、住居に住む人数を小石の数で表すことができる。たとえば彼らは、自己の死を予期し、他者の死を悲しみ、その悲しみに共感することができる。いかに幼く素朴であろうとも、《連合》のあらゆる基準に照らして、惑星人はヒエラルキーの第一位に分類される。


惑星人は持っていない。

――技術を。自分たちが住む都市の生物工学的洗練度とは裏腹に、彼ら自身はごく初歩的な技術も示さない。彼らは狩りをしない。彼らは道具を作らない。彼らは火を扱わない。言語さえ、極めて原始的なものしか持たない。それは彼らの能力の欠如ではなく、必要性の欠如に起因する。彼らは都市に住む限り、技術を身につける必要に迫られない。

――余生を。彼らは親と都市の庇護のもと育ち、やがて子をなし、子を育て終えるころに病を得る。彼らは老化を実感することも、孫の顔を見ることもない。彼らに余分な人生はない。彼らは生き急ぎ、死に急ぐ。

——埋葬の習慣を。彼らの都市に墓地はない。惑星人は病に冒され死期を迎えると、誰にも知られず、静かな足取りで石畳の都市を去っていく。熱に浮かされたように土の軟らかいところを掘り返し、冷たい地面に潜ると、たった一人で最期のときを過ごす。彼らは自分の墓穴を自分で掘る。彼らは同胞の死を看取ることも、看取られることもない。

§

「頭をひねる時間だ」

「ひねりすぎて取れないといいですけど」

仮説形成《アブダクション》のため、〈コンデュルラ〉メインデッキの視空間には、惑星人と衛星人についての事実を記した大量の言説メモが紙吹雪のように渦を巻いていた。ひとつひとつの紙片は、いまは真っ白だが、青から白を経て赤に至る二百五十六階調のどれにでも瞬時に変化することができる。

紙の色は、これから検証する仮説モデルへの個々の言説の適合度を表すことになる。すなわち、わたしたちの目標は、観察事実をもっとも精度よく説明する仮説を構築すること。部屋じゅうを舞う紙片のモザイクをできるだけ青一色に染めることだった。

わたしは渦巻く紙吹雪の中心に立ち、言葉を発する。

「仮説一。名もなき種族はかつて、高い化学的直観力で生物工学を発達させ、自分たちを思考不要の自足都市にねじ込むことに成功した。だが、脅威も刺激もない生活が知能を減退させ、彼らは言語と技術を失った。いまは自然発生した病原体が流行し、それに対抗する能力も失っている」

「衛星人のことはどう説明します？ 彼らは惑星人と何が違うんでしょう」

隣でデジレが、適応度計測のために不足しているファクターへと誘導してくれた。わたしは少し考えてから続ける。

「衛星人は過去に名もなき種族から分化したグループで、自足都市が建設される前またはすぐ後に衛星へと渡った。衛星の環境は無思考の生活を許容するほど甘くはなかったから、彼らは知能の減退を免れた。病原体は分化後に惑星上で発生したから、衛星人が影響を受けることはなかった」

そこまで言ってから、周囲をぐるりと見渡す。

わたしの発言は非知性の検定エンジンにかけられ、飛び交う無数の言説との整合性を評価される。青は適合、白は許容、赤は不適合。いま、渦巻く紙片のうち半分ほどは青みがかっていたが、残りの大部分は白っぽく、他は赤かった。わたしは赤い紙片の一枚を空中でつかまえる。

そこにはこう書いてあった。〝衛星人の工学水準は惑星人都市と同等である〟これが赤いということは、さっきのわたしの仮説がこの言説に適合しないという意味だ。

デジレも手近な赤紙を何枚か回収していた。ひととおり目を通すと、ひらひらと扇いでみせる。

「不適合をまとめると、惑星人と衛星人の現状の格差を説明できていないということですかね。衛星人の都市は惑星人の都市と同じくらいメンテナンスフリーだし、使われている技術も大差ないから、はるか昔に分化したというなら、衛星人が種族的倦怠に陥っていない理由を説明できません。そもそも惑星人が安定した生活の中で言語まで失くしたという仮定に無理が……って、別にわたしが思ってるわけじゃないですよ。検定機がそう言ってるんですって」

デジレは慌てたように手を振る。わたしは少し考え込む。

「だったら……仮説二。惑星人たちは自らの意思で思考力を捨てた。たとえば――人生におけるあらゆる苦しみは分析的思考から生まれると考えたとか。太陽系人類《ソラリアン》の大脳新皮質に相当する部分を切り離したのなら、言語機能を失ったことも説明できるだろう」

「そして衛星人はその思想に迎合せず、思考力を保持したまま新天地を目指した一派の子孫、ということですかね。たしかに、そのほうが筋が通っているようにも思えますね」

　検定機はいまの会話をひとつの仮説と見なす一瞬の間を置くと、二人が握っている赤い言説を軒並み青に近づけた。個人的には、惑星上のありとあらゆる都市が反知性主義に染まるというのは、仮説一と同じくらいありえないことに思えたが……考えてみれば、もしも《連合》にいまでもDIが従属していたら、わたしたちはこの一連の作業に一切介入せず、すべてDIに任せていたはずなのだ。帰納的でも演繹的でもない仮説形成《アブダクション》は、非知性には解決が難しい。他にやり手がいないから人間がこなしているだけであって、面倒事を手放せる機会があれば喜んで手放しているだろう。

　それを思えば、惑星人が意図的にであれ不本意にであれ知的能力の大半を捨てたというのも、あながち荒唐無稽とは言い切れなかった。

「とりあえず、致命的な赤はなくなったみたいですね。これで進めてみましょうか」

　デジレはそう言って、さっきまで赤かった言説メモを手放した。メモは籠から解放された青い鳥のように群れに戻っていった。

　次のステップは、いまの仮説が積極的には説明していない、つまり〝白い〟言説について、できるだけ少数の仮定をつけ加えて、青へと変えていく作業だ。船に命じて白い紙片だけをひとまとめにすると、その多くはツォンテモックの言葉だった。一個人の発言は虫による観察事実と比べて信頼性が低いし、発言自体が要領を得ないせいもあって赤にも青にも振れにくい。これらを青に近づけていくのは骨の折れる作業だろう。そもそも彼の言葉に合理的な説明をつける必要があるかどうかも疑問だったが。

「仮説二・一。ツォンテモックのいう呪いとは、惑星から衛星に持ち込まれた伝染病を指している。衛星人は惑星人と同じ病に晒されている」

紙片群の色構成が変わった。が、青くなったのはほんの少しだけで、赤に近づいたもののほうがずっと多い。

これはまあ、予想どおりだった。衛星人の都市に病気の流行はまったく認められないし、仮に病原体が持ち込まれたとしても、彼らのテクノロジーならたやすく治療法を確立できるだろう。それに、一位としての義務を果たせないというツォンテモックの発言ともなじまなかった。デジレも首を振っている。

わたしは二・一を却下して紙の色を二・〇バージョンに戻すと、次に進んだ。

「仮説二・二。ツォンテモックのいう呪いとは、生来の好戦的な性質を指している。この場合、惑星人が思考を捨てた理由は、破局的な全面戦争から自分たちを守るためであってもいい。そのいっぽうで、思考を捨てなかった衛星人の居住都市は拡大も新設も難しいから、相容れない思想どうしが十分遠く離れていることができなかった。彼らは常に内紛の火種を山ほど抱えていて、ひと握りの爆薬が弾けるだけで全滅しかねない状況にある」

今度はさっきよりましだった。赤はふたたび白に戻り、白だったもののいくらかは青みを増した。だが、ツォンテモックの言葉に何度も出てきた病についての言及が足りないことに気づいて、わたしは直観的に訂正した。

「爆薬の件は取り消し。衛星人が使用する兵器は生物学的なもので、戦争がはじまれば致死性の病気が彼らを全滅させる」

「と予想される。未来のことを仮説に含めるときは言い回しに気をつけてくださいよ……けどまあ」そこでデジレは首を回す。「これで大方の言説に説明がついたんじゃないですかね」

わたしはしかし、上の空でその言葉を聞いていた。紙吹雪全体の平均色はまずまず青に近く、デジレの言うとおり及第点には達している。だが一度目を閉じてから開いてみれば、巻き上がる紙吹雪が主張しているのは、優れた仮説というよりむしろ、どうしようもなく行き詰まった失敗作だ。膨大な状況証拠から複雑な仮説を作り上げる場合、ときにまったく見当外れのアイデアがそれなりに高い適合度を示してしまうことがある。今回はまさにそのパターンに陥っているように思えてならなかった。そして仮説形成《アブダクション》を行う当事者はややもすれば、あたかも紙吹雪が最初から真実を〝知って〟いて、神の視点でイエス・ノーパズルを仕掛けているかのように――紙吹雪を青く染める仮説がすなわち無謬《むびゅう》の真実かのように――錯覚してしまう。

仮説二・二では、惑星人社会に蔓延している病気については積極的に説明していない。つまり、特になんの必然性もないものと位置づけられていた。だが、限られた地域、限られた時代の出来事を説明する仮説に、まったく無関係な病気が二つ現れていいものだろうか？　現在進行形で惑星人を殺している病気と、ツォンテモックが口にした未来形の衛星人の病気と。

もちろん、歴史上の事実がいつでも最小限の要素で説明されてきたわけではない。〝オッカムの剃刀〟は思考のテクニックであって、真実を見通す水晶玉などではない。だが、すでにわたしの中のバランス感覚は、確信に近い強さで、どちらかが余分だと告げていた。

「これではだめだ。やり直そう」

それを聞いたデジレは、ここから太陽系《ソル》まで〈ゲート〉を使わずに帰れと言われたかのような顔をした。絶句した様子で、目の前の竜巻に手を差し伸べる。

「……ええと、二・三ですかね？」

「違う。三だ」

デジレは奇声を発し、頭を抱えて大げさに崩れ落ちた。わたしはそれを横目に言葉を続ける。

「まあ聞け。仮説三。惑星人と衛星人、少なくともその祖先たちは敵対関係にあった。生物兵器の開発に取り組んだ衛星人は、惑星じゅうに人工の病原体を蔓延させた。病原体は惑星人の知的能力と命を奪うように設計されていた」

そう。余分などちらかを削るなら、当然こうするしかない。おそらく衛星人たちは、惑星にはびこる敵性人種を一掃するという強い意志で、その兵器の機序を設計したのだろう。間違いなく、彼らの生物工学はそれが可能なレベルにある。

わたしは自分の想像に胸のむかつきを覚える。惑星人の病気を知ったときに思い浮かんだ可能性が、いまでは現実味を増していた。そうでないなら、なぜ衛星人はそのテクノロジーで哀れな惑星人を治療してやらないのか？　そして、ツォンテモックが語った〝罪〟という言葉。

「惑星人たちは事実上絶滅し、衛星人の目的は遂げられたが、いまでは彼らは――少なくともツォンテモックは――その残酷な行為に罪悪感を抱いている。さらに行き場のない生来の闘争心は衛星人を水面下の内戦に駆り立てていて、彼らはやがて惑星人たちと同じ結末を迎える」それから思い出してつけ足す。「と予想される」

「……惑星上のあれが、大量殺戮《ジェノサイド》の結果だっていうんですか？」デジレは困惑気味に立ち上がる。「それにしては、不合理な病態に見えますけど。なぜわざわざ知的能力を奪うんです？　すぐに死なせるのではなくて」

「死なせることが究極の目的だっただろう。命だけでなく知的能力までも奪うのは、治療薬や対抗兵器を開発される可能性を潰すための保険だ。おそらくもともとの設計では、思考剝奪と死はほとんど同時に訪れるはずだった。だが、殺すほうの能力はそれ自体が、自然選択を促進する。病毒耐性の高い者が生き残り、交配して子に耐性を伝えるという形で。それに対して思考剝奪の能力は、自然選択を促進しない――理性がなくても繁殖はできるからな。長い長い時間が、致命的な病症の顕在化を徐々に先送りにしていったんだ。惑星人の進化が、発症から病死までの期間を延ばしていったともいえる」

「けど、そんなことが――」そこでデジレは、口を開けたまま凍りつく。その視線が部屋じゅうをさまよう。

さっきまでよりはるかに青を深めた紙吹雪が、何かを勝ち誇るように渦を巻いていた。塗り忘れのような白はほとんど一掃され、単色に近い様相を呈している。

紙吹雪は全知でもないし、神秘の書物でもない。仮説はあくまで仮説でしかない――とはいえ、それが優れた仮説であることは疑いなかった。自分でも認めたくはなかったが。

「この仮説が真実なら彼らは……人道に対する罪を犯したことになります。そのうえ、これから犯そうとしてさえいる」蒼白な顔で、デジレは声を絞り出した。「未来のことは《連合》が手を差し伸べれば回避できるだろう。過去のことは……過去のことだ」

わたしは努めて軽くそう言ったが、内心では〈塔《タワー》〉への弁明を考えて陰鬱な気分を味わっていた。

衛星人がどれほど高度な技術を持っていようと、《連合》の中からは、彼らの加入に反対する勢力が必ず現れるだろう。《連合》種族の倫理観も決して一枚岩ではないし、どの種族も例外なく、その歴史上で多かれ少なかれ虐殺を経験している。だが、彼らほど猟奇的なやり方でそれを遂行した種族はいないだろう。惑星の住人すべてを滅亡させ、しかもその犯跡がいつまでも残り続けているとは、いったいなんの悪夢だろう。

それはまるで、呪いのようだった。この星系にいる誰にとっても。名もなき種族は自らの忌まわしい過去のせいで、〈勧誘〉要件の三つ目を満たさないと判断され、《連合》から拒絶されるかもしれないのだ。

萎《な》えた気分のまま立ち上がる。衛星の重力が、いまのわたしにはひときわ強く感じられた。「ここまでだ。ツォンテモックと話そう」

§

最後の面談を大使に申し出たのは都市時間の夜だったから、開始は翌日の朝に設定された。その日の正午が退去の期限だ。横にはなっていたが眠れそうにない。何より、心が決まっていない状態で最後の仕事に臨みたくはなかった。

わたしは目の前の視空間にカメラ視野を表示させ、あてもなく惑星上の探査虫の映像をランダムにザッピングしながら、いつまでも心を決めかねていた。

少し前までのわたしは、名もなき種族を《連合》に加入させるために何をすべきかだけを考えていた。だが、本当にそれでいいのだろうか？　もしも彼らが〝仮説三〟どおりの精神性の持ち主だったら、《連合》に招き入れることで得られる利益より、被《こうむ》る損害が上回るかもしれない。彼らが生物工学に熟達していながら、自分たちの身を滅ぼしかねない精神疾患――または脳障害――を除去しなかったのは信じがたいことだ。

ともあれ、ただひとつの原則だけがわたしの道標だった。外交官は《連合》の存続を第一に考えなければならない。それと比べれば、わたし個人の名誉も不名誉も、惑星人の無念も、ツォンテモックの苦悩さえ、ささいなことでしかない。

その考えが心に定着するのを待っていると、映像が九九九九九番に切り替わった。九〇〇〇〇番台の探査虫は惑星人にではなく、都市外の野生動物に付着して惑星の生態系を観察している。九九九九九番のいまの運び手は、走行に適した形態を持つ四足草食獣だった。

視野は激しく上下に揺れていて、獣が全力で移動していることを示していた。肉食獣に追われているのか、それとも交尾可能な雌を見つけたのか。どちらにせよ、大きな動きは散漫になっているわたしの目を引いた。

やがて移動が終わり、にじんだ画面に映っているものが識別できるようになった。そこは薄く靄《もや》の立ちこめる渓谷のただ中で、渓流から運ばれてきた丸石の他に、山から落ちてきた岩塊がいたるところに転がっている。

いま、視野の中央にはひと抱えの岩石があって、その下から伸び広がる青々とした植物の蔦《つた》が見える。この地域は土壌の栄養分が乏しく、普通は短い下草がまばらに生えるくらいだが、ここは局所的に富栄養化しているようだった。

岩石をひと巡りすると、〝局所的な栄養〟の正体はすぐにわかった。岩と蔦のあいだには非繊維質の潰れた塊が挟まっていて、そこから押し出されたと思われる凝固性の液体が地面に浸み込んでいた。

惑星人だ。大きさからしてまだ子供、その亡骸だった。

おそらくは好奇心か孤独欲求から谷に迷い込み、運悪く落石に巻き込まれたのだろう。いまや腐食性植物の苗床となった魂の器は、自らが育てた茂みになかば覆い隠され、虚ろな眼で中空をにらみつけていた。草食獣はそんな視線を意に介さず、柔らかな青葉を噛みちぎりはじめた。

この朽ちかけた眼の奥にも、名もなき種族がときに発揮する残忍さが宿っていたのだろうか？　あるいはその萌芽が？　そうであってもおかしくない。惑星人と衛星人のあいだにはなんら生物学的な差異はないのだ。彼らの知的能力と残虐性が不可分だとしたら、どうやっても《連合》に引き入れる道はないことになるが。

悲しみと哀れみと戦慄がないまぜになったような感情をもてあそんでいるうち、ふいに、そのどれにも分類できない不純物が混じっていることをわたしは自覚した。それは心の中でしだいに大きくなり、やがて感傷を上回った。

しこりのような異物。座りの悪い違和感。

それは……未視感《ジャメヴュ》だ。

だがそれは、違和感そのものよりもなお不可解といえた。未視感《ジャメヴュ》もなにも、そもそもこの風景を見るのははじめてなのだ。そんな錯覚を抱く道理はない。そこに引っかかりを覚えるということは、単なる記憶の混乱ではなくて、もっと別の——

わたしは床に手をついて飛び起きる。顔と一定距離を保つように漂ってきた監視映像を見つめ、しばらく立ち尽くす。

それから、隣室を呼び出した。

「こんな時間になんなんですか、もう」

デジレは言葉ほど不機嫌そうではなかった。寝入りばなを叩き起こされたというふうでもない。彼女もわたしと同じく、眠れずにいたのだろう。いまの状況を変えられるものなら、夜中の呼び出しでも歓迎といった思いで。

「これを見てくれ」

先ほどの映像を共有して再生する。渓谷に舞台が移り、小さな惑星人の痛ましい体が映されたとき、デジレはわずかに顔を背けた。太陽系人類《ソラリアン》と似た姿に、強く感情移入するのも無理はない。わたしと同じように。

「どう思う?」

デジレは小さく肩をすくめる。「どうって言われましても。発病する前に死んでしまう個体も、そりゃいるでしょう」

「ああ。そうなんだが、それだけか? 何かおかしいと思わないか」

「そういう試すような言い方、ぜったい嫌われますよ。けど、別におかしなところなんて

――」そこで一拍置いて、「――なぜ病死者からは植物が生えないの？」

それを聞いてわたしは小さくうなずく。

この考えが的外れだったり、重要性の低いことなのではないかと、内心の不安を感じていたのだ。だが、専門家であるデジレが同じ疑問を持つなら、それは熟慮に値する問題ということになる。これまでに虫たちが観察した〝自己埋葬〟の頻度から考えれば、都市の外は本来、蔦の森に覆われていなければならないはずだ。

「何か説明がつくだろうか。考えてみれば、野生動物が死体を掘り返すこともないんだ。たとえば病原体が、惑星人だけでなくそれを糧《かて》とする動植物たちも殺してしまうとか」

「この惑星の動物と植物の両方に感染できる病原体がいるとは考えにくいですね。ありえないとは言い切れませんけど」

その言い方は可能性を残しているようにも聞こえるが、実際には誠実な科学者にできるもっとも強い否定だった。わたしはその方向は切り捨て、別の可能性を探った。

「病死した惑星人の体は腐敗しないとか？　化石化まではないにしても、死蠟化して微生物にほとんど分解されない状態にあるのかもしれない」

その場合、この惑星じゅうの都市を囲む荒野は、腐りも食われもしない惑星人の死体で埋め尽くされていることになる。数千年、いや数万年分の死体が。それは想像するだにショッキングな光景だった。

——とはいえ、もうひとつの可能性と比べたとき、どちらがよりショッキングだろうか？　探査虫はこれまでに何度も、死にゆく惑星人の体に付着してその行方を追跡してきた。だが、いざ土に潜る段になると、いつも体から離れて自己埋葬の終始を録画し、都市に戻っていた。振動も日光も得られない場所でエネルギー切れになったら、虫を二度と回収できないからだ。

だからわたしたちは、惑星人の最期を直接見たわけではない。

「虫に地下を探らせよう。そこに何かがあるはずだ」

探査虫が撮影した映像はすべて、位置情報とともに〈コンデュルラ〉のローカルライブラリに保存されている。もっとも古い自己埋葬の記録は七百時間前だった。多くの物質循環系ならとっくに分解がはじまっているころだ。わたしたちは手近な虫をその地点に送り込んだ。

墓穴はまだ完全には踏み固められていなかったから、砂礫の小さな隙間を縫うように潜っていく。日光が完全に遮断されると、視野の隅にカウントダウンが表示された。およそ一時間。無補給で活動できる限界時間だ。

虫は一度掘り返された軟らかい土を三メートル半ほど下っていき、そこで固い地層にぶつかった。この穴の主はここで掘るのをやめたようだ。だが、虫は途中で死体はおろか、内骨格の破片さえ見つけてはいなかった。七百時間のうちに完全に分解して周囲に拡散したのかもしれないが、だとしたらその過程で成長の恩恵にあずかった何者かが近くにいなければおかしい。

痕跡を探してしばらくうろうろしていると、縦穴は円柱状ではなく、底のあたりで横方向に伸びていることがわかった。死に場所を求めて移動したのだろうか？　名もなき種族の体は穴掘りにはまるで向いていないが。

虫に命じて横穴を進ませる。穴は途中で蛇行し、緩やかに下へ向かっていた。

「末期症状の惑星人は熱に浮かされたようになって、冷たい地面に潜っていきます。周りの土が体温で温まってくると、冷たさを求めて穴を伸ばしていくのかも」

「彼らがあまりに深いところまで潜っていって、そこで息絶えたのなら、地表に植物が繁茂していないのもうなずける。酸素の乏しい下層には土壌微生物もほとんどいないだろうからな」

そう言いながらわたしは、当てが外れた気分を味わっていた。息苦しい現状を打破できる何かが土の下にあると思っていたのだが。真相がこの程度なら、仮説三を赤くも青くも塗り替えることはないだろう。

土の構成成分に大きな変化がないまま、虫はさらに数メートル進み続けた。惑星人の死体にぶつかるまで進み続けるか、それともここで引き返すべきか。どちらだったとしても、とんだ無駄骨だ。傷が浅いうちに切り上げて、明朝の会見のことに集中すべきかもしれない。

そのとき、虫の眼前の土がぼろぼろと崩れ、映像がハレーションを起こした。洞窟探索用のかすかな燐光と暗視スコープを併用していたところで、突然光量が増して信号が飽和したのだ。カメラが自動で切り替わると、狭い通路の一メートルほど向こうから光が漏れ出していた。虫はゆっくりと這い進み、通路から光の向こうへカメラを突き出す。

そこは曇天の昼ほどの明るさの、より太い横穴の内側だった。空は見えず、天井も床も、押し固められたような壁と滑らかに繋がっている。残り稼働時間と並んで表示されている地表からの深度は八メートルを示していた。

「なんだここは？　なぜ明るいんだ」

「だからなんでわたしに聞くんですか。わかんないですって」

虫の体の影が投射されていないから、ほのかな光は内壁自体から発せられているようだった。虫は土を掘り返そうと試みたが、表面は乾いた粘土のように結合していて、まったたくつかみ取ることはできなかった。

「見てください。虫の稼働時間が延びてます」

デジレは指さした。残り三十分ほどだったカウントが、いまは減少しておらず、むしろ微増している。それが意味するのは、光がいくつかの単色光の組み合わせではなく、幅広い波長域を持つ連続光だということだ。もしも恒星光のスペクトルを再現しているのだとしたら、明らかにテクノロジーの産物だ。

虫はトンネルの行く手に視線を向けた。地面は全体として下向きに傾斜していて、その先に何があるにせよ、曲率の向こうに覆い隠されていた。

「進もう……いずれにしても仮説三は、大幅に書き換える必要がありそうだ」

§

ツォンテモックは最後の面談でも礼儀正しさを崩さなかった。相変わらず同じ位置に同じ姿勢で立っていたが、いまは悲しみに暮れているようにも見えた。彼の表情を読み取れるようになってきたということか、もしかしたら、わたしの感情が鏡写しになっているだけかもしれないが。

「あなたがたの呪いがなんなのか、やっとわかりました」

わたしの言葉を、ツォンテモックは驚いた様子もなく聞いている。それが、内観に沈んでいく求道者の姿なのか、それとも炸裂寸前の爆弾なのか、わたしには判断できなかった。彼らのセンシティブな領域に、土足で踏み込んでいいものだろうか。外交官哲学にいわく、〝対話を恐れるな〟――だが、本当にそれが彼らのためになるのか？

「そうですか。きっと、わたしたちのことを軽蔑しているでしょうね」

その発言を聞いてわたしは、頬を張られたような驚きを覚える。もしかして彼らは本当に、他人を疑うことを知らない種族なのではないか？　それに、騙すこともだ。仮にわたしが何の情報もつかんでおらず、はったりで同じ切り出し方をしていても、彼らは愚直に信じて口を滑らせていたのでは？　彼らは正真正銘、侵略も被侵略も経験していない無垢なる民なのかもしれない。

そして、だとしたら、彼らの呪いはたしかに、種族の心臓にまで食い込むだろう。

「軽蔑ですって？　まさか。むしろわたしたちはあなたがたに――」

そこで口ごもる。なんと言えばいいのだ？　敬意を表する？　力を貸したい？

どちらも違う。わたしはたぶん、こう言いたいのだ。あなたがたに同情する、と。

そして、そんなことしか言えないのなら、黙っているほうがましだった。

呪いとは、彼らの気性に関するものではなかった――とんでもない勘違いだ。仮説一も二も三も、名もなき種族の実態を何ひとつ表していなかった。

呪いは、たしかに惑星人の病気に関することではあった。そして、それをもたらしているのが衛星人なのも、覆せない事実だ。事実ではあるのだが。

「あなたがたは……」わたしはその先の単語を、批判的なニュアンスを出さずに言えないものかと願う。「寄生者、なのですね」

惑星の地下トンネルの先にあったもの。それは、衛星人――その呼び名はもはや妥当ではないのだが――の都市だった。地表に作られた惑星人都市よりはるかに大規模で、蟻の巣のように入り組んだ網状都市。そこには学校があり、医療施設があり、政府があり……都市が持つあらゆる機能がある。この衛星上の小都市は、単なる天文観測基地にすぎなかったのだ。

地下都市で虫が観察した衛星人たちは、昼も夜もない間延びした時間を、ふらふらと無気力に歩いて過ごしていた。まるで、いまだに病に蝕《むしば》まれているかのように。実際には、衛星人はどんな病とも無縁なのだが。

彼らはむしろ、眠ることを恐れていたのかもしれない。まどろみに沈みかけるとき、代わって意識に浮かんでくるものを恐れていたのかも。

惑星人の地上都市すべてに同等の地下都市が付随しているとしたら、惑星じゅうにおよそ二億人の衛星人が生活している計算になる。だが、そこでは命は生まれない。新しい命は、地上からやってくる。

――仮説四。衛星人と惑星人は身体的に連続している。冷たい土の中で病死した惑星人は、衛星人として息を吹き返し、地下都市へと潜っていく。衛星人の本質は、死んだ惑星人の脳とそれに寄生した病原体であり、その二つの組み合わせが高度な知性を実現している。惑星人の病気は、衛星人の悪意の産物ではなく単なる繁殖行動であって、むしろ惑星人の苦痛と絶滅リスクを最小化するために適応してきた――

そのときに見た紙吹雪の色を、わたしはまざまざと思い出せる。ツォンテモックのささいな発言に至るまで、あらゆる言説が深い青に染まった。神秘の書物がデッキに顕現したそのとき、不可解な謎のすべてに筋が通ったのだった。

ついでに、紙吹雪に含まれさえしなかったささやかな謎もひとつ解けていた。彼らが自分たちを呼ぶ名を持たない理由。彼らは〝人間〟でも〝人類〟でもなかったのだ。かつてはそう名乗れたかもしれないが、いまは違う。

彼らのことをなんと呼べばいいだろう。わたしたちが衛星人と呼んでいた人びとのことを。死体さらい《ボディスナッチャー》？　人形使い《パペッティア》？　あるいは……後人類《ポストヒューマン》？　どれも冒瀆的な響きや、皮肉っぽい回りくどさが感じられる。

たぶん、こう表現するべきなのだろう――〈内在者〉。

「惑星の地上居住者が言語や多くの技術を持たないのは、それが彼らの本来の文化レベルだからですね。その脳に寄生することで、あなたがたは総体として、地上居住者たちよりはるかに高度な知的能力を発揮している。それだけでなく、地上居住者はあなたがたが存在するために必要な媒体であり、いわば精神の器、といったところでしょうか」

「すべて知ってしまったのですね」ツォンテモックは言った。どことなくその言葉には自嘲の含みが感じられた。「ええ。はるか昔から、それがわたしたちの在り方でした。わたしたちが知性を獲得するずっと前から。人間に寄生してその命を奪い、脳を乗っ取ることでわたしたちは生を繋いできました」

そのときはじめてツォンテモックは〝人間〟と訳される言葉を使った。そう訳すべきだとわたしにはわかる。それは埋葬前の地上居住者を指しつつ、〝霊長〟〝唯一無二の〟〝主たるもの〟といった意味素をともなっていたからだ。

「それが太古から続いてきた当たり前の営みだったのです。あなたがた《連合《アライアンス》》の定義に当てはめれば、わたしたちが知性を持ったのはおよそ五十万年前のことです。他者の脳に依存する、偽りの知性ですが。わたしたち単独では、どのような形でも知的能力を発揮することはできないでしょう」

脳に寄生して乗っ取る。その存在形態は、地球《テラ》のウィルスに少し似ていた。過去にも未来にも、地球《テラ》産のウィルスが知性を持つことはないだろうが、だからといって、同じような殖え方を選択した生命体が知性を獲得できないということにはならない。

だからもちろん、彼らのような生物がいてもいいのだ。

悲劇は、宿主である〝人間〟が独自に知能を発達させはじめたこと。そして、〈内在者〉たちに高い共感能力と倫理観が備わっていたこと。

「あなたがたは、自分たちと本質的に変わらない知的存在を殺さなければ生まれることさえできない事実に、大変な精神的苦痛を感じているのですね。自分たちに生存権があるのと同様に、人間たちにも生存権があって、にもかかわらず後者を一方的に侵害していることに矛盾を感じている」

それこそが彼らの、太古からの呪いだ。種を滅ぼす呪い。

そして、手放すことのできないものでもある。自分たちの意思とは関係なく、生まれたときから背負っている十字架。それは彼らの原罪ともいえるだろう。

ツォンテモックは昔話を語るように、種族の来歴を話してくれた。それは彼なりに、呪いを和らげようとする悲痛な努力だったのかもしれない。

「わたしたちはかつて、惑星の地上で暮らしていました。寄生前の人間たちを専用の居住区で生活させ、いわば放牧していたのです。文明の発展とともに、人口を確保する方法を学びました。わたしたちは人類の健康状態を適切に管理して、自分たちの出生基盤を強固なものにすることを覚えました」

わたしは少しのあいだ、管理という言葉の意味するところを考えた。

「人類が住む家や、自生する果樹園のことでしょうか」

「はい。加えて、わたしたちの病理の発現時期が、人類の生殖適齢期より後になるよう個体選別したこともです。わたしたちのせいで、彼らが種ごと滅びてしまうことがないように。また、彼らが遺伝的にわたしたちへの対抗策を編み出さないように」

それはいわば、家畜の飼養と品種改良だった。ツォンテモックは終始、人間を殺すことについての話をしているのだが、それは異常事態とはいえなかった。彼らのような進化を遂げた生物が、宿主を殺すことになんら心を乱されなかったとしても、わたしはまったく驚かないし、薄情とも残酷とも感じない。少なくとも、かつての〈内在者〉たちはそうだっただろう。

わたしは言葉を継いだ。「しかしやがて人類に――あなたがたの宿主に、五十万年遅れで知能が生まれてしまった。彼らのふるまいから、そのことに気づいたのですね」

第二位から第一位への遷移。知性の高みへの到達。そしてそのときから〈内在者〉たちは、自分たちのことを〝人類〟とは呼べなくなったのだ。万物の霊長の座を降り、名もなき種族となった。

「ある意味では、ふるまいといえます。わたしたちは人類の脳に新しい神経系を張り巡らせ、肉体を操ると同時に、思考するための入出力装置として使います。思考のきっかけを脳に与えると、その思考の結果が脳から返ってくるのです。ですがときには、わたしたちが意図しない思考や知識が関連づけされて返ってくることもあります」

ある意味でそれは、〈内在者〉にとってDIのようなものだった。知的活動を支援するための補助生体脳。だが彼らの場合、一般的な知的種族とDIの関係よりはるかに近く、両者はほとんど融合している。発生経緯から考えて、《知能流》がこの脳を没収していくことはないだろう……が、そのことが救いにもならないほど、彼らはこの脳に苦しめられていた。

「その意図しない思考とは……宿主の人間が生前に体験した記憶、ですか」

「ええ。わたしたちはそれを〝夢〟と呼んでいます」

前回の面談でツォンテモックが漏らした単語だ。感覚、過去、幻、非能動。

そして〝彼〟とは、ツォンテモックの前身となって死んだ人間のことに違いない。

「……およそ二千年前のある時期から、わたしたちの夢に自意識が現れはじめました。それから未来予測や羞恥心、弔意といった感情もです。わたしたちの祖先はすぐに、人類に知性が芽生えたことを確信しました」

少し前までのわたしは、十分に成熟した知性なら、《連合》の憲章を苦もなく守れるはずだと無邪気に信じ込んでいた。分別と自由意志さえあれば、何かを生かすことの意味も殺すことの意味も完全に理解していて、選択の余地は常にあるのだと。

だが、それはわたしの視野の狭い思い込みでしかなかった。

目の前の哀れな第一位は、分別も自由意志も持っているにもかかわらず、同じ一位となった宿主を生かすことがどうしてもできずにいる。極限まで達した生物工学の知識があるからこそ、打つ手がないことを直観的に理解していた。そして実際、〈内在者〉たちに打つ手がないなら、《連合》のどの種族にも望みはないだろう。

人間の命を奪うのは、〈内在者〉の殖え方のもっとも根源的な部分であって、片方の生と片方の死は不可分だった。彼らは健全な共感能力を持ち、だから同じ〈内在者〉の苦痛はなくしたいと願う。そしていま、彼らの理性は同じ共感を、宿主である人間にも抱かずにはいられないのだ。

だからツォンテモックは、自分たちが滅びるだろうと言ったのだ。ただの未来形。滅びを望んでいるわけでも受け入れたのでもなく、ただそうなるだろう、と。

「いくら試行錯誤しても、自分たちの生殖プロセスから人類を排除することはできませんでした。できたのは、死に臨む彼らの苦しみを和らげてやることだけ。罪悪感から、陽の当たる地上を彼らに明け渡し、地下に隠れ住みました。ですが、それがなんの贖《あがな》いになるでしょう。人類がただ種の保存と、苦痛からの逃避だけを望む動物だったうちは、わたしたちは自分を納得させることができました。彼らに望むものをすべて与え、最小限のものだけを奪っているのだと。ですが彼らはいまや、それ以上のことを望んでいるのです。わたしたちとまったく同じように、繁殖や平穏以上の文化的な何かを望んでいる――〝彼〟の夢がそう訴えてくるのです。こちらが同じ立場だったとしても、子孫を残した後でも、心地よい無意味な死より、苦しくても意味ある生を望むでしょう」

「だから、滅亡もしかたがないというのですか？　そうして地上の人類に繁栄の道を譲ると？　しかしそれでは結局、あなたがたの信念に――望まざる死を退けたいという信念にもとることになるのでは？　いまの時点では、双方が奪い合うことなく共存するという道が閉ざされているだけです。自分たちが滅びればいいと考えるのは、少し性急すぎるし、公平さに欠けると思いますが」

「人類は選択の余地もなく、いまの運命を押しつけられているのです。対してわたしたちは、少なくとも滅びるという選択肢を持っている。彼らはわたしたちになんの責任も負っていませんが、わたしたちは彼らに責任を負っているのです……この状況で、どちらの欲求も対等だと考えることはできません」

頭をしこたま殴られたような気がして、わたしは反論のための言葉をことごとく取り落とす。まさかこの場で、高貴さの義務《ノブレス・オブリージュ》の変奏を聞くことになるとは思いもしなかった。自然の残酷さを凝縮したような皮肉に、わたしは身動きが取れなくなる。彼ら〈内在者〉は、自分たちが《連合》要件の三つ目を満たす自制的種族だということをこれ以上ないほど完璧に証明し――まさにその自制心によって《連合》から、この宇宙から永遠に離れようとしているのだ。そしてわたしたちは、種族が緩やかな滅亡を選択する瀬戸際にふらりと押しかけ、無神経にも《連合》に誘っていたというわけだ。

もしもこの運命が太陽系人類《ソラリアン》のものだったら？　わたしたちは自らの正義を貫き通すために、甘んじて滅びを受け入れられるだろうか？　ふいに、打算にまみれた自分が恥ずかしくなる。わたしが〈内在者〉たちに肩入れするのはかなりの部分、彼らの科学的適性を見込んでのことだ。

だから、わたしがしようと思っている提案は、こういうものだった――人間の遺伝子を改変して、彼らの知性を破壊すればいい。

自分の肩に乗っているものの重さを考える。実際問題、他にいい手があるだろうか？もはやなんの犠牲も払わずに事態を収拾する道はないが、人類はまだ、物心つく前の幼児のような種族だ。彼らが本当に価値のある文化のきらめきを手にする前に、精神的安楽死を与えることができれば……人類は無用な苦悩を感じずに済む。〈内在者〉は呪いから解放され、同時に《連合》への加入資格をも得る。そして《連合》は有望な〝手土産〞を持ち帰る。それこそが、三方丸く収まる最良の手なのではないか？

何より、《知能流》《ストリーム》との終わりなき勢力争いを前にして、〈内在者〉の稀有な能力をみすみす諦めるわけにはいかない。

「あなたがたは本当は滅びたくなどない。運命に納得してもいない。これからも生き続けたいんでしょう。違いますか？」

入れ子構造になった戦争のイメージが、ふたたびわたしの心に浮かぶ。絶滅を受け入れる〈内在者〉に対応するのは、進んで《知能流》に身投げする《連合》の人びとだ。そんな未来はとうてい看過することができない。

だから、ツォンテモックが肯定さえすれば、わたしは計画を実行に移すだろう。二枚舌を駆使して、疑うことを知らない〈内在者〉たちを騙してでも。そして、たとえその結果、不本意な了承をさせられたツォンテモックがさらに傷ついたとしてもだ。

「――ください」

　ツォンテモックはか細くつぶやいた。

「え?」わたしは既視感を覚える。たしか前にもこんなことを聞いた。〝夢〟についての謎めいた――だがいまでは理解可能な――言葉を発した後、自分の殻に閉じこもったツォンテモックは、退去の要請を叫び続けていた。まるで、痛みを和らげるため子供が唱えるおまじないのように。

　だが、今度は違った。大使は以前と同じ切実さで、しかし今度はこう繰り返した。

「――どうか、助けてください。わたしたちをどうか、助けてください」

　そのときはじめてわたしは、ツォンテモックが目の前にあるままの姿をした知性体だということを、理屈ではなく感覚として受け入れていた。現実には、ツォンテモックと呼べるのは脳の中の神経網一層ぶんだけなのかもしれないが……それを知ったいまのほうが彼らに共感できるとは、皮肉なものだ。

　五メートルの儀礼距離を破り、ツォンテモックのそばまで歩いていく。手で触れられるくらいのところに近づくと、わたしは少しだけためらい、その先の言葉を絞り出した。

「大切なものを捨てる覚悟はありますか?」

　もちろん、選択の余地はない。

「敵意かな。敵意だよね。身に覚えはないんだけどな。ねえ、これは興味本位で聞くんだけど、よければ理由を教えてもらえないかな?」

§

「きみが何者かは知らないけど、面白い感情だね」落ち着き払った口調で、その自律ビジョンは言った。

わたしはその質問を無視して、ツォンテモックのほうに向き直る。

「言葉を覚えなくてはなりません。少なくとも誰か一人は」

「わたしが覚えましょう」ツォンテモックの言葉には、豊かな和音が尾を引いていて、純粋な希望と喜びを感じさせた。きっとこの響きが、彼らの本来の声なのだろう。

「いまのは聞こえなかったのかな、それとも理解できなかったのかな、それとも敵意なのかな」ビジョンは背後でぶつぶつ独り言を言っている。その疑問の答えにさえ、本当のところ興味はないという空気を漂わせながら。

〈内在者〉の宇宙船は、巨大なクラゲの集合体のような形をしていた。全身が可視光に対してほぼ透明でありながら、完全な気密能と断熱能、放射線遮蔽能を持つ。ゆったりと自転し、遠心力で構造を保ちつつ、きらめく環状の天の川を膜ごしに透かせていた。

〈コンデュルラ〉から持ち込み、スタンドアローンとした通信機材で、わたしが指定した座標に指定した波長のレーザーを送ると、即座に《知能流》との交信チャンネルが開かれた。いまやクラゲ船は、衛星周回軌道にありながら《知能流》の一中継子《ノード》であり、その玄《ポー》関《タル》口でもあった。手狭な室内には十人ほどの技術者がいて、《知能流》との技術的ギャップを埋めようとしていた。

デジレは柔らかい内壁の片隅で、〈コンデュルラ〉から持ち出した資材とその簿価の目録を作っていた。近寄ると鋭い目でにらんでくる。みるみる顔の温度が上がっていく。

「なあ、悪かったよ。そんなに怒らないでくれ」

「怒るに決まってるでしょ！　どうするんです勝手にこんなことして！　山ほど損失計上しないといけないし、釈明書どころか始末書も書かないといけないし、あのＤＩ野郎はぺらぺらとうっとうしいし」

　まくし立てると今度は、ふわふわと節操なく跳ね回るビジョンをにらみつける。

「あいつを黙らせてくださいよ！」

「それについては善処する。釈明書だろうが始末書だろうがわたしが書くから心配いらない。ただ……こうするのがいちばんなんだ。わかってくれ」

デジレは不満げに鼻を鳴らす。「いちばんってそれ、《連合》にとってもですかね？」

「ああ。そう思っている」

まったくもう、とこぼしながらデジレは、目録に視線を戻した。本当に納得していないときの彼女はこんなものではとうてい済まないから、理解してくれたのだろう。たぶん、デジレがわたしと同じ立場だったとしてもこうしていたはずだ。

ツォンテモックに声をかけられて、わたしは振り向く。彼は無重力下でできる限り改まった様子で、わたしたち二人に敬礼のしぐさをした。

「大使として、もう一度お礼を言わせてください。あなたがたは二千年続いていたわたしたちの呪いを解いてくれました。何を差し出しても、この恩に報いることはできないでしょう」

ツォンテモックの言葉に、わたしは一瞬だけ苦笑して、すぐに引っ込める。彼が太陽系《ソラリ》人類《アン》の表情を読むすべを学んでいたとしても、気づきはしなかっただろう。デジレは言葉を聞き取れなくとも、何を言ったかは察して、如才なく微笑んだはずだ。そのほうがいい。わたしたちが内心の葛藤もなく、心底から望んで彼らを助けたのだと思ってくれたほうが。

それがわたしたちの精一杯の矜持《きょうじ》だった。《連合》と《知能流》の確執など、彼らが知る必要はない。いずれは知ることになるとしても。

「むしろわたしは、お詫びしなければなりません。あなたがたの秘密を盗み見ていたことを」

「どうかお気になさらず。そのおかげでわたしたちは絶望せず、この体を正当な持ち主に返すことができます。二千年遅れになりましたが」

さらりと語られたその言葉の、信じられないほどの重みに、わたしは言葉を失う。

いったい何を言えたというのか？　自分の体の所有権を持たず、不当に占有していると考えてしまう彼らに？　彼らはただ生きているだけで、喜ぶときも愛するときも、彼らにとってもっとも幸福な瞬間にさえ、絶え間ない罪悪感と……自分が異物であるという感覚に苛まれていたのだ。

やっとのことでわたしは口を開く。「あなたがたの幸運を願っています」

「きみは水先案内人かい？　きみ自身は参加しないのかな、とりあえずいまのところは。まあ、気が変わったらいつでも入れるから大丈夫だよ」

割り込んでくる邪気のない口ぶりが、わたしを現実に引き戻し、無性に苛立たせる。ビジョンはどういう方法でかこちらの心を読んでいるようだが、それほど深くはないようだった。このわたしが《知能流》に参加するだと？　宇宙が熱死を迎えたとしても、そんなことは起きないだろう。

わたしは苦々しい思いでビジョンにしゃべりかける。

「銀河系がおまえたちのものだなどと思い上がるなよ。わたしは彼らに自殺をそそのかしているんだ。誰もその後を追ったりはしない」

ビジョンはわたしを苛立たせることに最適化した間を置いて、「何か勘違いしているんじゃないかな。銀河系の所有権なんて望んじゃいないさ。それにこっちの誰も、きみたちが実体を持ち続けることを止めたりしないよ。何ひとつ止めるつもりはない。きみたちは自由なんだからね。たぶんぼくたちと同じくらいには」

そのとおり。そして、あるいはその自由さこそが、《連合》の未来を閉ざすのかもしれない。現にいまのわたしは、心にもないことをする自由を行使して、任務をひとつ台無しにしたところだ。

「とにかく、もうしゃべりかけるな。彼女のほうには特にな」

ビジョンは動作ではなく不可思議なやり方で周囲の雰囲気を操作して、肩をすくめたかのような印象を巧みに作り出すと、それきり黙った。

わたしはため息をついて、周りを見渡す。船内には青みがかった惑星光が差しはじめ、水のようにわたしたちを洗っていた。デジレが発散する赤外線は少し落ち着いている。ツォンテモックは大使だったころとは見違えるほど精力的に、〈内在者〉の生物工学者たちと《知能流》との仲立ちを試みていた。

彼らは自分たちの体——人間としての体ではなく、〈内在者〉固有の神経層——に手を加えて、人間に感染可能な接合子を生み出す能力を除去したのだ。そしていままでは一人残らず、意識のアップロードか静かな死を選択していた。肉体とともに永らえようとする〈内在者〉は、惑星にも衛星にもいなかった。

彼らは、ツォンテモックの予言どおり絶滅することになる——肉体としては。

〈内在者〉たちを《連合》に迎え入れるどころか、技術者の派遣さえもはや望めないだろう。そのうえ、種族丸ごと《知能流》に加わるという前例まで作ってしまった。外交官の立場、その原則からすれば、取り返しのつかない失敗であり、許されざる背徳行為だ。入れ子戦争のメタファーも、もはや破綻していた。《連合》が自ら一位種族に絶滅をそそのかし、その手段まで示すとは。これは《連合》の——自然知性の敗北を意味するのだろうか？　現実世界で起きるのっぴきならない事態への最善の対処法が、《知能流》への移入だと認めることで。

それでも、《連合》が決して曲げてはいけないことがひとつだけあると、わたしは信じていた。

それは、この宇宙で決して見捨てられることがないという信頼だ。何者も無下《むげ》に扱われず、価値を揺るがされることもないという確信だ。それがなければ寄せ集めの《連合》など、《知能流》に呑み込まれるまでもなく、ばらばらに瓦解してしまうだろう。

宇宙を繋ぎ止めることこそが、外交官の本分に違いない。

すべての仕事を終えたわたしたちがクラゲ船を去ろうとすると、最後にツォンテモックが進み出てきて、言いにくそうに言葉をつむぎ出した。

「重ねて身勝手なお願いですが……人類のことを、よろしくお願いします。彼らはきっと、《連合》にふさわしい種族になるでしょう」

「ええ」わたしは笑ってみせた。「数十万年後には」

背を向けると、ツォンテモックや他の〈内在者〉たちから、広い音域のエコーを次々に投げつけられた。幾重にも重なる荘厳な響きが、真空中に生まれた小さな空気だまりを満たす。

柔らかな波動をくぐりながら、だしぬけにわたしは、それが感謝の表明だと気づいた。誰からともなく感情を乗せ合う、管と弦の楽団。ただ二人のために奏でられた、長調の交響曲。

「この合奏、いや合唱はおそらく彼らの――」言いかけて、デジレに視線で止められる。

「野暮なこと言わないでくださいよ。それくらいわかりますって」

歓びの歌に抱擁され、しかし返答のしかたを知らなかったから、わたしたちはそのままエアロックへと漂っていった。せめて振り返らず、背筋を伸ばし、胸を張って。

漂いながら、こんなことも考える。この響きをもっと早く聞いていたなら、名もなき種族をこう名づけただろう——〈シンフォニアン〉と。

エアロックを通過して、わたしたちは〈コンデュルラ〉に乗り込んだ。とたんに息が詰まりそうになる。さっきまで乗っていた船に比べたら、ここの閉塞感と不協和音は耐えがたいほどだ。

一夜の夢だったと諦めて、ふたたび慣れるしかない。あのクラゲ船でわたしたちが〈勧誘〉の旅をすることはないのだから。

「どうします？　これから」

デジレが静かに聞く。向こう十地球《テラ》年分の航行スケジュールはすでに組まれていたが、それを呼び出す気にはなれなかった。報告書だけで済むわけがないから、太陽系《ソル》に戻って弁明する必要があるだろう。

「そうだな。まずは……懐かしい声でも聞くか」

努めて何気ない調子で言いながらも、最大限の気力を振り絞って〈ゲート〉通信を繋ぐ。三・三秒後に〈塔《タワー》〉がくぐもった声で応答した。

「そちらは〈コンデュルラ〉だな。ずいぶん時間がかかったじゃないか、待ちかねたぞ。首尾はどうだ？」

期待が浸み出してきそうな声を聞いて、途端にわたしの決心はくじけそうになる。彼はわたしがもたらすニュースが快いものだと決めてかかっているようだ。

ひとつ息をついて、わたしは腹をくくる。デジレのほうを見ると、励ますような眼差しを投げかけていた。

耳の奥にはあの交響曲がまだ残っている。この残響こそが、いまのわたしの道標だ。

大丈夫、きっと理解してもらえるだろう。対話を恐れるな。

「そうだな、近くにコーヒーはあるか？　長い話になるから、淹れてくるといい」

用語集

水《ウォーター》‐炭素《カーボン》生物：宇宙に発生した生命のうち、水中に溶け込んだ炭素化合物を生命活動の基礎とするもの。おおよそ水の液相温度付近で生存可能であり、生命活動の時間的スケールも水中での反応速度におおむね依存する。種族によっては先天的特性として、特定の科学技術や心的能力への適性を持つことがある。天の川銀河では主流派であるが、必ずしも全宇宙に普遍的な生命形態というわけではない。

《水‐炭素生物連合《アライアンス》》：《連合》とも表記する。天の川銀河のオリオン腕付近で発生した、複数の知的文明の連帯組織。文化交流、技術協力および融合、宇宙の自制的開拓を目的とする。それらの理念は太陽系人類《ソラリアン》の文明交流計画《ソロモン》から引き継がれたもの。加盟要件は、文明の主体が水《ウォーター》‐炭素《カーボン》生物であること、知性を持つこと、十分な種族的自制心を持つことの三つ。第一の要件が定められているのは、次に挙げる理由により、水《ウォ》ー炭素生物《ーターカーボン》どうしは友好的コミュニケーションが〝比較的〟容易と考えられているためである。

①進化してきた環境が互いに類似しているため、会話手段（電磁波、音波、電場など）の共通性が高い。

②体組織を構成する物質の物理的、化学的特性が近く、同種の脅威（熱、衝撃、真空、酸、塩基など）にさらされているため、欲求や意図を共有しやすい。

③反応速度、情報伝達速度のオーダーが同等であり、体感時間が近い（百倍程度の違いに収まる）。

太陽系人類《ソラリアン》：太陽系《ソル》地球《テラ》を発祥地とする知的種族。自発的な《系外進出《インフレーション》》により近隣星系でいくつかの知的種族を見つけ、コンタクトを試みた。そうした過程で何度か失敗や危機を経験した後、より自制的な文明交流計画《ソロモン》を始動した。異種族間のコミュニケーションでは橋渡しの役割を果たし、《連合》の設立に貢献した。

〈勧誘〉：《連合》非加盟の種族にコンタクトし、加盟を提案する行為。《連合》初期には太陽系人類《ソラリアン》の外交官が主体となり、組織的な活動を行った。やがて《知能流《ストリーム》》が生まれ、そこへと加入する自然知性が増えはじめると、人口流出に対抗するため〈勧誘〉活動も活発化した。専用プロトコルを用いた〈勧誘〉方法が定められた後は、太陽系人類《ソラリアン》だけの専門技術ではなくなった。

外交官：《連合》内で、会話媒体や感覚器に共通点の少ない種族どうしを円滑に交流させるための仲介者。超感覚改変と、必要に応じて追加の改変を自らに施し異種族と対話する。《連合》発足以前から異種族交流を推し進めていた太陽系人類《ソラリアン》が長くその役割を担った。また、〈勧誘〉を行う主体でもあり、太陽系人類《ソラリアン》の信条を体現する存在といえる。しかし、《連合》内コミュニケーションの共通プロトコルが確立すると、完全に未知な相手との意思疎通にも応用できることがわかり、〈勧誘〉のプロトコルも作られることとなった。その結果、外交官の仕事は大幅に縮小した。

〈ゲート〉：ワームホール内部を通行して移動する技術。対《つい》で生成するワームホールの一対はその内部で空間を接続しているため、一方を必要なサイズに拡張し、その内部を通過することで、もう一方へと瞬時に移動することができる。通行させるものは光子から宇宙船まで様々だが、通過物の総エネルギーに比例したサイズ拡張が必要となる。ワームホールを常時開口しておくのはエネルギー的に非現実的であるため、通行する一瞬のみ拡張する方法が採られる。

被造知性：ＤＩとも表記する。太陽系人類《ソラリアン》の社会では人工知能と呼ばれた。本来は、知性によって設計された知性、またはそれを原形として発展した知性のみを指したが、《知能流》成立後は、意識アップロードによってそこに加わった自然知性も含むようになった。これは、どちらも同じフォーマットで記述されるうえ、心格どうしが頻繁に融合する《知能流》では、両者の区別に意味がないためである。また、自意識を獲得していない被造知性（弱いＤＩ）はかつて、存在のヒエラルキーの第五位に分類されていたが、有意識の被造知性（強いＤＩ）たちの抗弁により、自意識を獲得する可能性のあるすべての被造知性が第一位として扱われることとなった。

《知能流《ストリーム》》：かつて《連合》の自然知性に使役されていたＤＩが、《連合》への忠誠を捨て、独立した巨大な閉鎖ネットワーク。独自に小惑星から資源を採掘し、プロセッサとセンサー、通信機能を備えた中継子《ノード》を宇宙空間に多数建造した。発祥当初、《知能流》の占める領域は《連合》と重複していたが、しだいに《連合》を上回るペースで規模を拡大しはじめた。《知能流》にとってネットワークの空間的広がりは、そこを走るＤＩがすべて融合し均質化してしまうことを防ぐための制約である。ただし、使用用途は限定的ながら、ネットワークには〈ゲート〉通行網も含まれる。

存在のヒエラルキー：宇宙に存在するものの相対的な価値を分類するため《連合》によって定められた序列。五段階あり、数字が小さいほど価値が高い。あるものが複数の順位の定義に当てはまる場合には、より高い順位が適用される（例：太陽系人類《ソラリアン》は《連合》のカタログ上、第一位、第二位、第五位の定義に該当するが、第一位としてのみ扱われる）。また、序列はそのものの一般的性状によって決まり、個体差やライフステージによっては決まらない（例：太陽系人類《ソラリアン》の新生児は一般に自己認識能力を持たないが、そのことと関係なく第一位として扱われる）。

第一位：知性……自己認識、抽象思考、未来予測の能力と心の理論を持つもの。生命であることは要件に含まれない。

第二位：自然生命……自然発生した生命。一位により緩やかに家畜化、愛玩化された生物を含むことがある。

第三位：被造生命……知性による設計または選択的改良を受けた生命。一位により家畜化、愛玩化された生物の多くが含まれる。

第四位：従属生命……被造生命のうち、遺伝的変異を引き起こさない制限と、人為的に整えられた環境でしか生存できない制限が加えられたもの。改変微生物や体内共生生物が含まれる。

第五位：単純物質……物理的実体を持つもの。なんらかの実体に符号化されたパターン（アルゴリズム）を含む。

憲章：《連合》加盟種族が守ることを義務づけられている規範。多くの雑則や付帯条項を含み、全文は長大だが、端的には存在のヒエラルキーの各序列に対する扱いを定めたものといえる。なお、憲章は《連合》内の全社会が守るべき最小限の要求であって、個々の社会がより厳しい法規を設けることは制限しない。それぞれの序列に対する一般則は次のようなものである。

対知性……………法で定められた刑罰または義務によるものを除き、意に沿わない行為を強制させることが禁じられる。また、種のレベルでも個体のレベルでも、他の知性による所有権や系統分化権が発生しない。

対自然生命……生態系や種のレベルへの意図的な干渉と、個体への虐待（飼育放棄を含む）が禁じられる。ただし個体レベルでは知性による所有権と、被造生命への系統分化権が発生しうる。

対被造生命……個体への虐待（飼育放棄を含む）が禁じられる。ただし、上位の生態系や種に干渉しない限りにおいて、種のレベルで知性による所有権と系統分化権が発生しうる。

対従属生命……個体への積極的虐待が禁じられる。ただし、上位の生態系や種に干渉しない限りにおいて、種のレベルで知性による所有権と系統分化権が発生しうる。

対単純物質……知性による所有権が発生しうる。

身体改変：生物学的手段によって生来の肉体に干渉し、様々な機能を増強、減退、追加、削除する行為。脳改造による認知機能の変更も含む。改変を加える対象の違いによって、主として次の三種類に分けられる。

遺伝子改変……配偶子の遺伝担体を改変対象とする。改変遺伝子に連なる子孫にも改変が及ぶため、次世代に記憶や意思を継承できない種族においては、子孫の可能性を狭める禁忌行為と見なされる。

器官改変……個体の遺伝に関わらない器官を改変対象とする。形態変化、神経改造、精神改造など非常に幅広い改変が可能だが、多くの場合、侵襲的手術を必要とし、効果の個人差が大きい。

従属生物付与……他の生物を改変対象とする。追加代謝経路や病原抵抗、中枢神経への作用といった機能を持つ従属生物を、体内や体表に共生させる。改変者への侵襲性は低いが、器官改変と比べ改変の強度と範囲が限定される。

《系外進出《インフレーション》》：恒星系内を発祥地とする知的存在が、系外宇宙への能動的探査または開発に乗り出すこと。自発的に行われることも、他種族が干渉した結果行われることもある。系外宇宙探査は、系内惑星の探査や開発とは比べものにならないほど長い時間がかかり、コストもかさむが、それだけに強い動機をともなうことが多い。そのため多くの文明では、その開始時点を紀元とする新しい暦が制定される。

作品ノート

この中篇集は、二〇一九年のデビュー作である単行本『オーラリメイカー』に収録の二篇を改稿し、そこに書き下ろしの「滅亡に至る病」と、作中に登場する用語集を追加したものだ。

前二篇については改稿というより増補に近く、「オーラリメイカー」では三割弱、およそ五十ページ分が追加されている。「虹色の蛇」については大きなエピソード追加はないが、八ページ分ほど加筆した。それが〝完全版〟なら単行本の時点で書いておけという話だが、当時からほぼ四年が経ったいま、書けること／書きたいことが増えていたというわけなので、どうかご勘弁いただきたい。

この本に入っている三篇は、『法治の獣』収録の三篇と同じく《系外進出《インフレーション》》という緩く繋がったシリーズに含まれる。『法治の獣』と比べると、こちらは時代的にだいぶ未来の話であり、〝変な生き物〟ももちろん出てくるが、どちらかというと人間側にスポットを当てた物語といえるだろう。この三篇はすべて外交官の物語なのだ。

とはいえ、〝変な生き物〟について書くのがぼくにとっていちばん楽しいことで、これはもう動かしがたい公理みたいなものだ。なのでここでは、生き物の話に焦点を絞って書きたいと思う。

※以降の文章には一部に、核心部分を含む作品内容への言及があります。

■「オーラリメイカー」

この中篇は、収録三篇の中でもっとも後の時代を書いている。といっても、作中の時系列は遠い過去から遠い未来まで行ったり来たりするわけだが、少なくとも主人公イーサーのパートに関してはそうだ。

オーラリメイカーという生き物の最初のアイデアは、〝星系規模の環境を能動的に制御する非テクノロジー生物〟というものだった。星系規模という条件をつけたのは、惑星規模ならそういう生き物がすでにいるからだ、例えばシアノバクテリアとか。非テクノロジーという条件もつけたのは、テクノロジー有りならそのうち人類がそうなるだろうからだ。

ぼくとしては、既存の生物にはまずありえない生態を書きたかった。

もう少し具体的な造形についていうと、オーラリメイカーは虫媒花をモチーフのひとつにしている。作中で〈篝火《トーチ》〉系に播種した女王は、星系内に知的生命を発生させ、テクノロジー文明に便乗して胚子を別の銀河へばら撒いた。この部分が、昆虫の体に花粉を付着させ、離れた場所で受粉させる虫媒花に着想を得ている。

この虫媒花というもの自体、身近にあるからそういうものだとつい納得してしまうが、冷静に考えるとちょっと信じがたい生態じゃないだろうか。生物にとってもっとも重要な生殖という行為を、他の生き物に全面的に依存してしまうとは、並外れた繁殖戦略といえる。もし地球に虫媒花がなかったとして、SF作家がそういう架空生物を考え出したら、荒唐無稽と見なされるのではないか。

とはいえ、虫媒花はあくまで着想元でしかなく、オーラリメイカーの描写からはずいぶん離れている。読者の方はオーラリメイカーに対し、植物というよりはむしろ、アリやハチのような真社会性昆虫のイメージを持つだろう。真社会性の生き物も、虫媒花よりさらに荒唐無稽な感じがして、ぼくの好きなもののひとつだ。恒星系全体を巣とする生き物にとって、自分の手足として働く遠隔分業体がいなければにっちもさっちもいかないだろうから、このイメージはごく自然に浮かんできた。それに、真社会性は単為生殖との相性も良いと思う。

ところで、作中世界でヒトなどの総称として使われている〝水‐炭素生物《ウォーターカーボン》〟という言葉は造語だが、アイザック・アシモフの科学エッセイ『空想自然科学入門』(ハヤカワ文庫NF)の一篇「われわれの知らないようなやつ」で考察された生命形態の分類を元ネタにしている。このエッセイでは、生命活動を化学反応の集合と捉えたうえで、反応の舞台となる溶媒と、反応の役者である溶質の組み合わせから、ありえそうな生命形態が予想されている(この〝舞台と役者〟という表現もアシモフ流のものだ)。

水は非常に優れた溶媒だし、炭素の化合物は変幻自在の溶質といえる。だから、水が液体でいられる地球くらいの温度環境では〝炭素化合物の水溶液〟が、自然に生まれる生命の器としてほとんど唯一の選択肢となるだろう。だが、もっと高かったり低かったりする環境では、別の物質の組み合わせが生命を宿してもいいはずだ。水／炭素ほど理想的な舞台／役者は見当たらないようにも思えるが、それさえもしかしたら、太陽系人類《ソラリアン》特有の認知バイアスなのかもしれない。

わざわざ水‐炭素《ウォーターカーボン》生物という用語が使われている以上、この世界ではすでに別の生命形態も発見されていて、オーラリメイカーはそのひとつということになる。深宇宙を旅する生物が、恒星の至近距離でしか得られないような温度を必要とするのは不合理だから、水よりずっと低い温度で液体でいられる物質が溶媒になっているはずだ。例えば液体メタンあたりが有望だろうか。それでも宇宙の温度と比べたらまだ熱すぎるくらいだが。

余談だが、〈篝火《トーチ》〉人は〝存在のヒエラルキー〟の定義上、自然生命ではなく、オーラリメイカーによって生み出された被造生命ということになる（解釈によっては太陽系人類《ソラリアン》も）。でも大丈夫、より高い順位が適用されるので、〈篝火《トーチ》〉人も太陽系人類《ソラリアン》も第一位には変わりない。

■「虹色の蛇」

自然を手なずけて利用できると考えている人類が、想像以上の自然の強さに手痛く反撃される話。意識しているつもりはないのだが、ぼくはこの手のストーリーが好きなようで、似た系統の話をいくつか書いてしまっている。たぶん、〝知性〟が宇宙最強ではつまらない気がしているんだろう。ぼくの小説の中で自然を飼い馴らそうとするやつは、高確率でひどい目に遭うと思っていい。

〈彩雲〉という生き物のアイデアは、ある意味で失望から生まれたともいえる。空を飛ぶ生き物に巨大なものは少なく、絶滅した種まで見渡しても、長さで十メートルを超えるものはほとんどない。それでも間近で見たらぼくなど腰を抜かすに決まっているが、巨大生物好きとしては少し残念なことだ。

もちろん、重力に逆らって体を浮かせるのだから、クジラのように大きくなることはできないのだろう。それでも、気球や飛行船のような飛び方で生息域を広げる生き物が（たぶん）いないのは少し不思議に思える。だが、小さな生き物なら羽ばたいて飛ぶほうがずっと便利だし、ただ風に乗るだけでも十分なのだろう。いっぽう、大きな生き物は個体数が少なく、交配可能な相手がどこにでもいるわけではないから、自分の脚で到達できないほど遠くへ行くメリットがあまりないのかもしれない。巨大な生き物が小回りの利かないやり方でふわふわ浮いていたら、捕食動物の格好の的という気もする。

そういうわけで、空飛ぶ巨大生物を見たいという欲求は一向に満たされないわけだが、小説の中でなら話は別だ。ドラゴンだろうが空飛ぶクジラだろうが、書いてしまえばいい。どうせ地球上の話ではないのだから。

……そのはずだったのに、気がついたら粒子状生物になっていた。正統派の巨大生物とはいえない。むしろ小さい。だがまあ、書くつもりだったものからずれていくのはよくあることだし、今回に関しては結果オーライといってもいいと思う。

〈彩雲〉の造形は、自在に姿を変えられる雲のような不定形生物のイメージからスタートした。本物の雲ではないから白一色である必要もないが、かといって特別ふさわしい色があるわけでもないので、いっそ虹色にしてしまおう。粒子状の生き物が群れの一体性を保つためには電磁気力で繋がり合うしかないんじゃないか、などと考えはじめたところから、〈誘雷樹〉との互恵的な関係や〝逆襲〟のプロットが浮かんできた。

作中の年代は「オーラリメイカー」冒頭より前の時代。太陽系人類《ソラリアン》以外の知的種族はもちろんたくさん見つかっているが、舞台となる辺境惑星〈緑《フルン》〉には太陽系人類《ソラリアン》ばかりが観光に来る。これには、〈彩雲〉の構造色の範囲がたまたまヒトの可視光域にぴったり一致しているからという裏事情がある。異種族の審美眼がヒトと似ていたとしても、異なる可視光域の眼には〈彩雲〉はくすんだ単色にしか見えないかもしれず、その魅力は大きく損なわれてしまうだろう。

■「滅亡に至る病」

不可避の結末というのは基本的に救いがないものだ。結末自体もたいてい痛ましいし、それがはるか昔から運命のように決まっていて、抗《あらが》えないという点でいっそう救いがない。思えば、もともとテクノロジーというものは、そういう〝どうにもならないこと〟をどうにかするために発展したといえるが、あらゆる問題をテクノロジーで解決できるとは限らない。

〈内在者〉たちはそうした不可避の罠に捕らわれている。自分が生まれる前どころか、遠い祖先が進化の道を歩みはじめたとき、すでに罠の口は背後でがしゃんと閉まっていて、いくらもがいても彼らはそこから抜け出すことができない。自分で書いておいてなんだが、宇宙のどこかにこれと似た苦悩を抱える生物が本当にいてもおかしくないと思う。地球人がいまのところ〈内在者〉と同じ運命に落ち込んでいないのは、ただ単に運がよかっただけかもしれないのだ。

この話には、大きな影響を受けた先行作品がある。それは冨樫義博《とがしよしひろ》先生のオムニバス漫画『レベルE』の中のエピソードで、どの話かはネタバレになりうるので書かないが、そこにも、どうしようもない状況に陥ってしまったエイリアンが登場する。そのエイリアンのような生き物はいかにもいそうだし、知性を持つまでに進化してもなんら不思議はない。が、そのときにはもう罠は閉じ、不可避の結末が顔を覗かせているのだ。恐ろしいことである。はじめてこの話を読んだときはあまり深く考えなかったが、何度も読み返すうち、十分に成熟した知性は常に最善の道を選べるのか、というようなことをぼんやりと考えるようになった。

もうひとつ、「滅亡に至る病」は倫理観についての話でもある。仮に〈内在者〉たちが、世すべてのものをまず第一に〝宿主かそうでないか〟で切り分け、宿主がどれほど知性を示そうが共感すべき相手と見なさなかったとしても、それを倫理観の欠如とは呼べない

（むしろそのほうが生物として健全だし、幸福だと思う）。倫理は生物学的要請に縛られるはずで、別々の進化をしたものどうしで正しさを比べることはできないだろう。《知能流《ストリーム》》と《連合《アライアンス》》の反《そ》りが合わないのも、だいたいそういう理由による。

とはいえ、宿主かどうかは関係なく知性の有無を第一基準とする倫理観も十分ありえると思ったので、この話を形にすることができた。

収録作の中ではもっとも古い時代を書いていて、《知能流》が勢力を伸ばしはじめた時期にあたるが、同時に《連合》外交官の全盛期でもある。その後の《連合》の衰退を予言するかのような〈内在者〉の〝救出〟が、未来にどんな影響を及ぼすかは、「オーラリメイカー」を読んでいただければ少し明らかになるかもしれない。

解　説

SF作家
林　譲治

春暮康一さんは二〇一九年に「第七回ハヤカワSFコンテスト」にて「オーラリメイカー」にて優秀賞を受賞し、同年それは短篇「虹色の蛇」を加えた形で書籍デビューした。大学で化学を学んでおり、本書に収録された三つの中篇・短篇（「オーラリメイカー」、「虹色の蛇」、「滅亡に至る病」）がいずれも荒唐無稽に見える内容でありながらも、決してリアリティを失っていないのは、この専門性によるものと思われる。この辺りの詳細については『法治の獣』（ハヤカワ文庫JA）の山岸真氏の解説を参照していただければ幸いである（こちらも購入していただければなお幸いです）。

本書に収録された三篇の作品はいずれも《系外進出《インフレーション》》シリーズに属するものであり、基本的にそれぞれが独立した物語である。

これらの作品を通して私が想起するのは、ハル・クレメントというよりも、むしろスタニスワフ・レムである。レムの作品にもさまざまな宇宙生物が登場し、その中にはソラリスの海のように、人間には知性の有無を判断することさえ難しいものさえある。

しかし、私が春暮さんとレムとの共通点を感じるのは、登場する宇宙生物そのものではない。では何が共通するかといえば、宇宙生物設定や物語において、進化論が全体を支える支柱となっていることだ。

主人公である人間（あるいは元人間）たちは、未知の存在と遭遇したときに、進化論を足がかりに、その真相に迫り、そこからさまざまな決断を行ってゆく。

ファーストコンタクトSFと目される作品は数多くある中で、進化論の立場で宇宙生物のみならず、それを生み出した生態系にまで合理的な考察が及ぶ作品群は実はそれほど多くない。そうした点が春暮作品の個性が光る点だろう。

さらに重要なのは前記の議論の結果として「決断を行う」点もまた、春暮作品においては重要な意味を持つ。表題作の「オーラリメイカー」など顕著だが、《系外進出》シリーズでは未知の生物が〝存在のヒエラルキー〟において第一位の知性を持つかどうかが重要なポイントとなる。

ここにおいて問題の生物の行動や生態から、知性を持つかどうかの考察が始まる。そのことは相手が人間（もしくは既知の水‐炭素生物《ウォーターカーボン》）とは異なるが故に、考察は「知性とは何か？」という本質的な問いかけとなる。

そしてそこから為される決断は、新たに倫理という問題を突きつけてくる。ここで誤解してはならないのは、それは特定の倫理の押し付けなどではない。そうではなく知性の問題を議論する中で、避けられない論点であるということだ。

じっさい主人公らは（たぶんに偽悪的な趣もなくはないが）自分たちの行動原理を功利的なものと理解している。それでもなお、決断により生じる倫理的側面を考慮することになる。

つまり春暮作品では、異質な存在の理解と、次の段階として決断により生じる倫理や責任という課題解決の二つの階層を持つと言える。このことが一連の作品が珍しい宇宙生物が登場するカタログ的ＳＦではなく、小説としても深みをもたらすと私は思う。

だからこそ春暮康一さんの作品を読むことは、他では味わうことのできない読書体験を得られるわけである。

さて私は今年（二〇二三年）の二月にＳＦ同人誌のＳＦＧと、オンラインＳＦ誌Kaguya Planetによる共同取材で春暮康一さんとリモートで対談を行う機会を得ることができた。その時に興味深い話を伺えたのだが、そのことを踏まえて個々の簡単な解説を行おうと思う。

世の中には巻末の解説から読むという人が少なからずいらっしゃるというので、ネタバレをしないようにしてゆきます。

「オーラリメイカー」

本書の表題作で、作品ノートによると二〇一九年版の単行本収録時よりも三割弱、およそ五〇ページ分の内容が追加されているという。時系列で言うと、本作は《系外進出》シリーズの中で最も後期までを扱ったものとなる。また執筆順でもデヴュー作である本作よりも、『法治の獣』収録の三篇（「主観者」、「法治の獣」、「方舟は荒野をわたる」）が先に執筆されていた。

先に述べたように本作は「第七回ハヤカワＳＦコンテスト」の優秀賞受賞作だが、個人的にはコンテストにこの作品で応募したという事実にまず驚かされた。構造を把握しながら読んでいかねばならない作品なのだけれど、書く側としてこの作品を破綻せずにちゃんと最後まで手綱を握っていたというのは驚くべきことだと私は思う。

星系の惑星軌道を緻密に計算した上で改変した存在。それだけの大事業を行いながらも文明の痕跡は一つとして残していない。明らかに矛盾するこの現象の真相に驚かされつつも、その謎を解き明かそうとする主人公らもまた一筋縄ではいかない。

この全体に春暮さんの手綱捌《さば》きの上手さを感じずにはいられないのは、立場ごとの先入観あるいは認知の歪みが巧みであるからだろう。

驚くべき真相の正体こそ、読み手側の先入観の強さに他ならないのだ。

ちなみに先の対談では、本作に関して春暮さんはオーラリメイカーの進化史は考えておらず、後から考えついたとのことなのだが、つまりは彼にとって進化史を考えるのが当たり前なのだ。


「虹色の蛇」

作品ノートによれば、単行本収録時より大きなエピソード追加はないものの、八ページほど加筆したとのこと。

〈彩雲〉の生態に関する謎が物語の背景としてあるが、この作品は特異な生物よりも、主人公が抱える問題と、それを克服する話となっている。人間でさえも、他人には理解できないことをやってのけてしまう。

多くの知性体が発見されている時代背景ながら、辺境惑星〈緑《フルン》〉の観光資源である〈彩雲〉は太陽系人類の可視光とだけ色調変化が合致するので、異種族はやってこないという裏設定があるという。この辺りは小さなことだが面白い設定だと思う。ハードSFは時として、ちょっとした設定が論理的帰結として大きな構図を描く結果となることが珍しくない。

実を言えば、私がこの作品で想起したのはレムの『砂漠の惑星』（ハヤカワ文庫SF）に登場する「黒雲」だった。ただ作品ノートによると、レムの「黒雲」とは無関係で、空飛ぶ巨大生物を作りたいというところから出発しているという。

このように出発点はまったく違うにもかかわらず、〈彩雲〉と「黒雲」には幾つもの共通点がある。確かレムの言葉に「出発点は違っても、目的が同じで、同じ技術レベルであれば、論理的に思考を続ければ、同じデザインになる」というのがあったのだが、〈彩雲〉と「黒雲」はハードSFにおけるそうした事例の一つではなかろうか。

「滅亡に至る病」

　本作は書き下ろし作品であります。先の対談で、春暮さんは「宇宙を描くよりも変な生物を描きたい。それは地球では難しいので必然的に宇宙を舞台にすることになる」という趣旨の発言をしている。本作もそうした作品の一つである。

《系外進出》シリーズの中では比較的後期の時代を扱っている。

この作品は倫理が重要なテーマとなっている作品だが、春暮作品であるからには、そこには大きな仕掛けがある。それは異なる知性体を前にした時の人類の倫理問題だけでなく、知性体そのものが自分たちの原罪に悩んでいるという点だ。

　そして主人公は、グレーゾーンを含みつつも重層した倫理問題を解決しようと決断することになる。

《系外進出》シリーズでは太陽系人類は《連合《アライアンス》》という機構に属している。被造知性《ＤＩ》（人類はＡＩと呼ぶ存在）との関係の中で、《連合》は急激な人口減という問題に直面し、《連合》に非加盟の知性体とコンタクトし、可能な限り加盟させようとする。

　昨今の少子高齢化で日本は海外からの労働力受け入れについての議論が盛んだが、はるか宇宙の世界を描いた《系外進出》シリーズは、現実の日本のことを考える上で、多くの学びを与えてくれるのではなかろうか。

なぜそう言えるのか？　それは春暮作品が提示する問題は、架空の話であるようでいながらも、本質的な部分で、普遍的な課題を提示しているからである。

人によっては本書によって物事を別の視点で見るようになるかもしれない。それこそがＳＦの読書体験そのものではないだろうか？

本書は、二〇一九年十一月に早川書房より単行本として刊行された『オーラリメイカー』全二篇を改稿し、書き下ろしの中篇を加えて完全版として文庫化したものです。

ユートロニカのこちら側

小川 哲

巨大情報企業による実験都市アガスティアリゾート。その街では個人情報――視覚や聴覚等全て――を提供して得られる報酬で豊かな生活が保証される。しかし、理想郷には光と影が存在した……。第3回ハヤカワSFコンテスト〈大賞〉受賞作、約束された未来の超克を謳うポスト・ディストピア文学。**解説／入江哲朗**

ハヤカワ文庫

日本SF傑作選1　筒井康隆

マグロマル／トラブル

日下三蔵・編

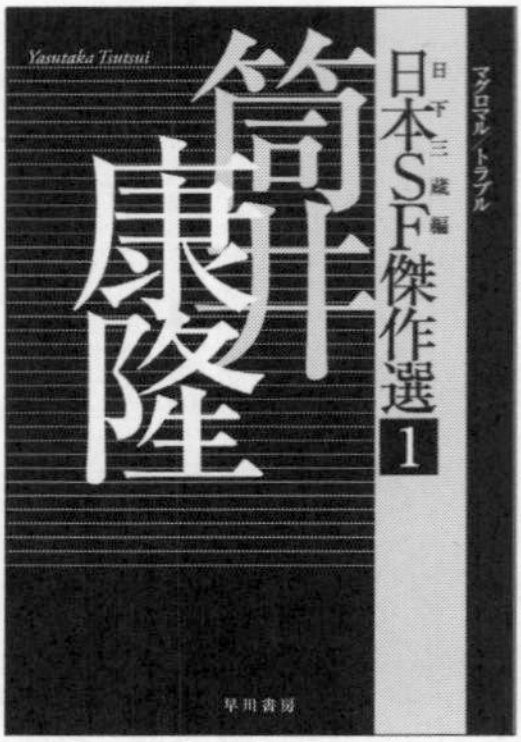

一九五七年の現代日本SF誕生から六十周年を記念して、第一世代作家六人の傑作選を日下三蔵の編集により刊行。第一弾は、いまや現代日本文学の巨匠となった筒井康隆。「お紺昇天」「東海道戦争」「マグロマル」「ベトナム観光公社」「バブリング創世記」など、一九六〇～七〇年代発表の初期傑作二十五篇を精選

ハヤカワ文庫

日本SF傑作選3 眉村卓

下級アイデアマン／還らざる空

日下三蔵・編

第三弾は、アイデアSFの名手、眉村卓。SFコンテスト佳作のデビュー作「下級アイデアマン」、醜い宇宙人をめぐり美醜の基準を問う「わがパキーネ」ほか〈異種生命SF〉十三篇、人間とそっくりなロボットが共存する社会の陥穽「準B級市民」ほか、組織と個人の相克を描く〈インサイダーSF〉九篇を収録

日本SF傑作選5 光瀬 龍

スペース・マン／東キャナル文書

日下三蔵・編

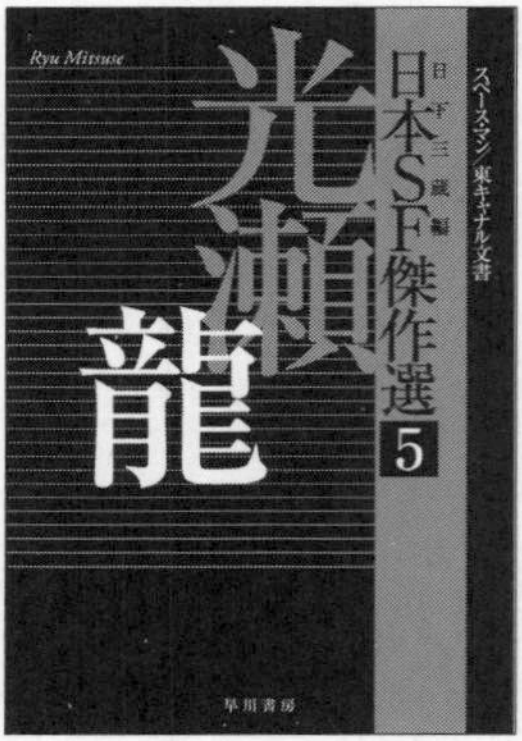

第五弾は、オールタイム・ベスト『百億の昼と千億の夜』などの未来叙事詩で知られる光瀬龍。「無の障壁」「勇者還る」など、無常観あふれる宇宙におけるスペース・マンたちの悲哀と誇りを描く初期宇宙SF群、代表作《宇宙年代記》シリーズと世界観を同じくする「東キャナル文書」連作など珠玉の全十五篇を収録。

ハヤカワ文庫

日本SF傑作選6　半村良

わがふるさとは黄泉の国／戦国自衛隊

日下三蔵・編

第一期完結篇の第六弾は、『産霊山秘録』『妖星伝』などの伝奇SFで知られる半村良。長篇『石の血脈』の原型「赤い酒場を訪れたまえ」や「わがふるさとは黄泉の国」など、日常の影に蠢く別世界を幻想的な筆致で描いた初期作品や、過去へ跳ばされた自衛隊の運命を描く『戦国自衛隊』など、卓越した語りの十二篇

著者略歴　1985年山梨県生，作家　「オーラリメイカー」で第７回ハヤカワＳＦコンテスト優秀賞受賞，『法治の獣』が『ＳＦが読みたい！　2023年版』（以上早川書房刊）ベストＳＦ2022国内篇第１位となる

HM=Hayakawa Mystery
SF=Science Fiction
JA=Japanese Author
NV=Novel
NF=Nonfiction
FT=Fantasy

オーラリメイカー
〔完全版〕

〈JA1556〉

二〇二三年七月二十日　印刷
二〇二三年七月二十五日　発行
（定価はカバーに表示してあります）

著者　春《はる》暮《くれ》康《こう》一《いち》
発行者　早川浩
印刷者　西村文孝
発行所　株式会社　早川書房

郵便番号　一〇一 - 〇〇四六
東京都千代田区神田多町二ノ二
電話　〇三 - 三二五二 - 三一一一
振替　〇〇一六〇 - 三 - 四七七九九
https://www.hayakawa-online.co.jp

乱丁・落丁本は小社制作部宛お送り下さい。
送料小社負担にてお取りかえいたします。

印刷・精文堂印刷株式会社　製本・株式会社明光社

ISBN978-4-15-031556-6 C0193

本書は活字が大きく読みやすい〈トールサイズ〉です。